成都人

林文询
著

四川文艺出版社

图书在版编目（CIP）数据

成都人 / 林文询著. — 成都：四川文艺出版社，
2018.11

ISBN 978-7-5411-5186-6

Ⅰ. ①成… Ⅱ. ①林… Ⅲ. ①散文集—中国—当代
Ⅳ. ①I267

中国版本图书馆CIP数据核字（2018）第236283号

CEHNGDU REN

成　都　人

林文询　著

责任编辑　　封　龙　奉学勤
封面设计　　叶　茂
内文设计　　戴雨虹
责任校对　　蓝　海
责任印制　　崔　娜

出版发行　四川文艺出版社（成都市槐树街2号）
网　　址　www.scwys.com
电　　话　028-86259287（发行部）　　028-86259303（编辑部）
传　　真　028-86259306

邮购地址　成都市槐树街2号四川文艺出版社邮购部　610031
排　　版　四川胜翔数码印务设计有限公司
印　　刷　四川华龙印务有限公司
成品尺寸　145mm×210mm　1/32
印　　张　9.75　　　　　　　字　　数　210千
版　　次　2018年11月第一版　印　　次　2018年11月第一次印刷
书　　号　ISBN 978-7-5411-5186-6
定　　价　48.00元

《成都人》各版本书影

小院，陋屋，枯树，老了一座成都。冬阳，老叟，笼鸟，淡然一帧风景。二十世纪九十年代以前，成都随处可见这样的日常景观。虽是寻常巷陌，破旧市井，但成都人代代衍生于此，依然视为乐土。只消一支烟卷在手，尽可两眼悠然向天。正所谓知足常乐，其乐也融融；怡然自适，其惬也何如？真是：但得一方小天地，怡养百年好人生。

　　　　　　　　　　　　　　——林文询

留一张定格照

Chapter 1
"成都"味道

Chapter 4
"耍"的名堂

Chapter 5
江湖"斯文"

Chapter 6
成都人出川

留一张定格照

——《成都人》新版自序

二十年前，闲来兴起，陆续提笔为自己生活了几十年的这座老城"画"了些人物风景素描。这些"画像"，当然只是出于个人视角，绝不可能包罗万象，更非是十分周全的标准照。本以为会开罪不少父老乡亲，结果还好，数年间先后出了大同小异的好几个版本，包括冠以"都市人丛书"名义的浙江版，冠以"大陆学丛书"名义的台湾版，以及本土四川的几个版本，得到一些读者的偏爱，于今仍不断有索书者。这，我想，应归因于当今大众越来越平和的宽容心态。本来也是，千古文章事，从来都是各说各话，大可不必一律标准一一较真的。何况我们成都人，历来是听惯了各种龙门阵的——你爱摆就摆吧，只要有滋有味就行。

这本书有没有味道呢？当年提笔的时候，肯定是自觉有些味道，且是相当特别的味道的，否则，哪有心思兴趣来为之画像呢？倘若觉得成都和其他百百千千座城市都差不多一般模样，一般味道，那又何必为它耗费笔墨呢？但话又说回来，文坛上敝帚自珍的情形可是多多存在的，究竟如何，还是得看大众评说，时光检验。如今，年华如逝水，时势如云烟，倏忽间二十年就过去了。我要说，今朝来看这本《成都人》，你可千万别把它当成眼下的成都彩照，而只合把它当成一本已然泛黄的线装旧书，一帧褪色的黑白老照片，二十年前的定格照。

格，定在二十世纪末了。放在历史长河中去比照，你或许会发现这个"格"还真有些特殊，有些重要，直白说，对于两千多年不曾更址易名的这座老城，它颇有些里程碑、分界线的意味。此前两千年，虽然岁月绵绵，尘路迢迢，但本书所呈现的风貌风情，骨子里大体一脉相承，情状上亦大致相近相似；而此后这二十年，毋庸赘笔，相信大家一眼就能看到觉到，风物大变，换了地天。收过往两千年之尾，开当今二十年之端，本书的定格照，或许可作如是观：

云过秦岭，万顷峥嵘倏尔化柔波
月笼锦水，百代繁华恍然演南柯

早年我曾在《成都闲人赋》(只能算仿赋体文吧)的开篇落下这么两句感叹，今天，在应编者之殷约为《成都人》二十年纪念版写下这篇小序时，又不由产生了"恍然演南柯"的感觉。"古井生凉成都老"，永远不老的也许只是这本书中所载的成都人的性情吧？

林文询
二〇一八年春

这满街市的人儿，大多走得悠悠闲闲，一脸神情也悠然怡然，仿佛在一个大公园大商场里漫步一般。你会惊诧，这城市哪来那么多的闲人？你会疑惑，时钟的指针在这里是不是移动得格外缓慢，这城市的时空不是不是比外地宽展？

Chapter 1

"成都"味道

闲适的成都人

天下九州，九州不同方圆。地分南北，南北各有德行。偌大中国，要说南不南、北不北的地方，那便是四川盆地中央的成都了。依江（长江）画线，它在北；以山（秦岭）为界，它又居南。古称西蜀，然而却迥异于所谓西部之蛮荒高寒，其良田沃野，万顷绿畴，似赛过江东华南。群山环抱于外，溪流交织于内，无北国大野之劲风酣畅，少南国晴空之丽日鲜朗，温温和和一片天地，滋滋润润一方沃土，遂生出一座华丽古朴兼具的都会，养出百代悠闲自得的成都人来。

一方水土养一方人，要说这成都的德行，请先听一个故事，一个老掉牙的故事：

……春风吹来，树叶绿了。秋风吹来，树叶黄了。年复一年，代复一代，这庞大古旧的城市稳稳安安地盘踞在肥得流油的黑土平原上。久而久之，都城也肥腻了。错落拥挤的青砖黑瓦小平房腻滋滋的，交错纵横的石板小巷腻滋滋的，从西北面雪山上像怒狮一样呼啸奔腾而来的岷江水，一经从这市井中流过，也腻滋滋懒洋洋如同癞皮猫儿了。这肥腻味弥漫了整座都城，腻得人人都不想挥胳膊动腿儿做活路了。闲闷得发慌，一个胖豆芽般的细崽娃便悠悠晃晃踱到街心，吐一泡痰自个儿蹲下去慢慢地瞧，瞧黄蚂蚁绕过去，黑蚂蚁钻出来。满街的大活人小活人看见了，也就都慢腾腾围上去，通一声不吭地瞪着那泡痰出神。想看出个名堂又看不出个名堂，便更觉得大有名堂。于是，不到半个时辰，整个都城的人便都像白条儿蛆虫一般络绎相随蠕蠕而来，都来看那泡痰，把大街都轧断了，塞满了……

这故事讲了不知几十、几百年，传了不知几十几代人。长胡子的都笑着讲，光下巴的都听着笑。谁也不曾怀疑过它的真实性，都相信这无聊而有趣的事一定是某朝某代某岁某日在这座城市的某条通衢大街上热热闹闹演出过的。

这古城便是成都无疑。

这便是过去成都最典型的街头风景。

的确，成都人的闲适，以及由闲适伴生而来的爱围堆儿看热闹，是出了名的。习沿至今，仍遗风不尽。进入20世纪末的今天，成都虽已是粗具规模的现代化城市了，号称集科工贸于一体的西南第一大都会了，"建设国际大都会"的战略口号也响当当提出来了，但细看当代成都人，仍于忙碌竞争之中，时时透出那份特有的闲适自得味儿来，一如足球场边上的小草，任你场上怎么厮杀拼抢，狼奔豕突，烽烟滚滚，浪涛涌涌，它们仍只是悠悠地长，悠悠地绿，绿出一种生命本色本味的鲜润来。

你到过北方的大工业都市吗？号称百万人口之众，可白天那大街上你却见不到几多晃荡的人影，愈发显出那大道的平坦宽广。你去过南方特区的新兴城市吗？行人们都夹着皮包步履匆匆，神色专注，与外来的观光客形成鲜明比照。而成都就不同了，如果你是一个外来客，你一踏上成都的地界，一进入市区，便会身不由己地被熙熙攘攘的人海给淹没了，从车站到广场，从大街到小巷，从舞厅到公园，从茶馆到酒店……到处都是人群人流人山人海，真是一个人的世界、人的乐园，简直人满为患！而且只要你稍微留意一下，便会发现，这满街满市的人儿，大多走得悠悠闲闲，一脸神情也悠然怡然，仿佛在一个大公园大商场里漫步一般。你会惊诧，这城市哪来那么多的闲人？你会疑惑，时钟的指针在这里是不是移动得格外缓慢，这城市的时空是不是比外地宽展？

的确，成都的天地是有些特别。北有大山屏障，阻隔了寒流朔风，冬天里极难得一见雪花飘飞的景象。上空常年多薄雾流云，即或盛夏酷暑，也鲜有毒日头没遮没拦逞威喷火，晒得流油。这样，一年四季，多半是温和阴柔的日子，正适合喜欢生活得滋润有味的成都人在户外活动，遛大街，逛马路，走亲朋，串人户，热热络络地过日子，有滋有味地享受生活。

而你在成都的大街小巷一转悠，便更会发现成都人之喜好户外生活到了何种程度。这里是传统的商业消费都会，商店饭店本来就多，可说是挨家连户。这些年经济繁荣，改革搞活，好多人都下了"海"，做生意开店铺，凡是临街之屋，几乎都开辟出来做了生意场，时装店、饮食铺，真个是多如牛毛，繁如星海。但成都人还嫌不够，生意又做出了店铺，扩展到了街沿路边露天坝来。门口支一张床，街边铺一个摊，摆上七古八杂小商品，生意就做起来了，闹得满街花花绿绿，吆喝之声此起彼伏。敞天敞地之下，整个儿一座城市好像变成一个大商场，好不热闹红火。不仅生意做到了户外，连喝茶吃饭也是如此。寻常人家，总爱把饭桌摆到那街沿上，细斟慢饮几杯薄酒，谈天说地边吃边摆龙门阵，一副旁若无人自得其乐津津有味的闲适气派。喝茶更不用说了，成都人本来就爱喝茶，街头巷尾随处可见小小茶馆，时时座无虚席，茶客爆满。而这还不够，三朋四友来了，当门沿街拖上一张茶几甚或方凳出来，置上暖瓶茶杯，竹椅木凳上二郎腿一跷，便可以喝个半天聊个一日，直到兴尽茶白方才各奔东西，悠悠而去。成都人就是这样，喜欢把一切都当门敞户摆在天光底下来消受。

　　白天如此，夜晚也不曾清淡。成都人的夜生活照样是热络悠闲，滋味无穷。霓虹灯下的热闹，酒店舞厅灯红酒绿的狂欢，其他大城市有的节目这里也一样应有尽有，毫不逊色。而成都特有的盛景，外地恐怕就很难见到了。只说那"麻辣烫"兼具的小火锅摊吧，每日里一当华灯初上，便沿街儿摆满了摊档，小小一方矮桌儿，一口锅儿，煮得沸沸扬扬，浓浓鲜鲜，香气四溢，辣味冲天。成都人便三三两两，五五十十，或哥们姐儿，或拖儿带女，齐扑扑围着坐了，不住把那时鲜菜蔬，鸭肠牛肚，泥鳅鳝鱼，鸡血豆腐，七古八杂一股脑儿拿来烫了，眉飞色舞津津有味地细嚼慢吃。天热，没关系，成都人说吃得浑身流汗正好通泰舒服。天冷，更合适，吃得一身热络驱湿去寒。理由总是有的，关键是成都人夜晚也不想关在家里闷着，总喜欢出来透透气，吃了鲜，摆摆龙门阵聊聊天，这才赛过活神仙。

真是神仙一般的优哉乐哉，用成都人的俗话说，叫作，不摆了！那意思就是没话可说无可挑剔满意极了。

真是如此吗？真是如此。尤其是那些到过外地的成都人，天南海北满世界转悠过了，北京、上海、广州诸多大城市都走过了，无论外面世界如何精彩光鲜，兴尽归来家常菜一吃，门外竹椅上随便一躺，伸伸懒腰打个哈欠说，比来比去，看来看去，还是我们成都好，我们这儿才是最宜于居家过日子的地方！

关键就在这儿了，成都人崇尚的是自在实在，居家过日子。而居家过日子，并不在乎外表的堂皇富丽，要的只是衣食住行方便惬意。以此为标准，成都当然是块洞天福地了。它窝在盆地中央，平坦得如同一张大桌布，街市交错如网，要想出门玩儿，上哪去办办事儿，迈迈腿或是蹬蹬车就行了。哪像北京、上海，动辄要你跑断气儿；或者山城重庆，出门就要爬坡上坎累得小腿肚直打闪儿。成都，方便多了！这还在其次，更主要的是吃。俗话说民以食为天，成都在食这方面又确实是得天独厚。它地处黑土平原，良田万顷，肥得流油，兼之气候温和，四季常绿，粮米鱼肉，瓜果菜蔬，四时皆有，丰饶得无以复加，价钱也便宜得惊人，哪像北京、上海那些地方那么单调而金贵呢。要想吃什么，随便上市场遛一趟，花不

了几个钱就可以置办一桌丰盛宴席了。懒一点，不想自己动手弄，出门就得了，遍街都是各式饭馆面馆小吃店，只消花个几块钱（几年前几毛钱就行），就足可以把肚皮撑饱且心满意足了。而且成都的吃食品种之多，花样之繁，味道之鲜，那更是誉满天下不用说的了。这样的地方，哪儿去找呀？也是，要不咋叫天府之国呢！天府，天府，天堂之府，这儿的人不是神仙也赛似神仙了。

也许正因为有丰厚的物质基础，生活格外的方便舒适吧，成都人才少有显得紧紧张张，忙忙碌碌的，而是从从容容，悠悠闲闲。成都人无论是干什么行当的都不愿意为几个小钱放弃自己的闲适潇洒，也不想为挣大钱成富豪而拼掉老命。成都的日子好过，手头有几个钱就行。成都的小钱也好挣，随便摆个摊或是打个工就成。总之，无须为日常生活而多愁虑。所以，成都的小商小贩特别多，上班时仍在外游荡的人也特别多。班是要上的，钱是要挣的，但玩更是不可缺的。悠闲一点，随意一点，享受生活，这就是成都人的哲学。

且不说一般的市民，工薪阶层或是大小老板，就看那打工下力的吧，也活得滋味无穷。譬如那蹬三轮车的车夫，你以为他们都是骆驼祥子，恨不得天天时时让车轮飞转挣钱吗？错了，成都的三轮车师傅才不呢。要是不对时候，不看他老师傅在干什么，心境如何，你贸然去叫车，说不定就要讨个没趣。他刚从小酒馆吃饱喝足出来，红光满面，剔着牙，顺便买上一份小报，躺到自己车上随便翻着，时而与同伴闲谈逗骂，说一说逸闻趣事，这时你去叫车，你瞧吧，他多半只斜你一眼，哼哼几声，将就把报纸盖在脸上，倒头就扯他的鼾，做他的白日梦去了。你就是加双倍的钱又怎么样？他这会儿需要的是不需要花钱买的惬意舒服！

"钱都是挣得完的么？"成都人爱这么说——在自己需要闲散一下，或是劝别人散淡玩玩儿的时候。这句话往往不仅有效，使人一下从挣钱的重负之下解脱出来，而且仿佛很能体现一种生命意识。只是这种意识又似乎很明显与当代拼争精神相背离相冲突。所以，今日在成都这座日益现代化了的大都会中，真正大富大贵当了大官或是做了大老板的大亨大腕大款们，大都并非成都本土人。成都人聪明实在，往往学有所长，业有所精，但求一个闲适自在，而少有能如外地英豪那样拼命奋斗苦心经营以成大事的。

人生难得两全。看来成都人是宁肯效那三轮车师傅而不屑拼死拼活成大亨的了。我看这样也挺好，至少成都的街头会长远热热闹闹，人们活得有滋有味，乐也陶陶。

自尊的成都人

俗话说，山高皇帝远。那是指边远偏僻蛮荒野俗之地，多有狗官逞威，恶豪横行，刁民凶悍，鱼肉乡里，谁也管不着。成都呢，论地域位置，也当属其列，它偏于西南一隅，距京畿十万八千里，离大海也十万八千里，且四周环山，交通历来不便。故古诗有云："噫吁嚱，危乎高哉！蜀道之难难于上青天！蚕丛及鱼凫，开国何茫然。尔来四万八千岁，不与秦塞通人烟……"但你若据此以为成都也是蛮荒之地或是夜郎之国，那就错了。若以为成都人也是愚弱之辈或是边地小民，就错得更远了。实话说，成都人个头不算魁梧高大，但眼界不低，气派颇大。表面看散淡自在，骨子里呢，却是睥睨天下，心雄万夫，相当的自尊。他不会说山高皇帝远，而会说，我们这儿就是天府，我就是神仙皇帝！

走在北京的大街上，他会说，没什么了不起，只不过比我们成都的地盘大一点儿。你有大故宫，我们过去还有老皇城哩。你的猪肉卖多少钱一斤？比我们成都贵多了。说不定还是我们调拨给你们的呢。你那炸酱面叫面吗？生菜拌咸酱，难吃死了，我们可是肉馅油酥还要加喷香的芽菜……啧，北京这地方，过日子比我们成都差远了！

抬头上海滩，他也只觉得无非洋气一点。夜总会大宾馆有什么了不起，我们成都这几年也都有了。你有杜甫草堂武侯祠吗？柏木森森梅花香死人！你有南京路，我有春熙路，上海货广州货外国货样样都不缺。而且你们那些小男人算什么，小家子气，嗲不兮兮的，几个小碟子就把客请了，还当不了我们那儿吃剩下的。哼哼，我住长江头，你住长江尾，我在上头屙泡尿，你在下面喝口水。有啥好得意的？

至于老广，更打心眼里瞧不起。呸，滑头滑脑，话都说不清楚，只晓得赚钱，不懂生活，俗气！

就是洋人，也不觉得咋的。金发碧眼又怎样？电视上瞅一瞅还可以，走近了看白皮肤粗里疙瘩还不如我们成都妹子匀净细腻。

也许是讲求自在散淡的天性使然吧，争权夺利之事懒为之，故而成都人虽然脑子灵光，多才多艺，但在成都为政当官的或者大亨大款，却多是外来户异乡客。不管这些人有多么神气阔气，成都人通以老俵称之，对其中一些神气活现的人还往往嗤一句：假洋盘，红苕屎屙干净没有哟，少在老子面前绷神气！

说古，成都人会说，你翻翻历史书去，我们这儿远古、蜀汉也曾是皇皇帝都呢。还有那都江堰举世无双，你走遍全世界，哪儿还能找出第二个两千多年至今不废的水利工程？

道今，则必称天府之都，生活的方便舒适超过国中任何一个城市。而且作为正在崛起的国际大都会，前景无限光明美丽。

讲武，且不说史有五虎上将盖世称雄，就今世之十大元帅也有一半是从成都出去的。没有听说过"无川不成军"这句话吗？想想个中自有道理！

论文，则更不待说了，历来星河灿烂，人才辈出。想想，倘若离了李白杜甫苏东坡，郭、巴、沙、艾、李，这些与成都有不解之缘的巨匠大师，一部中国文学史岂不要少掉一半篇章，黯淡几多辉煌？

如此等等，不一而足。随便你说到哪个方面，成都人都可以毫不费力地给你举出若干实证事实来。

的确，成都这地方是有不少光彩之处，成都人是有许多值得骄傲的荣光。其种种自尊自负心理，有的可贵可爱，不无道理，但有的却失之偏颇，流于滑稽。就说前段时间的"三国热"（电视剧《三国演义》）吧，成都人更是越看越起劲，越说越闹热：瞧瞧吧，我们蜀中当年多么了不起，三分天下有一分，三足鼎立占一足，关张赵马黄，五虎上将天下无敌手，还有诸葛定计谋！的确，历史上这儿是有过那么一段短暂辉煌，但仔细想一想，不是说燕人张翼德常山赵子龙云云么，这诸葛丞相五虎上将却有哪一位是成都本土人士呢？尽成了外来英雄打天下，那本地的豪杰好汉到哪里去了呢？这样一说破，不是反显得成都人脸上无光了吗？但成都人这时不认户籍，反正三国英雄都是属于成都的。

当然，话不能这么说绝对了。自来地无分南北，人均有好赖。各地有各地的骄傲，各人有各人的荣光，都有优劣短长。自尊本非坏事，总比一味自卑自怜妄自菲薄要强多了。但过分自负自傲以致妄自尊大目空一切也不可取，它必将导致眼界狭窄故步自封，心胸狭隘不图进取。成都过去多少年来发展不大，进步迟缓，生活节奏平稳但拖沓，城市面貌安详而陈旧，多少就和成都人的这种心态有些关系。其实，自尊只是一端，自强乃是其不可或缺的孪生兄弟。须有自尊自强这两条腿，才足以支撑起一个健壮的躯体。好在改革的东风劲吹，开放的窗口洞开，向来闭塞而自得的成都人已经开始把自己钟爱的这座古城放进世界坐标体系，去比较，去重新认识，思量着努力拂去古旧的尘埃，让它再放异彩。也由此而将自身投向当代文明进步的大潮，重铸新成都人的魂灵。如今你到成都来，会发现就这短短几年间，它的面貌已发生了颇大的变化，于秀丽之外又添了繁华，于热闹之中更增了兴旺，车水马龙，高楼大厦，颇有几分现代化大都会的意味了。而成都人呢，其他不敢说，但至少有一点，衣服是愈穿愈漂亮了，脚步显得急促快捷些了，整日里清谈过去荣光的话少了，关注现实动向未来前景的心思更重了。

心理，随时代而变化。

城市，随着人的心理而变化。

成都人的自尊心理将依然保持。也许将来，他们将以更加自豪的口吻，述说他们努力奋斗的光辉业绩。

楚狂蜀傲

　　小时候，我很欣赏两句浑然天成的诗，一句是："蜀国多仙山，峨眉邈难匹。"一句是："我本楚狂人，狂歌笑孔丘。"前几天恰好入楚晤友，见刚获了茅盾文学奖的熊召政兄并无"一阔脸就变"之状，遂率性与其乱弹各地文风民气之异同。中原苍莽，霸气纵横，只是岁月消磨，渐生了油子气。吴越绮丽，精致小气亦属天然。楚天开阔，云水浩荡，自是狂气放浪，才气横溢。而我们蜀地呢？召政以为楚蜀相连，气象亦近，多出奇峻怪才。我却以为，近则近矣，但仍有细别，以"楚狂蜀傲"谓之为妥。狂者，睥睨天下，老子天下第一是也。而蜀人之傲，则在于并不自认为自己多么了不起，而是常常见佛不拜，过王不礼，对自以为了不起的人，不买其账，不给面子。

　　这种情形，在成都街头茶肆随时可见。譬如豪华轿车当街撒野，那是必然要遭万众怒喝的；权贵明星自炫摆谱，那是必然要起嘘声一片的。至于三教九流云集的茶馆，更可以说是平民批评家荟萃之所。欧阳公说"醉翁之意不在酒"，成都人则是

"茶客之意不在茶"，而在于上天文下地理随意乱弹也。这一桌球迷侃球，说：球！龟儿那几个算啥子球霸？只晓得在国内耍威风，一出去就脚杆打闪闪现抖摆了。那一桌星迷论星，道：假！还不是靠电视帮忙火起来的，我看还不如我们成都的"超级女声"来得真概，更不要说我们这儿郫县的廖昌永了，人家那才是真功夫！还有人议论，啐一口：呸！你以为那个局长有啥了不起？吃黑钱的包工头出身，买官买上去的，连稿子都念不通，人模狗样，迟早要翻船的！几个文学老青年更尖刻：他代表四川？他比李劼人还凶？鬼扯！哪个不晓得现而今评奖的鬼名堂，炒得神乎其神，其实白火石一个，三十年后回头看，哼，鬼影影都没球一个……

你必须注意，成都人"弹闲"的，傲然不屑、冷眼相向的，都是自以为不得了的"宝器"，骄横不可一世的"瓜儿"。蜀汉三国一代英杰关云长"欺强而不凌弱"的浩然之气，影响至深。成都文化底蕴深厚，即便小老百姓也上知天文，下晓地理，轻易是"麻"不倒更唬不倒的。

"楚狂蜀傲"。我很欣赏我们成都人的这种禀性：外表温和，开放包容，但骨子里却坚挺着凛然傲气。这才是真正的成都性格。

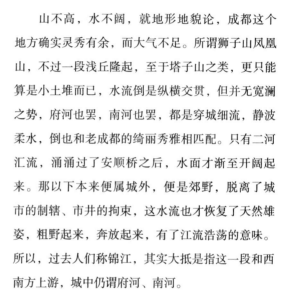

大河云帆

　　山不高，水不阔，就地形地貌论，成都这个地方确实灵秀有余，而大气不足。所谓狮子山凤凰山，不过一段浅丘隆起，至于塔子山之类，更只能算是小土堆而已，水流倒是纵横交贯，但并无宽澜之势，府河也罢，南河也罢，都是穿城细流，静波柔水，倒也和老成都的绮丽秀雅相匹配。只有二河汇流，涌涌过了安顺桥之后，水面才渐至开阔起来。那以下本来便属城外，便是郊野，脱离了城市的制辖、市井的拘束，这水流也才恢复了天然雄姿，粗野起来，奔放起来，有了江流浩荡的意味。所以，过去人们称锦江，其实大抵是指这一段和西南方上游，城中仍谓府河、南河。

　　而最具江势的这一段，文人爱称锦江，一般老百姓却习惯叫九眼桥大河。何故？很简单，这一段水流之上，雄跨着一座九孔高拱大石桥，名号九眼桥。以桥命河，当然就叫九眼桥大河了。

　　这大河原本果真是名不虚妄，记得儿时我住在其侧的四川大学校园内，便常见百舸争流景象，河宽水阔，碧波漫天，上下木船庞然，还有高桅悬帆者，煞是壮观。据称往下直经眉州抵乐山，可入长江出四川。据此，可知古人诗云"门泊东吴万里船"之不虚了。而船到九眼桥，须落帆倒桅，由船夫拉纤方才徐徐得过。斯时号子声声，沉雄有力，令纤秀成都也顿然有了雄风壮阔之感。那些大木船往往满载着粮食瓜蔬、冈炭柴火等燃料，以及砖瓦石灰木料等建材，甚至缸罐碗碟等用品，反正城市人生存生活之需，一应俱有，经这水路源源不断输送供应。这九眼桥大河，无疑是当时成都的一条重要生命线。

对这样一条充满活力野趣的大河，成都人当然是爱之尤深，喜之不禁。而表达这种喜爱心情的最佳方式，便是夏日里扑通扑通跳下去亲近它，和它嬉戏。那时我们这些小男孩最得意的一件事便是大声告诉别人：今天我到九眼桥大河洗了澡（即游泳）了！敢到波翻浪涌的九眼桥大河洗澡，那是要点胆量和本事的，也可算是成都男子汉的骄傲吧。

云烟过眼，云帆落尽。如今的锦水倒是规整得很秀丽了，但我仍怀念那大河奔流、云帆蔽空的气势。

羞称西部

现在时兴说东部西部，人大会上这么说，政府工作报告中这么说，报纸上广播里也这么说，渐渐耳熟能详，习以为常，没听说谁觉得这提法有什么不对，也没听说别的什么地方的人士有意见。唯独成都人听了刺耳，老大不高兴，凭什么把我们划到西部？笑话，我们成都也叫西部？好像这个西字很是耻辱。

其实，成都历来都与西字联系在一起。古称西蜀，有诗道是："南阳诸葛庐，西蜀子云亭。"延至今日，成都亦与云贵藏连同整个四川并称为西南大区。以西为冠那些年，何以现今成都人对西这么反感？说来极其简单，过去称西部，仅是地域概念，那是不必争也没什么可计较的。而现在称西部则颇有点类似于当年美国的情形，东部是文明发达地区，西部却一如万宝路广告和美国西部片所展示的，荒漠大野，牛仔狂奔，劫匪出没，一派蛮荒蒙昧景象。含义不同了，地域概念之外，掺和了落后意味。

成都人不服的就在这里：睁大了眼好生看看，

我们成都哪一点落后了？古蜀文化灿烂，历来人文荟萃，当今科教发达，是乃人杰地灵，能说是蒙昧之区吗？用西部称西北大漠，黄土高坡，西南边陲，那还差不多。

即便与同属西部的几个大城市相比，成都人也自以为优越许多。拉萨不说了，乌鲁木齐咋样？风光当然可以，马路也够宽广，可哪有我们成都这么高楼林立，街市繁荣，一派现代味呢？就是比邻之西安，虽说历史上比我们名气大，号称华夏千年古都，可今日实在不敢恭维，黄尘古道，老式房宇，比我们成都至少差一个档次。说它们是西部，成都人没意见。

其实就是全国其他大中城市，内地也罢，沿海也罢，大约除了京沪穗以外，在成都人眼目中，统统不在话下。苏杭不错，世称天堂，可是有我们成都大吗？我们这儿可是天府之都。沈阳武汉，固然是大工业城市，可是生活有我们这儿舒适方便吗？逊色多啦。海口深圳，不过是新兴城市，沾特区之光，根基哪有我们成都深厚呢？至于其他，更不用提了。成都人还可以给你举个例，重庆知道吧？著名的山城，也是全国数得上的工业大城市，可是怎么样，原先四川的省会不是它而是我们成都！

总之，比来比去，成都人都认为自己就是老大。

特别是这几年来，改革开放搞活，成都确实发生了很大的变化，成都人就更觉得这座城市已经步入现代化大都会之列了。说起先进发达之处，成都人可以列举出一连串有力的数字和证据，告诉你成都是国家命名的全国卫生城市；成都的工农业总产值已跃居全国各城市前列；商业之繁荣更不待言，大小市场星罗棋布，商场店铺鳞次栉比，等等。

而尤其令成都人沾沾自喜傲视天下的，还是与百姓人家关系最为直接密切，谁也离不了的吃穿二字。成都物产丰饶，吃食繁多，美味价廉，成都的吃，确实名副其实。所谓茶文化酒文化吃文化，在成都是荟萃一堂，源远流长，且愈来愈丰富多彩，体现了现代社会的进步发展。而穿呢？按说成都偏于一隅，属内地城市，难于像沿海大都市一样开风气之先，领潮流之首。但成都人在穿上，自信得很，北方人的着装，他们觉得古板土气。就连五六十年代最崇拜的上海货，如今也觉得单调老气，看不上眼了。这两年上海人来成都举办服装展销会，被成都人冷落嘲笑，逛一圈撇撇嘴：啊哟，这些上海阿拉，把我们当成土老俵了，那么土气的衣服都拿起来了，哄得到啥子钱哟，太小看我们成都人的水平了！

　　成都人的穿究竟怎么样，街头一看便明白。到处都是大大小小的时装精品屋，八十年代风行过的老广货早已靠边了，连同温州货之类只能归于大路货之列。现今时装店里琳琅满目的是港台货，外国货，意大利皮衣皮鞋，法兰西便装休闲装之类比比皆是。一身名牌的小伙，时髦新潮的女郎，也一浪一浪，触目皆是。这景象令许多初来乍到的外省人甚至外国人都感到惊讶，想不到一个内地城市，在穿的方面竟会如此讲究新潮。

　　说来也不玄奥，成都历来是个商业消费都会，成都人向来讲究吃穿，讲究享受，舍得在吃穿上大把花钱。正是这德性，遂造就了这座城市的商业兴盛，街市繁荣，时髦新潮，让人永远耳目一新。

　　成都人追求生活的享受自然无可厚非，但倘若单凭此就以为成都先进发达，恐怕就有失偏颇了。如果以此就羞于承认自己属西部地区，就更没有必要了。东部西部，毕竟只是个象征性的说法，且是相对的概念。成都毕竟还是个内地城市，毕竟经济实力还不十分发达。要真正成为现代化的都市，那绝不是专在吃穿上赶上潮流所能做到的。

有这么一个笑话：成都的一个商务代表团到美国去考察洽谈业务，当地人士怎么也弄不清楚成都是个怎样的城市，究竟在中国的哪个地方。考察团的代表好一阵解说，对方最后终于恍然大悟了，说：啊，知道了知道了，你们离重庆不远是吧？你们成都是属于重庆管的一个地区吧。熊猫？很逗人爱，原来你们那里就是出产熊猫的林区，很原始啊，应该保护好……瞧瞧，在这些老外眼中，成都岂止是什么西部的问题，简直就是一片原始山林，自然保护区了。

这或许纯属编造的笑话，成都人不会当真。但一九九四年有一件实实在在的事，却是大大挫伤了成都人的自尊心。世界杯足球赛亚洲区预选赛有一轮赛事要安排在中国，中国足协考虑到成都球市的火爆在全国数第一，新建的体育中心也是一流的，遂决定将这一荣耀给予成都。可是该计划上报给国际足联后，那些洋人官员们却表示出异常的陌生和怀疑，翻地图，调资料查，最后还是派员亲临成都视察了一番，才去除心中疑虑，表示同意。这消息经新闻传媒一报道，成都人顿时哗然：怎么搞的，这些老外怎么这么闭塞，连我们成都都不知道？

其实，相对闭塞的是成都自己。你有多少闻名于世的风光景点？又有多少拳头产品行销世界市场？外国人来中国，寻古，上北京或是西安了；探幽，经重庆游三峡去了。而要说拿得出去叫得响的名牌，成都可以说是空白。如此，叫别人怎么认识你，熟悉你，尊敬你？成都人好说一句话：酒好不怕巷子深。对呀，东部西部不过是地域概念，称西部也并非什么耻辱，关键还是酒好不好。

　　说来道去，成都的的确确处于西部地区，就是论发达程度，也确实是处于西部地位。如果说有一点特殊的话，那就是成都处于得天独厚的天府之中心，算得上是西部的一个乐园。但正因为如此，成都人反易沾沾自喜，被盆周高山封闭了眼界。古诗有云："锦城虽云乐，不如早还家。"这锦城即是成都。看来成都自来就是块福地乐园，外人赞之，成都人就更不知山外有山，天外有天了。岂料那只是小农经济时代市民意识的反映。当今工业文明科技飞速发展时代，仅满足于那样的乐——吃喝玩乐，是早已落伍于时代大潮了。如何重新崛起于西部，这才是成都人当慎重思之的问题。

成都的平民里巷

　　现今的城市，大都是一个模样，恐怖点说，叫作水泥丛林。倘欲寻找一个城市骨子里的个性，恐怕只有钻进那些高楼荫蔽下残存的平民里巷去。名胜古迹也是靠不住的，因为它们大多业已"现代化"、商品化了。只有平民生息的里巷，还活生生地散发着浓郁的原初气息。当年浪迹天涯的女作家三毛，"流浪"到祖国大陆腹地深处的古城重镇成都，就专爱到这些僻街陋巷转悠、留影。着一身牛仔便装，随意地坐在终年散发着阴凉潮气的老墙根下，看白发翁妪喝茶打牌话家常，看天真稚童踢毽唱歌捉迷藏……本地难得一现的淡淡日影，在她倦怠的脸上映出一片怡然和安详。也许她和半个世纪前的朱自清先生一样，也认定成都这座古城是国中最闲适平和的地方吧？但他们不知明不明白，这特有的氛围和气息，是建立在这座城市的生民及其街巷居所的本朴上。

　　坐落大盆地的成都，号称天府之都，整个儿浸泡在千顷绿野之中，可以说纯粹是农业文明的产物。至少在20世纪80年代以前是如此。它的那些石板小巷，几乎和川中乡场一模一样，而小巷两侧的民宅，立木为柱，逗榫穿墙，竹篾泥壁，门面开敞，更使人联想起乡下的竹林茅舍，只不过顶上换了青瓦，木面上了油漆，泥壁抹了灰浆而已。最是当街的门面，过去一律是用尺把宽的木板镶拼而成，俗称门板，拆下两扇即为门，而倘若要做生意，摆柜台，或者聚会打牌，喝茶聊天，则率性统统卸下，把整个门户完全敞亮开来，方便得很。蜀地多阴霾，蜀人喜闹热，什么事都喜欢弄到敞亮地方做，这方便拆卸的门板可谓是帮了大忙，得其所哉。成都是个很平民化的城市，一般百姓也没有什么好了不得的财富和隐私需要深藏不露，除非不多的官宦人家和豪门大户，才北方人似的筑建高墙大院。

事实上，近代的成都人，也确实和乡下人有着千丝万缕的血脉联系，他们的祖上几辈，便大都是地道的农民，由四面乡野逐渐"浸润"到这城市里来的，打工、卖菜、做小生意……继而定居下来。浓浓的本朴的乡风乡情以至居息方式，便也自然地延续传承了下来。

这素朴的成都市井，既不似北方胡同的壁垒森严，气象阴沉，也不似江南宅第的庭院深幽，楼堂华贵，除了经济状况和市民性格有异的原因以外，恐怕和自然环境、生存环境也有关系。这里号称天府，真个是得天独厚，得地独厚，不需要森严以御风寒，不需要豪富即可轻松过日子。盆地本身就是个大华屋，自己只需简单搭个棚就可以安居。也不需要建屋囤积，盆地出产丰饶，价廉物美，且四时不绝，那就是大家共有的取用方便的大仓储。成都成都，天府之都，真是个环境太优裕，太宜于居家过日子的地方。

　　别以为这样的日子很寒碜，不，一点也不。至少成都人自己是这么认为的。成都人是很有个性的，厌弃冷清，喜欢热闹，追求的不是豪奢，而是自在快乐。这素朴而开放的市井正给他们提供了这样的人生舞台。有茶大家共喝，有龙门阵大家一起摆，张家姑，李家嫂，东家长，西家短，热热络络从从容容地打发时光。在这里，你能看到典型的老成都人，白发翁姬，大都瘦削而精干，满脸沧桑而精神矍铄，衣着老旧而气度从容，或饮盖碗茶或吧长烟杆，或搓麻将或拉家常，或逗笼鸟或为爱猫逮虱子……一副怡然古朴气象。时尚也有的是，你看那些年轻人，虽居小街陋室，但穿着时髦，装扮入时，笑容灿烂，气宇轩昂，高跟鞋敲着地板嘚嘚响，巴儿狗围着脚跟溜溜转，小孩儿玩着电动玩具、休闲吊床……那背景，似乎只应是现代化高档社区、花园洋房，但实实在在是成都平民里巷的寻常景象。

桥头人生

　　成都人爱吵架。同辈相争不说，但凡后生小子冲撞了老辈，那话儿就愈见精彩纷呈且洋溢人生哲理味儿了。老年人口中最爱甩的一条"钢鞭"就是：你娃娃莫要凶，老子过的桥比你走的路还要多！

　　说来也是，成都这地方远古本就是个水乡泽国，洪水滔滔，汪洋恣肆。多亏了那个失败的英雄，大禹的父亲鲧，治水无功被舜帝一刀斩下了头，心有不甘，志有未得，遂变做一头黄熊，潜入水底，以角触岩，拱山不止，硬是将那阻绝水路的巴山绝壁拱开一牙缺口，即今雄奇天下的夔门之所在，让滔滔大水滚滚东流去，这才露出了山陵丘堑，也令川西坝子见了天日。尔后又经古蜀太守李冰父子鬼斧神工开凿都江堰，因势利导，分洪泄流，才积淀出肥沃沃一片成都平原，兴旺起华丽富庶一座成都城池。古诗云，管弦丝竹乐纷纷，九天开出一成都。其实并非九天开出，而是水底冒出的。现今都称成都是内陆古都了，岂知以前这儿本身却是汪洋大海呢？这，大约也正应了那沧海桑田之谓吧。

不管怎么说，成都尽管已远距大海十万八千里之遥了，但和那同是内地的黄土高原西北大漠却是迥然不同，它与水的缘分是千千万年绵绵不绝的，至今亦是沟渠纵横潮气氤氲土肥地沃。常言说，逢山开路，遇水搭桥。这平原之地是无山可开的，但河道交错却断不了桥头林立，长虹卧波。桥，遂成了成都的一大特色，一大风景，难怪老年人训诫后生开口就不离此君了，成都人一生出入要经过好多桥哩。

成都的桥到底有多少呢？数不清。单听那桥名，便五花八门，众如繁星。南门大桥，北门大桥，老东门大桥之外还有水东门大桥……这都不算稀奇，以方位命名而已。声名赫赫要数古之万里桥，那是上了诗的，一句"万里桥西一草堂"，便与千秋诗圣联在一起。岂止上了诗，还入了史的，蜀汉三分，诸葛丞相为联吴抗魏，送使臣东下吴国时，便在此把盏钱行，遥指烟波浩渺道是：万里之行始于此矣。此桥遂跨越了百代历史烟云。还有皇冠紫气驷马桥，气派宏大，那是专备皇倌老儿巡行过或是金榜状元打马回的，相当于现今的四车道大路桥吧。当年安史之乱，玄宗皇帝偕贵妃娘娘避乱入蜀，就差一点从此桥经过，少留一段佳话了，可惜。至于三洞桥、九眼桥、天仙桥、玉带桥、万福桥、通锦桥、洗面桥、磨子桥、踏水桥、安顺桥、平安桥、梓橦桥、卧龙桥、遇仙桥、御河桥、落虹桥……皆各有来由，蕴含诗意，星罗棋布于城里城外，衔联八方通衢。桥头相逢，桥头别离，古来成都人不知于斯扮演过多少断魂故事。而依桥必当傍水，冥想之中简直要令人以为这内陆古都是江南之水乡，东方之威尼斯哩。

然而，这一切只能是梦中蜃景了。如今遍寻街市，空留桥名，难见虹影，名实相副者可谓十不遗一。到处楼堂馆所，瓦舍危屋，夹几条脂污秽水，绕一带呆浅小沟，哪里去觅当年门泊东吴万里船的气象，仙女浣花散罗绮的景致呢？城市兴旺了，清流腐臭矣。高楼林立了，绿水枯瘦矣。

流水不复，桥自难存，所余几座也早变了面目。工业进步，诗意难再，连桥之名字儿也像为了方便输入计算机归档似的，索性叫作一号桥二号桥之类了。名号尚是小事，关键是桥头那景象也大变了。都市肿胀，人流汹涌，整日里车如流水马如龙，有几人还有心桥头驻足，凭栏眺望，观赏澄江静如练，微风燕子斜，惊喜春风又绿江南岸，伊人宛在水之涯，或是独钓寒江雪，作别桥头柳呢？水非昔日水，人非昔日人，这桥头风景自然也非昔日旧观了。

要说新景象，那自然也还有。总括一句话：桥非桥，而今已成集市人市了。变集市不奇，如今城市地皮金贵，寸金寸土，大街小巷，哪儿摆个摊也得缴钱办手续，独有这桥头，尚还是漏户空当，听凭占用。于是，摆地摊儿的，卖旧衣物的，倒腾票证的，私刻公章的，装瞎子算命的，扯场子卖狗皮膏药的……两边儿一字铺排开，拥挤喧嚷，热闹非凡。偶尔黑制服公事人来了，红袖套二公安来了，便轰地一下作鸟兽散，喊的喊，叫的叫，哭的哭，笑的笑，桥头更热闹！

也有人不惊不诧，任你怎么闹腾，他们都风雨无动。道理很简单，身无长物可收缴。要么是自行车后架放一只桶插一柄滚筒儿刷或是泥瓦刀，准备着给人粉刷修饰房屋的。要么是只袖着手儿等着"卖"自己的——乡下山里来打工的农民，神情多似冬水田般沉寂，安安静静各自缩一角儿，打一堆儿，似一堆商品，专心候着来"买"的主儿。当然也有在人堆里穿来梭去，眼珠儿斜溜溜转的，那大抵是来帮人挑工的掮客，甚或暗藏歹心的人贩子。单说每年被拐卖到天南海北异域僻地的川妹子，不少就是从成都这些桥头"人市"开始登程的。而真正自己来寻保姆雇小工的主人，倒往往是先远远地站着，慢慢地用目光挑选印象，看老实不老实，精干不精干，等目测个八九不离十了，这才不慌不忙踱过去，把相中的目标拉到一边小声私议。

卖旧货也罢，雇小工也罢，吆喝也罢，私议也罢，都还是桥头热热络络的人生好戏。要说冷清凄惶的也有，"卖"知识的。成都这些年也时兴家教了。不知为什么，这桥头又被相中成了此种行当之市，穷大学生们为了能挣几个钱，都纷纷到这儿扯开了旗帜。人不少，但冷清得有些稀奇。这冷清好像是他们自寻的。桥这头人多，他们便一个两个待在那一头；桥那边人众，他们便三三两两散在这一沿；阶沿上人挤，他们便木桩似的立在沿下。有川大的，科大的，成大的……都是二十岁上下瘦精精的模样，十有八九是戴眼镜的。当然男生居多，女生零星。都捧着部厚书本在那里慢慢翻，既不吭声，也不多朝四周瞟眼。好像都很沉静，都很有耐心，不像是来这儿找主顾，而是闲来无事散心来的。顾主也确实少，成都人请"家教"比雇保姆还挑剔精心，往往都是冲那些有名气有资历的老教师去，好多人还嫌这些大学生太嫩气不放心哩。偶或有骑车人经过掉头瞟两眼，但极难得看到有人下来问两声。这儿远不如卖处理汗衫走私盒带那些摊点热闹。大学生们也似乎习惯了这份冷清，并不厌烦躁动，依然是神情漠然地看着手中书本。

夜幕降临。夜色沉沉中桥头也依然有风景。成都素称历史文化名城，单就音乐艺术而言，早年也是颇有传统的。丝竹管弦古来就有盛名，川戏锣鼓亦自成一大派系。汉代文君当垆，相如抚琴，一曲《凤求凰》便千古传佳话，播芳名。即使十余年前，每当夜深人静，漫步成都街头，也时或可闻短笛悠扬长箫哀婉胡琴声声……只是近年现代化了，随着高楼大厦酒店舞厅的不断出现，迪斯科卡拉OK的日渐兴盛，那优雅的丝竹之声才为火爆嘈杂的电声乐曲所淹没。但倘若你还有寻幽雅兴，那就不妨在昏昏夜色中去向成都的桥头。白日的集市喧哗这时已离桥头而去了，夜晚的歌舞喧嚷也离这儿尚远，夜晚的桥头最是清静。这时你便会听到久违了的丝竹之声了。真个是如泣如诉，如慕如怨，悠扬婉转在夜的幽邃清凉中……

拉琴的多是年迈老翁。坐一张小凳在桥头角落暗影里，弓着佝偻的背，只顾埋头拉琴，不急不躁，无求无问，似乎眼皮都没有睁开一下。你看不清他的面容，你只能感觉到那一脸的沧桑皱纹。你不知道他的境遇，但你能静静地听出那老人的心曲。你看不到他的眼睛，而总觉得一双枯干的老眼此刻有泪光滋润。偶尔会有过路的人放轻了脚步走到老人面前，在他脚下轻轻放上一张纸币。而他不会抬头，不会停下琴来收钱，更不会像港台歌星那样笑盈盈招手尖了舌头说谢谢，谢谢，他只依然埋着花白的头，弓着佝偻的身，全身心投入地一曲一曲拉他的琴。琴声悠扬呜咽，如静夜中淙淙流响的清泉小溪……

早晨，只有早晨，成都的桥头才是最明媚而鲜润的，犹如成都姑娘晨妆梳洗后的面孔。每天一大早，卖花姑娘们就一字儿在桥头两边排开了阵势，竹篮里盛着新摘下的黄桷兰或是成串的茉莉花，新鲜粉润，清香袭人。上班的姑娘骑车经过，多半都要停下来买上一串或是几朵。是黄桷兰，就挂在了胸襟上，是茉莉花儿，就项链似的挂在了脖子上。成都姑娘爱美，金银首饰宝石玉坠都戴腻了，风行过了，只有这小小花儿永远新鲜芬芳美丽清纯……

成都人的一天就这样又开始了。

成都的桥头，永远荟萃着历史与现代，新与旧的风景，演出着成都人的人生好戏。

成都的『麻嘎嘎』俗文化

通常说"俗"，往往觉得带贬义色彩。特别是当它组词为"俗不可耐"一类时。其实这中间有很大的误会。单就字面而言，它还是当属中性词。其色彩倾向，完全要看它同谁组合配搭，用在什么场合。譬如世俗、民俗、习俗之类，你能说是褒还是贬？仅指事物本身而已。至若用于"通俗易懂"、"雅俗共赏"中，恐怕应当是赞赏之义了。也许只有庸俗、恶俗、粗俗、鄙俗等，才是用来表达不满不屑以至厌憎之情的。

俗字如此，俗文化也是一样，本身不含褒贬，全看是哪一种俗。俗话说，一方一俗。各地也自有自己的富含地域特色的俗文化。内中自然免不了有精华也有糟粕，有优也有劣。成都也不例外，有很多很不错的东西，俗得很美很有味的东西，也有一些俗得糟糕，俗得邋遢，俗不可耐的玩意儿。我们这里说的是哪一类呢？

其实标题上已表明，叫"麻嘎嘎"的俗文化，只是成都以外的人大都听不懂。成都本土人不用教都知晓其意，因为他们从小就常听大人呼唤他们说：娃娃耶，快回来吃"嘎嘎"！一年到头，从小到大，不知要吃几百几千回"嘎嘎"。这"嘎嘎"又是有形有色有味顶实在的，你说哪个成都人不会知道它是啥玩意儿呢？肉嘛！傻瓜都会说。我也不知这个叫法是怎么来的，有什么道理，为何只有成都人才这么叫得特别，但反正"嘎嘎"就是肉，无它。

如此说，那"麻嘎嘎"就是麻肉或者肉麻了？不错，差不多。但还是差一点。意思不差，差在味道。"麻嘎嘎"的味道还要长一些，程度还要重一些，要让你周身发麻，起满鸡皮疙瘩。正如像你说碧蓝的天一般，而说碧蓝蓝的天，那蓝似乎就加深了一样。所以，为了对得起成都的这种"歪"得可以的俗文化，须得专门挑"麻嘎嘎"这个俗语来形容，叫作以俗还俗吧。

另一篇文章中已经提到了，成都的酸文人特别多，如苍蝇子似的到处嗡嗡叫。苍蝇子一串串地飞，总要有个落脚的粪堆堆吧？如果仅仅是像普通百姓一样，胀饱了，打几个嗝，放几声屁，闲空了摆一点荤龙门阵素龙门阵，那倒也没什么大不了，世俗生活嘛。可酸文人哪里是只甘于过百姓世俗生活的，他们要抛文卖酸，靠酸文来博取利禄功名。卖到哪里去？如今杂志不吃香了，出书既慢且难，但天生他材必有用，世无绝人之路，新时代新天地，传媒业正火着哩。天宽地又阔，而且在各种媒体上抛文露脸，又快捷又方便，还可以吸引目光一大片。棒极了！

众所周知，近年来成都的传媒业是发展得很迅速的，尤其纸质媒体——报纸特别火，报业大战全国闻名。大报小报，风起云涌，数量众多，而市场如馍馍，又只有那么大，这个也想多咬一口，那个也想多占一块，争夺自然十分激烈。正常且正当的竞争当然也没什么，可以促进自身的提高。多数报纸从整体上看也还不错，八仙过海，各显神通，办出了特色，呈献了精彩，而格调并不低下。

但有几家就不是这样了，特色谈不上特色，精彩却是十分精彩：凡是凶杀、暴力、强奸之类邪恶事儿，都要做出耸人听闻标题，都要细致描述，津津乐道，绘声绘色，着力渲染。等于每日在报页上轮流播映打斗片、三级片，让人天天获取嗜血贪淫的快感。一旦上瘾，那当然就不怕你舍不得掏出五毛钱去买他的报纸了。报纸好卖了，那当然什么都好说了。首先，商家舍得来打广告，大把大把的钞票自然就滚滚流入了口袋。再者，对上对外也好交代：我们的报纸赢得了广大读者的喜爱，创造了很好的社会效益。冠冕堂皇得很哩。这很容易让我们想起香港一个名声昭著的影视业大亨，靠拍三级片起家，如今资产上亿，到处丢几张毛票做善事，衣冠楚楚，温文尔雅，一副名商巨绅派头，大企业家大慈善家光辉形象，叫人仰慕尊敬得很哩。只是想想，他如今大把摸出钞票来做善事，譬如捐助失学儿童的钞票吧，原来却正是从几代青少年身上榨取出来的，靠给他们心灵上注射"黄色可卡因"榨取来的"毒资"，你不觉得这事有些滑稽可笑吗？这大绅士大善人有些叫人毛骨悚然吗？

赤裸裸或羞答答贩卖暴力色情，以此来刺激读者的感官和购买欲，这当然还只能算是一般做法，是世界流行小报刊的通行手段。成都的一些媒体遮遮掩掩这样做了，倒也还不能说是创造发明，也不叫成都恶俗文化的特色表现，在这方面，还是这几家报纸的所谓副刊、特刊、专版以及文化生活版，玩得地道，做得杰出一些。因为成都盛产酸文人，这些版面正是他们的落脚之处、聚集之所、用武之地。他们的酸水，可以尽情泼洒在这方宝地上，滋生一片艳若脓疮的彩菌。而这些版面纸页，也最想吸纳浸透这种酸水，好吊开成都人有些犯腻发疲的胃口。你有意，我有心，二者遂一拍即合，紧密团结，共同营造那臭酸天地。

这种臭酸又不同于一般臭酸了，不能像在杂志上、大块文章中那样去七弯八拐地慢慢发散，而是要有报纸文章的特定要求，短小精悍，所谓一针见血吧，要做到一针冒酸。好比让你笑，不能挠痒痒似的慢慢逗趣，而是要直捣龙门，一出手就抵近胳肢窝，展劲鼓捣，让你立马控制不住，哈哈喷出欢笑和鼻涕来。这方面，成都酸文人又是高手，不用做大文章，他们的小聪明本来就专会倒腾些酸溜溜的妙语段子、散打段子、二话吊话、荤话俗话和什么改编民谣、自创小调、市井故事、天方夜谭等等等等来。花色品种，丰富齐全；形式各异，但都有一个共同特点：酸。

酸之外，还有一个特点也是共同的，要俗。当然不是一般的俗，必须俗到至极，俗得霉烂。语言要粗俗，油腔滑调，怪话连篇；故事要庸俗，愈下流愈好，愈有色愈鲜；味道要鄙俗，鄙俗才是市民味的体现。恶俗也不怕，大胆相信今天老百姓的心理承受力强得如合金钢一般，他讨厌你，诅咒你，正说明你的出奇恶俗给他留下了深刻印象，这就产生效果达到目的了。就跟电视广告上那个丑小子坐在马桶上做"步步高"无绳电话一样，老百姓都说恶俗，可是都记住了"步步高"，就正因为其人奇丑，其行奇俗，才能制造深刻印象。我们报纸不正该好好向人家学习吗？越丑越好，越臭越好，莫道恶俗玩意儿，正乃生财至宝！

酸文人很懂这一套，不需教，自有道。摆小龙门阵，他们知道不能再只晓得说张家长，李家短了，而起码要说张家怪，李家妖。编小曲子，不能再只是张家的妹儿一朵花，李家的大哥好想她，或者张家的大姐人才那个溜溜的好哟，李家的大哥，看上溜溜的她哟……不行，太一般了，起码要说张家小妹是"波霸"，屁股浑圆得像南瓜，李家二娃眼睛斜，清口水流过尖下巴。反正越怪越好，越下贱越好。打比方也是如此，不能老形容爱情像长江水像炉中火，像高山像大海，像风又像雨，都他妈的太纯太正，得来点绝的俗的，譬如我们的爱情像铺盖，越盖越热火；我们的爱情像白菜，越裹越紧。这要开胃口得多嘛。

反正一条，越下市烂越好，只要让读者开胃口。而只要开胃口，他们就舍得掏钱买来吃，我们就有得赚，就好盖大楼，买别墅，玩轿车，泡小妞。而且，有助于形象建设，着西装革履，戴金边眼镜，装大学问家，玩绅士派头，还可以学人家那位香港大亨，摸几个零钱捐助希望工程，名字刻在大理石上，流芳千秋。办报这个事儿，如今还真有搞头！

至于说读者百姓，那算什么，称他们为主人上帝，那是哄瓜娃儿的话，他们其实就是让我们牵着鼻子走的牛。他贪哪种味道，我们就喂他哪种草料。吃饱了又怎样？吃饱了好让他们去打瞌睡，免得清醒白醒去找大家麻烦，安定团结，你好我也好。这些歪东西胀多了，撑破肚皮，想入非非，生出事儿来咋办？那有什么，概与本报无关，我们这只是游戏消遣文字，谁叫你当真去游戏人生了？弄出事儿来，活该！该咋办就咋办，该判死罪就敲"沙罐"。我们只管文责自负，人责你各人负，不就结了？

以上说的还主要是副刊类文字，文化娱乐版更好办了。现在本来就是个明星时代，追星族一拨一拨的，繁茂得如春天的草、天上的星星，多如牛毛，随便抓一把下来往版面上撒就够了。只要撒在版面上，这些星星就变成报社的金元宝了。小青年不是最喜欢了解明星的爱情故事吗？那就随便把那张男导和李女星拉扯上去就行了，只要他俩在一起拍过戏，只要他俩在一起说过几句话，那就行了，随便渲染暗示一下，也就够绯闻韵事的份了。是说悄悄话吗？上床了吗？肚子大了吗？含含糊糊让读者去发挥想象力好了。

有个本土作家死了十年了，出了本文集，那有什么重要？实在上面要叫报道，那就忍痛让一块小豆腐干出来应付应付吧。噢，对了，注意只突出他长篇手稿遗失之谜。谜么，还有点味道。说起谜，对了，那个香港二流影星的私生子之谜更扯眼睛更重要。还是上这个消息，版面做大一点，标题做漂亮一点，那个什么作家的，撤掉！

……

望江薛涛井

这就是这些报纸的副刊版，文化生活版。这就是这几家报纸的尊容。举一漏万，不要紧，这些报纸天天在大街小巷叫卖着，畅销得很，你随便买几张来看看就可以"过把瘾"了。

　　流风所至，不光报纸，电视也是如此。有的做得很不错，在全国都可以说属于上品。信手拈来两例：成都电视台15频道，有个专栏节目叫"今晚8：00"，播的山乡失学儿童采访纪实，就吸引了不少观众，收视率极高。还有一个栏目叫"时事20分"，有一次，当该台的女记者在北京将话筒直逼某著名"影后"，一点不畏缩地将其赖账脸皮揭下来时，好些观众都连声叫好。此种例子也很多，不可能一一列举，也不是本文题中之意。我们还是往与之截然相反的另一方面说吧。

　　除了一些文艺节目嬉皮笑脸俗不可耐以外（这也是全国通病，不赘笔了），最能体现这种"歪"俗文化，且最有地方特色的，首推近年闹闹腾腾的方言电视剧。当然，方言剧不一定就不好，譬如老电影《抓壮丁》，至今让人觉得无比精妙；又如重庆拍的《山城棒棒军》，反响也很好。但可惜现在，我们成都，却似乎找不出一部像样的片子来。拍得倒也不少，很多人都去赶趟儿，只是越赶越糟糕。故事很肤浅，或者纯粹胡编滥造不说，只一点，那些形象设计，那些动作表情，尤其是那些对白语言，全都体现了一个俗字。不是通俗的俗，而是酸俗、庸俗、粗俗、鄙俗，与前述某些报纸文字一个味道。想来也是一些酸文人俗演员搞出来的吧。他们以为喜剧就是只要一个劲地把观众胳肢窝搔笑就好；以为方言就是越庸俗逗笑越地道，这大约就是他们的审美误区了。地方文化，俗文化，哪是仅仅靠搞笑，哪里又尽是瞎胡闹呢？即使搞笑吧，也有让人情不自禁会心一笑开怀大笑，与捣着胳肢窝笑似哭似笑之别的。而且你还得掌握点节奏吧，尽是高音，怕人家只有蒙耳朵了，一声接一声地笑，恐怕脸皮、神经都会麻木了。人家北京的《贫嘴张大民的幸福生活》，你看看是怎么个让人笑的，笑出个啥味来？我们这里呢，说实话（当然不中听），只会捣胳肢窝的笑林高手太多了。

当然，让人笑笑也罢，消遣消遣也罢，都是可以也必要的，这里要说的，就是一个品位问题。尤其是前面提到的那种报纸，不要搞得太庸俗恶心了。更不要打着贴近生活贴近市民的旗号，挂羊头卖狗肉。不要歪曲糟践俗文化大众文化。成都是座文化积淀十分深厚的地方，曾经产生过不少杰出的地域文化大家，如文学巨匠李劼人。今天也仍有一大批努力的耕耘者。你们不要太给成都人和成都文化丢人现眼。假若你们要咬卵子犟，硬要强词夺理，声称只要群众喜欢，就是好东西；你们的报纸卖得，就说明你们办得好。那么我还可给你们开一方子，让你们的报纸更卖得，赚更多的钞票：知道吗，乡下有些个野舞台班子，生意火得很，场子都要挤爆，因为他们不单上演三点式劲舞，最后还舍得把那三点遮羞布通通脱了扔掉!

成都，怎一个滋润了得

　　说成都，道成都，成都确是温柔富贵的天府之都。近两三年来，我们成都已被炒回锅肉一般，翻来覆去炒得香喷喷腻滋滋了。这倒也不足为奇，普天下都是"月是故乡明"、"谁不说俺家乡好"嘛。何况，成都人又是外表散淡内心里却极其自尊自负、热爱自己家园的。这几年城市发展了，生活优裕了，有了露脸的机会，当然要刻意打扮形象，唱唱赞歌了。只是，自己唱多了，难免腻味；人家冷不丁冒两句，还更加有说服力。

　　最时兴的一句，当然是老谋子为成都拍的形象片里说的那一句："成都，一座来了就不想离开的城市。"其实，这意思二十年前就有一位上海女作家说过了，她来四川开罢笔会，临飞走前突然温情脉脉冒一句："我都不想回去了。"前些年，陕西那位怪才作家更绝，一从"黄土高坡"过来就"惊呼呐喊"："哎哟，这里的土咋就这么滋润呢，弯个手指头一掏，就要花花地冒出水来了！"

　　啧啧。不能说人家少见多怪吧？只能说我们自己有时候是"身在福中不知福"了。这福，就是得天独厚，得地独利，在温和滋润的盆地上，生成了我们的温柔富贵之乡。

都说“一方水土养一方人”，实际上更应该说“一方水土育一方人”，每个地方的人的性格，都与那地方的水土密切相关。陕北人不是爱唱信天游么？那是黄土高坡的天然杰作。你要叫他在我们的春熙路来尖嗓子吼一腔，那恐怕就会惊得“鸡飞狗跳”，以为拉响了警报。而且，谅他面对着繁华都市，柔曼锦水，熙攘人流，也根本扯不开嗓子。我们这里，市井里巷，小桥流水，天生就只适合“咿呀呀”的清音、“扯网网”的散打。

这方滋润天地也就决定了成都人的生活和性格特色：滋润。

首先是生活滋润，口舌滋润。“民以食为天”，成都人在这方面是太有福了，吃食多，花样多，而且特别方便实惠。仅举一个例子吧，外地朋友来了，带他到近郊“农家乐”玩一天，管吃管喝还管麻将，吃的还并不赖，鸡肉鲜蔬加小吃，尽兴一天下来，单人才十几二十元。这叫那位外地客惊讶之余半天也想不过来：“天呀，你们这儿怎么这么便宜！那老板怎么还能有赚哩？”这事你别看小了，正是这又美味又便宜的吃食，滋养着成都大众百姓的肠胃，也滋润着他们的脑花哩——所以成都人的脑子才那么滋润灵动，嘴巴才那么滋润灵巧，说起话来才那么滋润悦耳，风趣幽默，口舌生花。

空气也滋润着哩，要不，成都妹子咋会个个都水灵灵粉嘟嘟呢？要不，哪怕是她们生气瞋目，噘嘴骂人，外地人听起来也觉得像黄莺儿唱歌一般可爱动听呢？

没法，这地儿太滋润了，生活滋润，空气滋润，连人的性格都滋滋润润的：散淡闲适、温文尔雅，好交流，善包容，喜玩耍，尚文化，虽不粗犷而甚开朗，略欠威猛，然外柔内刚。你要是在茶馆里坐了，保不准耳里是若干频道同时开播：这边是荤素龙门阵，精彩纷呈，引人入胜；那厢里却褒贬时弊，放言无忌，鞭辟入里。生活着，自适着，自在着，也自得其乐着，成都人就是这个样！

滋润的天，滋润的地，滋润的城，滋润的人。难怪再怎么样的外地客来了，也会很快被滋润了。唐代那个一脸苦相的杜陵叟，不是一流寓浣花草堂，沉郁的诗风就大变了吗？"好雨知时节"，"两个黄鹂鸣翠柳"，"黄四娘家花满蹊"……这些千古名句不都是在我们这块滋润之地自然生发出来的吗？金戈铁马的陆放翁不是也一来锦城，就"曾为梅花醉似泥"吗？……当然，也有一来就领教了成都人的另一面性格的，那清廷保皇狗端方，不是才到成都的边沿，就被起事于成都的"同志军"给剁了脑瓜吗？现今仍然屹立于成都市中心公园的"辛亥秋保路死事纪念碑"，那直指云天的峭峻刚直，正是滋润的成都人的脊梁。

天府之都，温润之都。天滋润，地滋润，人也活得滋滋润润。老百姓过日子，就讲求一个滋润。难怪满脸沧桑的老谋子出语惊人：成都，一座来了就不想离开的城市。

成都的歌咏者

近来，市面上出现了好些以成都为背景的书，甚至还有几本拿成都冠名的小说，花里胡哨，情意绵绵，据说反响不小。对此，有些成都人受宠若惊，有的因其格调低俗而愤愤不平。其实，在我看来，这没什么值得大惊小怪的。昆仑横空出世，仰者自众；女子有二分妖冶，也必可招蜂引蝶。

倘以感性的眼光看，一座城市就确乎如像一个人，自有它的姿容风貌、性格情感，也就必有它独特的命运和故事。"小城故事多"，何况成都这样的古都大城乎？综观中国西部星罗棋布的大小都会，屹立荒原大野，大都俨然风尘仆仆的汉子，或是威猛刚烈的武士，而唯独身处膏腴盆地的成都，水灵灵，光鲜鲜，出水芙蓉一般，恍若天生丽质的佳人。它阴柔，秀丽，自古以来，无论是自然的还是社会的狂风都很少能在这一方天地扫荡肆虐，所以它温润的空气中总是氤氲着太多太浓的人情与文化，以及发潮的市井俚俗气息。

一个女子漂亮了，自然会吸引众多的追求者。"窈窕淑女，君子好逑"么。所以历来歌咏成都的诗文就不少。这与"谁不说俺家乡好"的心态与情形不同，因为他不是一曲两曲的问题，而是千歌万曲，数量之巨，鲜有它城可比。而且这些歌者，骚人墨客吧，好些都是外乡人流寓客，并无"王婆卖瓜，自卖自夸"之嫌。借用时下流行的"眼球经济"观点来看，确也证明了成都本身的魅力非凡，用成都话说，好扯眼睛。"嘉树下成蹊，东园桃与李"，大约是这么个道理。

当然，特别应该强调的是，这些成都的歌咏者，绝非朝山拜佛的愚民婆婆之类，随便看到个什么破庙泥佛都烧香磕头的。他们大都是走南闯北，见多识广，经纶满腹，志趣高远，眼睛有毒，笔头有灵的角色：汉司马、子云，唐李白、杜甫，宋东坡、陆游……一个个史书上响当当的盖世文豪。真文人写诗作文，都是发自肺腑，不似现今一些媚俗歌星，随便走到哪个旮旯讨吆喝骗吃喝，都要假惺惺丢媚眼抛飞吻，电脑稿一般瞎咋呼：啊，你们这里的姑娘最漂亮，你们这里的山川最秀美……真文人歌咏成都，乃是真有所感，真情流露。他们笔下的成都之美，也不是肤浅的美，而是美得清新，美得深沉，美得脱俗。典范例子太多，千百年来广为流传，脍炙人口，稍有文化者当尽人皆知，就不必一一列举了。仅杜甫流寓成都所作诗篇，就尽可说明问题。

到了近代，散文、小说中的成都被大手笔们浓墨重彩描摹得更具体入微、栩栩如生了。老舍、朱自清等名家的散文自不待言，巴金、李劼人等巨匠的长篇小说更是全面沉实。20世纪前半叶老成都的风貌神态、风俗民情、风云变幻以及各色人等的生态心态、命运故事，都在这些画卷中展示无遗。像《家》《春》《秋》《死水微澜》《暴风雨前》《大波》这些鸿篇巨制，都是现代文学史册上独树一帜、独领风骚的经典之作。书名上并无成都二字，而真实的浓郁的成都气息，却弥漫在这些经典之作中。

比较时下的"成都写作"，差异就在这里了。流行的未必经典，经典的也未必流行，但流传的必是经典而未必是流行。现在在网络甚至在书市热闹的几本成都小说，看来都犯了一个通病：世态的表象，人情的局限。且不论其格调之类的问题，什么"自恋"，什么"意淫"，读者论家各有各的眼光见地，各有各发表意见的权利。只表象和局限的问题，就足以从根本上影响作品的生命力。小至写一个人，大到画一座城，无不如此。积木好看，五光十色，但终究只能搭建纸上的玩具城堡而已。好的长篇小说犹如金字塔，那是需要大块大块的石料堆砌而成的，那才沉实，那才有魄有力。阅世浅薄、功力不足的作家，是很难做到的。玩点小聪明，搞点文字游戏，有一点感受就随便泼洒的写手，更是只能望其项背。自命或是号称"天才"者，其实大都不过是小儿科玩家而已。

玩家看来也是当今时代方兴未艾的一种时尚。社会发达了，科技进步了，物质富裕了，生活丰富了，提供了优厚的条件，玩什么的也就应有尽有了。文学也是如此，自由写作的空间大大增加了，几乎谁都可以玩上一把。这自由倒不一定是在思想层面，而主要是指物质手段，包括电脑写作、网上发表以至出版等等。说夸张一点，凡是识得来几个字、说得来几句话的人，似乎都可以随便成为作家了。说严格一点，时下粗制滥造、低俗浅薄的小说、散文、诗歌泛滥，也和这不无关系。这究竟是好还是坏？恐怕不能一句话简单判定。无论何人，都有说话的需要和权利，也就有写作和发表的权利。写作、发表的自由度的增加，应该说，还是社会发展的一种表现。问题不在于此。老话不是说"江河奔腾，难免泥沙俱下，鱼龙混杂"吗？关键是我们自己不要丧失了判断鱼与龙的眼光和观念。现在不负责任的写手、出版商和媒体不在少数，瞎起哄的情形屡见不鲜——这不只反映在所谓"地摊文学"，更严重的应该说是反映在一些所谓权威部门发布的所谓具有权威性的文学大奖中，此不赘述——我们怎么办？我们只能像在商场买东西一样，不能一看到品牌就给钱，假冒伪劣太多了；不能一看到人多就跟着扎堆喝彩，据说有些地方跳脱裤子舞的草台班子就最红火。我们只能相信自己的脑袋，相信文学艺术固有的质素和标准。别人爱怎么写就怎么写吧，我们自己该怎么看还是就怎么看。只要有自己的脑袋，这世界其实就这么简单，大可不必惊呼呐喊。

　　说来成都人的性情，也恰如这里的气候一般，同属温和型。你在这里绝难看到那种梁山好汉一言不合拔刀相向的壮举。熙攘闹市，车来人往，摩肩接踵，喧声沸扬，一日吵闹能千回，却难得上演拳脚相向，打架斗殴的武戏。晃眼看，这真像是座文明都会，太平世界，人们一个乐呵呵笑嘻嘻，穿着得体，举止得宜，闲散自在，一副温文尔雅模样。

Chapter 2
市井 "性情"

嘴

劲

　　令成都人名标天下的，恐怕首推嘴劲。一是好吃会吃，玲珑小巧一张嘴，吃出千奇百怪花样来。川菜久负盛名，领军天下宴席不说，各色小吃也享誉海内外。此乃成都人嘴上功夫之一，吃功。而嘴上另一功——说功，更是了得。口舌滋润，兼之成都人天生脑子灵光，言谈话语，嬉笑怒骂，遂也鲜活生动，其味无穷。说好时，巧嘴流油蜜蜜甜；骂人时，胜似火锅麻辣烫。出口不是成章就是成"脏"，一串溜一串溜流光溢彩，有腔有韵，有板有眼，令人大饱耳福。外地人有评语道是：重庆崽儿砣子（拳头）硬，成都妹子嘴巴狡。这狡，便是会说善说之意。

　　要领略这功夫，比较最见分晓。你看近来在成都大街小巷转悠着，自行车搭一筐"河南馒头"叫卖的北方汉子，一路上只知瞪着眼粗了嗓门吼叫："呃，馒头！……呃，馒头！……"硬邦邦干巴巴的，且又单调，直叫人怀疑那筐里究竟装的是热腾腾的白胖馒头，还是冷硬硬的砖块石头？而本地的小贩，不用说卖吃食的吆喝得如唱歌一般美妙动听，天花乱坠，诱人直吞口水，就是那沿街叫卖耗子药的，口里也通通唱得溜溜儿圆："哎……耗儿药，耗儿药，耗儿吃了就跑不脱。闻到死，舔到死，耗儿一吃就变狗屎。早点买，快点买，免得耗儿在你屋头下崽崽。买一包，送一包，保你全家清静睡觉觉……"边走边喊，现编现唱，有韵有味，起伏抑扬，倘不是卖的毒药，恐怕你都会买两包来尝尝。

这等嘴上功夫，当今成都好多的生意人都充分利用起来了。他们拿个电喇叭筒，站在自家店铺门口或是摊档面前，扯了嗓门招揽顾客。卖衣服的喊："人是桩桩，全靠衣裳，来看来买，进口面料，港台花样！"卖皮鞋的嚷："富贵一身，穷酸一脚，来挑来选，意大利新款，真正洒脱！"卖处理品的则简直是在唱花腔："大哥大姐，叔叔孃孃，跳楼大拍卖啰，快点来买快点来抢！买得着划得着哟，不买你要吃后悔药！"……成都历来就是商业都会，现今的市场更是发达兴旺，遍街都是店铺，随处可见摊档，加上这成都人爱把生意摆在敞天露坝做，爱扯开了嗓门吆喝响亮地做，生意就显得格外红火，满城吆喝叫唱之声此起彼伏，沸沸扬扬，所以置身成都就像置身于一个大市场、大音乐广场一般。这与其他城市的街市商场大不一样。当然，世界上的大生意都不会这样鸣锣响鼓闹闹腾腾地进行的，做大生意的人也从不至于如此吵吵嚷嚷说说唱唱。而成都，偏偏就是一个做小本生意的人居多的城市，成都的商贩已经习惯了并且喜欢这样响锣鸣鼓欢天喜地又嚷又唱地做生意，过生活。他们有那副油滑的嘴舌，有那份爱热闹的天性，干吗不以此方式图个喜庆吉利呢？

而嘴劲最拔尖儿的还数成都妹子。得蜀水灵气，沾宝地光彩，

　　成都妹子一般都长得小巧玲珑，白净滋润，平时嘻嘻哈哈，颇讨人
喜欢。说起话来，表情丰富，神色活泛。她们小话居多，不是嗤笑
那个瓜娃子好讨厌，就是窃议这个小伙子还可以；张家长李家短，
婆婆恶公公偏；人民商场的服装好老气，时装一条街的才新颖；迪
斯科广场跳舞太安逸了，那个夜总会，嘻嘻，太黑暗……只要成都
妹子三个两个碰到一堆，就有说不完的小话，摆不完的龙门阵，叽
叽喳喳，乐乐呵呵，大街上立刻犹若盛开了一簇簇水灵花儿一般。

　　但你得小心，这些花儿通是长了尖刺的，从来小嘴不饶人，骂
架尤见厉害精彩。你不留神踩了她一脚，她柳眉顿然一竖："咦，
你是三只脚吗咋个？牛都过得到你过不到，没有把脚板给你梗痛
哇？霉得慌，讨厌！"反过来，若是她踩了你一脚，只要你哼一
声，她立刻凤眼一瞪："哟，嫌挤嗦？要清静吗各人回家去，不要

出来转嘛。进殡仪馆火葬场还要排队挤轮子哩，你惊风火扯叫唤啥子？瓜不兮兮的，我看你脑壳头长得有乒乓（意即包块）哟……"遇到这场合，你会觉得浑身被机枪扫成了马蜂窝，根本没有招架还手之功。不过，知情哩，晓得成都女性天生就这种"麻辣烫"刀子嘴，你就千万别真动气，只权当免费听了一出坝坝戏，安逸。

要说成都人能说是能说，就是上不得台面，真要遇上正经八百的场面就惨了。就是那些伶牙俐齿的妹子，只要是放个话筒到她嘴边，舌头就抖不转了："这个吗，等于是……啷个说嘛，等于是这样子的……嘎……喔，对的，就是等于是……"态度比平时和气十倍，脸笑得稀烂，眼睛成了豌豆角，但就是说了半天，还是"等于"不出个名堂，叫人不知所云。这方面比北方人差远了，北方人话语不多，但是吐词清楚，音调铿锵，明了而有气势。所以难怪大凡有点职务头面的成都人，做报告或是训话，都爱讲一口"椒盐"普通话，尤其少不了在每句话末尾，抖一声京腔，将尾巴翘一下，以助声威。老百姓讥笑为讲"官话"。当然，这只适于当了官的人在台面上用，日常百姓相处，这样讲话又未免太生分太做作，要叫人起鸡皮疙瘩笑掉大牙了。还是讲本地话利索亲热，本来成都就是个充满人情味市井味，热热闹闹居家过日子的地方嘛。

俗话说，锣鼓听音，说话听声。又道是一方水土一方人，十方唢呐十片天。说话确实直观地体现一个人的性格、气质、教养。就地域而言，亦可见其文化积淀。北方人字正腔圆，干净利落，有如高天流云，大漠弯弓，铿然锵然。江南人呢喃细语，叽叽哝哝，毛毛雨润了似的，舒心酥骨。而北不北南不南的成都人呢，口音腔调介乎其间，刚柔兼济，阴平得宜。而且好像脑髓有余口舌灵巧似的，话总不喜直说，却好弯来拐去，绕点圈子，展点言子（歇后语之意）。譬如你讲了外行话，他不直接点穿，就事论事，而会联系上饮食，色彩也给你加上，讪笑道："你咋个吃苞谷面打哈欠——尽开黄腔哟！"你说这事情没把握，有点玄，他同意，但是他要把野生动物和栽培植物通通给串在一起塞进嘴，说："硬像是癞疙宝吃豇豆——悬吊吊的！"……诸如此类，举不胜举。但是你不能以其人之道还治其身，也来展个言子，说人家是脱了裤子放屁——多此一举。还得佩服其幽默风趣，语言丰富，寻常一句话也说得来有滋有味，活灵活现。

即便是骂人的话，成都人也能说得别具一格，颇有点文化。山野之人那种日妈捣娘的粗话，他们一般不讲。他要骂你怪话，会说："晓得你妈那年在哪个野庙子去烧的野香哟，会生下你这么个东西来，糟蹋菩萨啊！"还有更含蓄的，就像老作家李劼人在书中所写的那样，使用一种"连把子话"。譬如说这么一句："走，到武侯祠看乌龟吃茶。"随口就把茶客骂成乌龟王八了。但他可以堂而皇之地说，没有骂人呀，我是说的到武侯祠去看乌龟，去吃茶，武侯祠池塘里是养得有乌龟嘛。类似于这样的骂法，有时硬要你想半天才能回过神来，而明白了往往也无由发作。这就是成都人的小聪明小滑头，骂人也讲艺术。

蜀山青青蜀水长，小桥流水，市井里巷，大约成都人说话也受这地理特色影响，往往爱绕来沿去，以收曲径通幽曲折多致之效吧。另外，蜀地历史悠久，文化传统悠长，积淀丰厚，历代多有文人墨客居留于此，比如两千多年前筑石室以开教育之先河的文翁，"西蜀子云亭"所道的汉赋大师扬雄，才女卓文君才子司马相如，以至唐诗宋词大师杜甫、李白、陆游……都曾在此流寓长住，不仅留下灿烂文墨瑰宝，千古不朽名篇绝唱，更留下文化的根，使之代代相沿，习以成风。

更重要的，我看还是成都人的天性，富饶一方土，养出闲适活泼幽默风趣一方人。他们说话，哪里只是为了简单直接表达一个意思呢？更多的是说着玩，把话语在舌头上颠来颠去地品味、欣赏、展示。犹如绿茵场上的好手，把一个皮球在脚尖头顶颠来颠去颠出万千花样来一般。他们爱热闹爱交流，爱说话爱逗乐。哪怕是骂人吧，其实更主要的也是为了取笑逗乐，外带展示自己的口才风采。生活容易，节奏悠缓，这更具备了他们展示嘴劲的时间空间。前面说到的还只是一两句话语，若是讲起事情来，那更是一波三折一言三叹，多滋多味多板眼。要不，成都人咋会把讲故事或者闲聊天通叫作"摆龙门阵"呢？龙门阵，你想一想，那会有多么绵长多少起伏跌宕曲折回环呢……

成都人的嘴，真是生活之嘴，悬河之嘴，妙趣横生风景无限之嘴！

龙门阵

不愧历史文化名城美誉，成都这地方的龙门阵确实有如和尚敲木鱼——多多多。既有远古八荒满含秘闻逸事古香古色的老龙门阵，也有近在眼前出自身边顶现代顶鲜活的新龙门阵；有乡土情浓地方色重如同叶子烟吧嗒出来的土龙门阵，也有光怪陆离神奇万般充满咖啡味的洋龙门阵；有正经八百意味深沉庄重严肃的素龙门阵，也有嬉皮笑脸怪话连篇带点黄色的荤龙门阵……而成都人呢，无论七旬老翁，还是总角顽童，也无论是男是女，无一例外地都爱听也善摆龙门阵。可以说，成都人就生活在龙门阵中，犹如他们大半辈子都浸泡在浓茶中一样。他们的文化滋养、历史知识乃至人情世故生活经验等等，很多都得益于这些源远流长无所不包生动活泼风味无穷的龙门阵。

这神通广大的龙门阵究竟为何物？外省人不详就里，一般只诠释为故事，摆龙门阵即相当于讲故事。这种说法虽也有些道理，但在成都人看来，总觉得不那么贴切得体，不能渗透其精髓风韵。在成都人看来，讲故事太一般了。故事，哪里没有？

讲故事，谁不会？但故事这说法本身就意味着平板，且有说教味。而成都人天性就不喜平板，向来就反感说教，他们喜欢的是闹热，是味重。一如吃饭做菜一样，他们压根儿瞧不起北方菜的隆重而单调，南方菜的排场而寡淡，要他们做，再简单的小菜，他们也定要加油添醋剁姜煎椒七弄八弄，弄他个麻辣烫俱全色香味俱佳，好像这样才配叫吃饭，否则只能叫填肚皮。

成都这地方得天独厚，物产丰饶，自来是个好过日子的地方，故而成都人也特讲享受。吃是一种享受，说与听又是另一番滋味的享受。前者是口福，后者为耳福。成都人是身在福中自满足。吃饱了撑的，没事找事干，这说法于他们还不对路，应该说他们是成天吃得心满意足舒舒服服了，便想动动油光水滑的嘴皮子，听听稀奇古怪事，再来一番心理上的享受，打一盘精神上的"牙祭"。而这，就不是一般讲故事所能满足的了，须得如同正宗川菜回锅肉或是麻辣烫火锅一般的龙门阵才能解其馋过其瘾了。

这龙门阵的讲法，不叫说也不叫讲，而叫摆。只这一"摆"字，便活脱脱显示出了其气派声势之非同凡响。咋个叫摆？平常吃饭放三两个菜碟那不算数，须得请客吃饭赴宴上席，七碗八碟排满一桌，那才能叫摆，此为摆席。做生意沿街叫卖也不能叫摆，须得七古八杂琳琅满目铺开一地，方可叫摆，摆摊子。还有老字号茶馆喝茶，功夫老道根底深厚的"茶博士"来上茶，不是一个碗一个碗地放，而是一手拎一把滚烫长嘴铜壶，一手从臂到腕重重叠叠置了一摞碗盏，手指间还分别夹着几只，势若叠罗汉，状如龙抬头，步履稳稳笑意微微来到你面前，哗啦啦一下，一闪手一晃臂便将十余只茶碗平平稳稳匀匀净净在茶桌上散排开来，这等身手才有资格叫作摆。由此可见，摆字不是随便好用的。一般地原原本本正正经经说道一个事情，那断不能得摆字之意味。

成都人的功夫就在这里，哪怕是一个再简单不过的事情，他也可以七弯八绕天上地下给你铺排开成一串一串开花开朵的故事来，再平淡无奇的事，经这么一渲染，也顿然绘声绘色有滋有味起来。大概成都人天资聪颖，很懂点"曲径通幽处"的美学原理吧。或者这是诸葛丞相治蜀用兵出神入化的遗风影响所致吧，他老先生当年就曾大摆过回环奥妙"八阵图"，和那疑云重重"空城计"的。抖开来揭穿了都极其简单，然而摆开了却煞是险奇曲折，波澜丛生。成都人摆龙门阵，深得其味哉！

你还真得佩服成都人摆龙门阵时的丰富联想能力和生动的民间语言。说地下的草芥，他可以把天上的星云给你摘下来，揉成一团。讲古代老祖宗的故事，他能够把你隔壁的幺妹也给扯进去。谈起他屋头的猫儿下了崽崽，他居然将玉皇大帝的麒麟御骑也给请下凡来凑兴。《水浒传》中的狮子楼武二郎大斗西门庆，本已写得够精彩了吧？成都人还觉得不够味，还要添枝加叶，横生波澜。比如说到那西门庆本也武艺高强，身手非凡，与武松并不相上下，只是理亏心虚，故而怯阵落荒之时，他并不接下去说武松如何紧逼上前，直将西门公子打下楼去——这一下去人便死了，还有什么戏可演？而是你想也想不到的，他于此顺势一拨腕，突然飞越十万八千里，十万八千年，兀头兀脑就把戏演到你家门口来了。他会说，不要说西门庆霸占了人家嫂子，还害死了人家哥哥，太霸道太歹毒了，他心头自然要犯虚，就说你嘛，倘若平常老是爱上隔壁王二麻子屋头打麻将，人家麻子出差了，你也去，跟人家麻嫂子在桌子上搓来搓去，眉来眼去，这头喊打白板，那头说出红中，这样子三天两头，即便说你们都只是逢场作戏，浅尝辄止，没有真干那码子要不得的事，恐怕哪天王二麻子回来，吃鱼卡了根毛毛刺在喉咙管上，多咳嗽了两声，你娃娃在隔壁子听到了，心头都要咚咚咚地甩几下，脚杆都会打下子闪闪，为啥子？心头犯虚嘛……这样横插一杠，绕个大圈，才又扯回到狮子楼去。

这是由古扯到今，当然说今他又会反转去摆古。譬如眼下热门话题之一，贩卖使用假钞票，他说着说着就扯到旧社会的银圆交易了。嗨，要啥子仪器检验，哪个还会拿荧光灯来照，人家道中人只要晃眼看一看，手上捏一捏，至多牙齿咬一下，耳朵边上用小指头弹一下，听一下声响，是真是假就清醒白醒了。那会儿这种黄白道上高手多半在安乐寺出没，诡秘得很哩！然后绘声绘色讲那寺里的情景，诡诈凶险不亚于一部电视剧。好像他当年在那儿出没过，其实呢，那时候这世上可能还没他，他也是听人摆的龙门阵，只不过到了他口里，又经过了一番随意加工而已。本来由假钞扯到银圆再扯到安乐寺，这已经够意思了吧？不，他完全可能又会告诉你，那安乐寺不得了，菩萨座下有个洞，幽深无底，直通东海，所以叫海眼。你不信？早些年还有人半夜把耳朵贴在菩萨底座听过的，硬是听见轰轰轰海水涨潮哩！可惜菩萨打了，庙也拆了……于是，当然又可以扯到太平天国打菩萨，孙中山打菩萨，红卫兵打菩萨……无穷无尽把这龙门阵一字长蛇摆下去。

这就叫摆龙门阵。

这才叫摆龙门阵。

天上地下糅一团，古今中外熔一炉，妙语要连珠，妙趣要横

生，多姿多彩多滋味，有声有色有新意，这就是成都人摆龙门阵的妙处。

而且，除了善于联想，长于讲述，能够不断推陈出新，化腐朽为神奇，掀波起澜，演寻常为闹剧之外，成都人摆龙门阵的功夫还在于常常能将严肃付诸谐谑，将刻板演绎成轻松，甚至将神圣化解为庸俗，即便是正剧悲剧，到了他们口中，一摆出来也就涂上了浓浓的幽默滑稽色彩，戴上了小丑面具。

家中被盗，半夜强人撬窗入室，掠走钱财衣物，这该算是不幸之事吧？可你第二天从男主人口中听到的，却类似于一部香港惊险电视剧：如何听见窗户铁栏响动而浑身不能动弹，肯定是施了迷魂药啦，不是两把刀子把我婆娘比着，老子早就横了！狗日的球没名堂，录像机抱走就抱走了嘛，龟儿子把老子的皮带都拿起跑了，害得老子今天早晨门都不好出得……而那位女主人呢，惊魂甫定就笑嘻嘻当众揭她男人的丑：龟儿子昨天瘾大嘛，喊他早点睡，他硬要"耍"到半夜，干完事就睡得跟死猪一样了，听得到啥子栏杆响，哪来的啥子迷魂药？刀把我比起，我才没有虚火哩，他龟儿才笑人哟，靠到我就跟在打摆子一样。嘻嘻……你看她那模样，真不知昨晚上她家是遭了抢，还是来了客人。

上面的大首长下基层来视察工作，该是件顶正经顶严肃的事吧？可从成都人口中传出来的却大多是洋相笑料，好似一部轻喜剧：你没有看到我们单位那个刘头儿哟，平常看到我们尽是脸青面黑的，今天看到上头的大官来了，才不得了哇，把脸都笑烂了，脑壳跟啄木鸟似的直是点，我给他数了的，硬是不止点了一千下。他这个"保长"（意即活宝，傻瓜）才笑人哟，穿件西装，领带打歪了不说，脚底下又穿的是朝元布鞋，你说像不像鸡脚神戴眼镜——假装洋盘哇？本来照相该工头儿挨到首长照，他龟儿子硬是要挤到人家中间去，饿痨饿虾地伸起颈子，就跟一个鬼登哥猫头鹰一样，丢人现眼完了！嗨，那个首长也安逸，前呼后拥来转一趟，总共才不到十分钟，还要给我们抖官话：同志们，你们辛苦了，我代表……感谢你们！我们说：阿弥陀佛，要感谢你老人家啊，你不来转这几分钟，我们单位门口那条烂路不晓得还要等几年才会修整好哩，你老人家二天（今后之意）多来耍啊……如此嘻哈打笑声中，比之于峻刻的春秋笔法，又是别一种风味吧。

这些还是些许小事，倘若哪里出了命案，哪家夜总会毁于大火，期货市场老板卷款潜逃，某要员突然锒铛入狱……几百万人的大都市难免三天两头出现些爆炸性新闻，这一下就更加热闹了。街谈巷议三天不止，还定会生发出一连串绘声绘色有板有眼的龙门阵来。也许那命案背后牵扯着一出风流故事，也许那冲天火光之中掩藏着一个三百年前的古刹秘密，那潜逃老板和入狱要员之间，不定就勾连着一根隐秘黑线……这些自然又是成都人可以大大发挥想象力大摆龙门阵的好材料，如同于吃火锅时兴的生猛海鲜。

龙门阵如此之多，摆起来又海阔天空串今联古天花乱坠如此精彩，所以，不仅称之为讲故事成都人觉得不贴切，就是北方人所谓侃大山南方人所谓讲聊斋，他们都通通觉得算不了正宗，上不了席桌，打心眼里瞧不起。什么王朔李朔，那帮京油子侃爷有什么了不起？他们那些故事纯粹是机械化流水线生产出来的，哪有我们的龙门阵摆起来鲜活精彩，提神来劲。登泰山而小天下，成都人就是这么自得于这举世无双的龙门阵大席。

正因为如此，尽管现今电影早已滥市，电视早已普及，各种小说故事多如牛毛俯拾皆是，但龙门阵仍以其无可取代的特色滋味，津津乐道于成都人口中，了无衰意。历史本来就有那么古老，龙门阵自然摆之不完。社会生活又在急剧变化，龙门阵自然就演绎不断。可以笑说一句"豪言壮语"：只要这世上还有成都人在，龙门阵就永远不会成为化石。地老天荒，此树常青常鲜。

看热闹

交往，好交往，要交往，大约是人类的一种天性，甚至可以说是人之为人，人区别于其他动物的一种标志。绝对独生独长独来独往的人恐怕不可能存在。即或有这样的人，也会渐渐退化为动物，如狮虎鹰隼一般。交往，最起码的是指彼此思想情感的交流、感染，语言的表达、沟通，以及相应的礼仪方式。而这些，正是人之所以为人的基本特征。试想，丧失了思想、情感、语言、礼仪的人，还能叫人吗？

交往，增加知识；交往，增进感情；交往，增强人类的力量。可以说，无论是人自身的成长，还是整个人类社会的进步发展，交往都起着很大的作用，无可取代，功不可没。

只是，稼轩词中一句话说得好："事无好恶，过则为灾。"这交往之事一旦过了头，便会成为无聊。譬如交往之一种——扎堆儿看热闹，便常呈现出一种病态。

据搞比较研究的人说，西方人多讲求实效，关注自身，常独来独往，不太关心他人他事。而

东方人正相反，喜欢扎堆儿，穷聊，爱尖了眼睛竖了耳朵瞅着听着别人。而这与另一说法，西方人感情多外露，东方人感情多含蓄，似有矛盾，也不知道这矛盾是怎么统一起来的？但事实上不能不承认，我们中国人向来有太爱看热闹的毛病。

这肯定是毛病，尤其是那种把看热闹当成乐趣的人，甚或无缘无故只要是有热闹就要驻足的观望者。鲁迅先生当年之所以愤而弃医从文，就是因为这情形的强刺激，看透了并深深痛恨国人的这种毛病。在他的杂文和小说中，曾反复写到过这种情形，写成群的健壮而麻木的国人，如何木然漠然地围观自己的同胞被日本强盗砍头示众，如何像板鸭一样伸长了颈项争看革命志士被害，还候着买人血馒头来治病，饶有兴趣地议论无关痛痒的枝节……愚钝、麻木，无正义无是非，无思想无激情，种种病态无聊集中地体现无遗，令人心寒心惊！

如果说爱扎堆儿看热闹是相当一部分中国人的毛病，则成都人在这方面更是表现得"出类拔萃"，表演得淋漓尽致，有声有色。

在成都，可以说到了这种地步：无论白天还是夜晚，无论在街头巷尾还是院内户外，你随时随处都可以看见一堆儿一堆儿的人，成群结队拥成一团，势若大河流水突然遇到了什么阻拦障碍，形成了一个回旋，或是一片水塘。顺带说一句，现今成都的交通堵塞是出了名的，除了车多人众，这有事无事爱围堆儿扎墙子便正是阻断交通的一大因素。交通警察站在岗警台上，指挥得了千车万人有序通行，却往往拿这些妨碍交通的人堆儿无可奈何。他们又没有集会示威，或是哄抢打闹，只是里三层外三层在那里站着看着什么热闹，瞅着什么稀奇，没有犯规，没有触法，你不能用警棍水龙去驱散，有什么办法？你劝他们离开，他只会涎着脸冲你傻笑一笑。你吆喝他们散去，他退两步又拥到另一边去了。如果说这是街头常常没头没脑开出的莫名其妙的花，生出的瘤子，一旦形成，便往往要几十分钟甚至几个小时才会谢掉，散掉。

这，也可以称作是成都街头的一种特色，一种风景。

这，也可以说是成都人的一种传统，一种癖好。

你说鲁迅讲的那种情形吧，杀人砍头，事情还算重大，要围观争睹也还可说在情理之中——先生憎恶的主要是那种冷漠麻木态度。而成都人则不同了，大事小事，只要有一点点异常，就非得围观瞅个痛快不可。哪儿死了人哪里失了火，哪儿来了大头儿的车队或是游街示众的犯人经过，如此种种，立刻一传十，十传百，顷刻间便会招来"千军万马"，把那地方围得水泄不通。而有的情景，更叫人简直莫名其妙，不好理解——

街边上，两个人不小心碰了一下；马路上，两辆自行车不注意撞了一下；甩果皮，不经意扔到了别人身上；乃至张三觉得李四平白无故多瞪了他一眼，或是王五觉得赵六装疯卖傻挤了自己女朋友一下……凡此种种区区小事，都会立刻引发一场街头大战。成都人爱吵架骂人也是出了名的，你骂一句，他便还十句，你的声音像打锣，他的嗓门便若轰雷。唇枪舌剑激战不到五个回合，这两英雄好汉身边便注定会围上成百号人了。围观者一般不助阵也不参骂，只兴致勃勃地袖手旁观着，仿佛在看一出街头活话剧似的。眼睛放着光，脸上含着笑意，愉快得很哩。围观者的神情绝不板滞麻木，而是活泛里不断变化：赞许的目光投向占上风者，啧啧，这张嘴不错，好滑溜；讪笑的目光投向落败者，嘿嘿，这人嘴不行，太笨拙。津津有味看着，观赏，评判，一站就是半个时辰，总要等交战双方都尽情宣泄完了，乏了，疲了，没精神了，嘴上唷着白沫儿悻悻撤军罢兵了，这大堆观众们才会各自兴犹未尽地议论着散去。大街上的一个大疙瘩儿也才算自然解开。当事人为些许小事大吵一场，伤肝耗神，值不值且不说了，就这些看客们来说，真不知又有个什么意思。拾了财吗？长了肉吗？啥都没有，反白耗了那么多时辰精神。但成都人就是喜欢看这热闹。时间算什么？他有的是闲空。精神费什么？热闹挺让人长精神！没法说。

还有呢，倘若一个人穿着打扮不同点儿，出格点儿，那马上也会成为一个热闹源。早几年，有新潮艺术家派头的小伙子披了长发在街上走，还没走完一条街，屁股后便会赘上一大帮人，有小孩小伙，也有老头老太，边跟着走边指指戳戳，先是窃笑私语，到后来便哄然一声嬉笑开来，追前逐后，上下打量，观赏个够，让人家如陷重围，进退维谷。这几年长发小伙儿早见多不怪了，不会再引起"轰动效应"，但偶有大胆女子穿了敞胸露背的衣裳招摇过市，你看吧，那亮着的肌肤上，不立刻又贴上无数双眼睛才反倒是怪事。成都人，对新鲜事物可敏感可热情了。

成都人的这种热情敏感可以说到了病态的地步，以致常常闹出笑话来。有个小伙子看见一家店铺门前人多，热闹，便也围了上去，待费尽九牛二虎之力，挤到柜台前一看，原来人家是在卖新牌妇女卫生巾。这绝不是编出来挖苦人的，在成都你完全可以相信这事的真实性。生意人当然通晓这种心态，所以成都的商贩多愿意吆喝着喊些花样叫卖，行话管这叫"卖钱不卖钱，摊子要扯圆"。只要喊得热闹，就会有人来围观，而只要摊子扯圆了，就一定能卖钱。以此观之，则成都人这种爱看热闹的天性，对促进买卖兴隆商业繁荣又是有功劳的。难怪成都的商业那么发达，街市那么红火呢。

的确，成都人的爱看热闹，虽有百病，却也并非一无可取。因为成都人天性开朗活泼，遇事总爱参与。同是看热闹，他们与鲁迅笔下那种看客不同。他们绝不冷漠麻木，无动于衷，他们有时也要表态，甚至亲自动手的。就说前面提到的街头吵架吧，若是两个男子扯扯也就算了。若是大男人对弱女子，或是大人辱骂小孩，强者欺侮弱者，那么对不起，看客们就要挺身而出，支持弱小了。他们会说："大欺小，来不倒（不行，不允许之意）。"或是："你男娃子跟人家女娃子扯（吵架之意），好不好意思哇？"在这种情况下，再歪再恶的人也只好收刀敛卦，不敢逞凶耍蛮横。须知，看客如云，正气也齐云哩。所谓众怒难犯，真要惹恼了看客众人，你试试看！

不久前就曾有一个高干子弟，开辆高级轿车撞伤了一位过路老头，还出言不逊，结果被看客包围，差点走不了路，汽车也被掀翻了。更有财大气粗的老广在街头调戏女学生，被看客捶得个半死。在这方面，成都人是颇有点蜀汉大将关云长"欺强而不凌弱"的遗风的。

而对于弱小者不幸者，成都人又会表现出另一种热情——关注，同情，予以扶助。有时本地电视上播出病重、弃婴、穷困乡村来的大学生病重住院、残疾人陷于困境之类的消息，马上便会有不少人前去探望。这自然早已不是一般意义上的看热闹了，他们是带了食品用品或钱款去的，带了他们的一腔热情同情之心去的，没有任何政府部门任何人动员号召，他们就闻风而动，自己去了。因为他们是爱"热闹"的成都人！

绷面子

都知道成都人嘴巴厉害，轻易不饶人。有时候你看见一个女娃子，年轻轻，粉嘟嘟，漂漂亮亮，文文静静，以为是淑女典型，却不料突然骂起人来，张口一个龟儿子，闭口一个烂婆娘，怪话连篇，出口成"脏"，滔滔不绝，一箩筐又一箩筐。而当所有的机关枪火箭炮从她那好看的小嘴里发射完毕，最后大抵都少不了恶狠狠甩出这一句话做结：

"不要脸！"

或者再加一个字："死不要脸！"

而对方还击她的，大抵也是回音壁，同一个意思："看你个年轻女娃娃，满口怪话，你才不要脸！"

瞧瞧，这么简单三个字，"不要脸"，在成都人心目中，却变得多么严重多么有分量了！仿佛什么污言秽语怪话狠话都比不上它有杀伤力，它才是最终致人死命的撒手锏、夺命剑、判决书、定音槌。一沾上你就算糟糕透顶，彻底没治了。就意味着你不是骗子，就是娼妓，头顶流脓，脚底生疮，坏透了，烂透了，无赖透了。因为你"不要脸"嘛！

啥子脸，这么重要？当然不是实指你头上的那层脸皮，那上面即使长满了麻子颗颗，也不能表明你一定是流氓坏人。这纯粹是两码事儿。说一个人"要脸"、"不要脸"的脸，实际上就是大家通常说的面子之意，也叫脸面，台面。

其实，要脸面，这是人与生俱来的通性。自古至今，概莫能外的。也不论你是成都人还是外地人，乃至外国人，都是如此。甚至可以说，人之所以叫人，除了能直立行走、会制造工具等基本要素之外，知道要脸要面子也是区别于一般动物的重要标志。就最狭义的角度说，从远古人类知道腰围树叶以遮羞，到现代女性舍得花钱受罪去做隆胸割眼皮，无一不是在做要脸的"面子文章"。这种文章应该说很有价值，很有意味，它表明了人类一种文明的境界：厌弃丑恶，包括对免除不了的丑的遮掩；追求美好，包括对美的误解和夸张。

而广义的面子，则从自身身体形象泛化到了一个人的整体社会形象，诸如身份身价、地位名誉、才能知识、婚姻家庭，以及当今社会特别看重的金钱财富等等，包容涉及泛泛多多。甚至，夫人或女友或"小蜜"——相对自然是丈夫或男友或情人——漂不漂亮，乖不乖；娃娃是不是读的重点中学、名牌大学；出门是两个"滚滚"（自行车轮），还是四个"滚滚"（汽车车轮）；穿的是名牌还是大路货；抽的是高档烟还是低档烟等等，都是题中之意。可见脸面问题含义之丰，关系之大，有面子与没面子差别大大的。

成都人自然也不例外，要面子，爱面子，且看得格外重。这从他们一代一代世袭相传，日常用来教育子女或教训他人的话语中不难看出。譬如最常见的一句口头禅是：

娃娃哟，千万记住了："人活一张脸，树活一层皮。"你可千万别学坏，千万要争气，给老子挣个面子哇！

"人活脸，树活皮"，这就是成都人心目中做人的一个基本标准。树剥皮当死，人若不要脸面，那就不如死了算了。言下之意即是如此，你道看得有多重要？

当然还有更厉害的，那一般是用在针砭一个人、评判一个人方面了，叫作：

"人不要脸，鬼都害怕。"

想想，连魔鬼都害怕的是什么东西？肯定不仅不够披人皮，而且必定比鬼还要丑恶，还要凶险，还要可怕！能受此誉者，不是大奸雄，就是烂娼妇之类，总之，必当是十恶不赦、万人唾骂之辈，方可当得。

成都人对脸面之看重，由此可见一斑。

注重脸面当然是对的，要脸是做人之道，要面子亦是常人之情。但倘若进入误区，就大可不必，且会贻笑大方。譬如有的暴发户，爱将手指上戴满了金黄大戒指，自以为得意，而暗招人窃笑一般。或者文化界小混混，爱将名片上印满了各种堂皇头衔一样。不过，这一般都是沿海地区和小县份上一些人之所好，见多识广知深知浅的成都人，是少有出此洋相的。

但成都人也有自己的弱点，就是俗话所谓的"绷面子"，也叫"打台面"。何谓绷，怎样讲，按字面意思，绷就是将层面东西，如一块皮子，尽量撑开放大之举。本来面子只有锅盔那么大，却硬要绷到面盆那么大，台面那么大，这就是绷面子了。用之于生活中，假若你今天明明吃的是泡菜稀饭，人前却偏要抹抹嘴，拍拍肚皮，打两个假饱嗝，做出一副酒足饭饱、心满意足的神态来，漫不经心地说：嗨，今天这顿海参鱼翅席，硬是把老子都吃得——不忙，你以为他会说什么？吃得太饱了，不对，他一般都会接下来说——吃得发腻了，简直不想吃了。这才有面子。

假如他还告诉你，这台席他本来是根本不想去吃的，早吃腻了，没胃口，也没那闲工夫，但龟儿李董事长，或者王副局长，非要请他的客不可，硬把他拽上席桌去，他只得给个面子，勉强夹了两筷子云云，那他当然就更有面子了。

这种面子还是好绷的，因为他说的是已经过去的事，而且无从查考，隔着肚皮，你有火眼金睛，能看出那里面究竟装的是海参鱼翅，还是稀饭泡菜？

有一种情形，不是过去式，而是未来式，那面子就不是好绷的了，考手艺。随便举个例吧——

他小子这一向倒霉，班不好好上，成天打麻将，奖金全扣了，工资也快输光了。可偏这当儿，新结交的小“粉子”，也叫女朋友吧，粉嘟嘟地找上门来了，撒着娇要他陪她去吃海鲜火锅。说是陪，其实是赔，赔钱买单。在这一点上，成都人可不像小气的上海阿拉，或者洋老外，兴什么ＡＡ制的，从来都是女的使嘴，男的付账。如若不然，那可是太没面子了。他当然不能丢这个脸，于是大大咧咧把腰包一拍，把“粉子”的软腰儿一搂，说：行，走吧，要去就去最高档的“银杏酒楼”，那才地道呢，我这一向常在那儿吃，走！

走？真上“银杏”？那儿吃一顿，没有几张百元大钞可是下不了台的。而他清醒白醒，自己兜里只有二十块钱了。这面子咋绷下去？

绷不下去也得绷，女朋友面前嘛。不可能偷，不可能抢，连借钱也来不及了，怎么绷呢？成都人脑壳打得滑，终归有办法的。你就好好看着这"绝处逢生，起死回生"的精彩表演吧——走出门，他突然把脑门一拍，说：不忙，"银杏"的生意太好，大老板、大头儿，经常都在那里请客，人都要挤爆，一般去了连位子都找不到。"粉子"的口水早已掉进肚子了，一听，便急了，小脸一仰，小嘴一翘：那咋办哩？不嘛，我要吃"银杏"嘛，王哥（假如他姓王的话）！他也不慌，认真想了想，说他先给"银杏"的总经理张哥（这可是随便取的姓氏了）打个电话，叫马上给他们腾个雅间出来。粉子一听好高兴，当街搂着他就先"吃"了一口。于是他便去打电话，大声武气一阵吼：喂，"银杏"哇，给我喊一声张总！我是哪个？王哥哟，天天都在你们那儿吃海鲜，啷个听不出来了？对对对，我就是你们张总的老朋友嘛，快给我喊他来接电话，今天我要陪女朋友来好好吃一顿，弄巴适哟！啥子呀，张总这阵办急事去了？海鲜出问题了？他去海关办交涉？啥子呀，这一向进口的海鲜都不能吃，遭了辐射了？吃了二天肚子里要长包？那么凶哇！你搞没搞错哟？不得哄我，是内部机密，只传达到省市一级？哎呀，龟儿硬是倒霉透了，我们那位正想吃海鲜想得发慌哩。那好嘛，过两个月再来，等辐射过了再来。当然命最重要啊，健康第一健康第一嘛！对对对，鸡鸭鱼都不保险，抗辐射就是要多吃青菜萝卜……

于是，顺理成章，他就带"粉子"去吃素菜饭了。面子也绷够了，只装了二十元票子的包包也不会打抖了，说不定小"粉子"心头还万般感动：幸好我这个王哥面子大，省市一级的机密都晓得，不然，二天我肚子里谨防硬是要长个包来吊起哇！哎呀呀，妈妈哟，吓死人了！

这是不是有点太缺德了？话不能那么说，因为这种绷面子，并不糟害人，并非着意坑蒙拐骗之道，只不过就是绷绷面子罢了。成都人是把面子看得很重，爱绷，但一般来讲，并无害人之心。这与那些沿海来的，打广东腔，冒充香港富豪，骗钱诈财者，不可同日而语。与有些北方来的，操一口滑溜京腔，号称老将军公子，专勾成都乖妹儿上钩者，也大不一样。甚至与一些湖南江西老倮，跑到四川乡下，神秘自谓系国民党某元老侄辈，拿一张什么"藏金图"，专门哄老太太钱包的，也不可相提并论。成都人嘛，小聪明是有，但一般是绝无贼心歹意的。

当然也有聪明反被聪明误，硬绷面子结果把面子给绷破了的。譬如小青年结婚，摆筵席，人家某邻居或某同事、某朋友，上次是在民族饭店包的席，那我这回起码也要在锦江宾馆花园餐厅，这才不输脸。他上次摆的十桌，求个十全十美。好，这次我无论如何也要比他多。多好多，十二桌，十三桌？碰到你鬼了！十二太小气，十三不吉利，要摆就摆个十八桌。18，要发，懂不懂！还有迎新娘的车也很重要，要扯一路人的眼睛的，他上次找的"桑塔纳"，我这次起码也要找个"奥迪"；扎花车他用的假花，我就肯定要用鲜花。钱花多了，管他的，反正这一辈子就这一回，无论如何也要把面子绷够才行！

这样的结果，往往是后事不妙，两口子热热闹闹结了婚就开始心焦，焦虑着还债；生了娃娃更糟糕，积蓄早花光了，现今带个娃娃开销又大，钱哪儿去找？说实话，成都这个地方，这些年表面上看花花哨哨，但真正富贵的人家还是比例很小。一般平民百姓，天天吃麻辣烫，啃兔脑壳可以，但一下要拿个十万八万出来阔气，这个面子是不好绷的，"死要面子活受罪"的事也时有发生。

而仅就一般的绷面子而言，有时候你还不能说是成都人的弱点，只是爱虚荣什么的。这一点好像不如有些上海阿拉，明明家里尽吃小菜泡饭，面子上却尽装阔气大款，西装笔挺，皮鞋锃亮，油头粉面。但若请客吃饭，那就艰难了。即或豪爽一盘，也是黄瓜一碟，小菜儿盘，精致倒是精致，可是容不得你忍心多下筷子。成都人不同了，有朋自远方来，不亦乐乎。那就要真乐，再背时倒灶也要想方设法让你上上馆子，大鱼大肉摆一桌子，痛痛快快来一个酒醉饭饱。招待朋友嘛，请客嘛，这种面子不能不绷，不绷就太对不住朋友，就太不像个成都人，丢成都人的脸了！

说了这么多，好像尽是在说吃的方面，围着吃在打转，这没办法，因为成都人天生就是爱吃好吃的，成都就是个"吃城"。所以这面子好多也就自然绷在吃的方面。包括请客会友，过生日过节日，办红白喜事，其中的重头戏，一般都是吃酒席。有没有面子，拿不拿脸，自然往往也看吃得如何了。这是不是有点"俗"了？也许，本来我们说的就是俗人俗事嘛。成都人并不以为耻，因为他们喜欢的就是市井生活的热闹，追求的就是世俗文化的美好。

雅的当然也有。大雅归大俗，大俗归大雅，雅俗同体，至妙之道。这面子也可以绷到很高雅的方面去。不信？随便上露天茶馆坐坐吧。你看邻桌几位，貌不惊人，衣不出众，老的像居民大爷，少的似街娃儿青皮，中年几个也许是下岗工人，寻常得很。可是你听听人家的谈吐龙门阵吧——成都人的龙门阵太多了，拣不胜拣，这里就任挑一个时下热门话题，球莫名堂的足球来说好了——

少的当然最来劲，一个学生模样的在认真着急：龟儿子全兴队不晓得是咋个搞起的，今年子又冲不上冠军了。挨座街娃儿白他一眼：这个你都不晓得嗦？简直脑壳头有包！上头早就安排好了的嘛，要保上海大连。学生说：你咋晓得喃？街娃儿神气了：嘿嘿，我咋会不晓得？人家魏哥魏大侠那回喝酒，就给我们说了……于是魏大侠如何如何说，透露了啥机密，一顺风就摆了个天花乱坠。仿佛魏大侠就是他的铁哥们儿似的。而这大侠何许人也？成都无人不知，全国无人不晓，全兴队大球星魏群是也！瞧瞧，这街娃儿，该有多大的面子！

中年的有些不屑了，猛抽一口烟，提提神，道：这有啥稀奇，人家流沙河老先生早就说过了，国家有规定，稳定压倒一切，上海大连不说了，就是上北京，你全兴敢去赢？谨防回来就背书，猫儿抓糍粑，脱不倒爪爪！说到这里看街娃儿一脸瓜相，更得意了：流沙河是哪个？弄清楚，全国大诗人，毛大爷都点过名的！人家那个学问，四川哪个敢比？全兴队还规规矩矩请他做顾问哩。他的话，我太信了，那二年他在金堂拉大锯，我们那个师兄经常去给他帮忙，关系好得很！前天在这儿喝茶，我还听他说，他正在写《Y先生侃球》哩……

于是，众人敬佩眼光中，四川头号大文人就好像坐在他的身边了。这更够面子吧。

老者不慌不忙呷口茶，慢条斯理接话了：你们这些娃娃呀，说得闹热，吃得淡泊，现而今那个足球有啥看头？遇到韩国就磕头。

早先年辰哪里是这样子的？晓不晓得李惠堂，李铁腿，球王，一脚球就把日本人的守门头踢死了！英雄哇，民族英雄！我们那阵在华大，给他当啦啦队，硬是把喉咙都喊破了，刘湘刘主席还亲手给他戴勋章哩，黄金做的，起码有半斤重，拿到都坠手，嘿嘿，那才叫劲仗……

这老面子当然也绷得伸，因为有知者说，球王根本没有来这儿打过球，而他老人家当年也根本没有读过华西大学，只是在那儿给学生擦过皮鞋。

岂止这老者，一桌人其实都是茶喝新鲜了，在那儿摆玄龙门阵。摆龙门阵也忘不了绷面子，冲天壳子也只是为了绷面子，你看这成都人的面子观，已经普及深入到啥程度了。这才配叫作融化在血液中，深入到骨髓里了吧？

这有点可笑是不是？面不改色，就随心所欲把自己根本不认识的名人儿抬出来，话不打结地就编出煞有介事的龙门阵来，给自己绷面子，借光显脸，这肯定可笑。可是你注意到没有，这些成都寻常老百姓搬出来的"尊神"，大多是"文武二星"，作家诗人啦，或者球星啦（也算当代武曲星吧）。而有的地方就不同了，京都油子张口就是：嗨，这事儿好办，他们那个部长的秘书就是我铁哥们儿，三天两头咱都得在长城饭店聚聚。或者：中央电视台，我太熟悉啦，倪萍不行，老秋的茄子，早过气了；周涛那丫也不咋的，就两个眼睛大，吃饭的时候我最讨厌她盯着我看，五百瓦的灯泡，照着热呀！跟你说吧，那个海霞才真叫大美人，就跟咱一个院，楼上楼下，那个份呀，没人比，啧啧……

成都地面上，当然你也可以听到这类"牛皮"，只不过一般规格低一点，话语口吻也略有不同，他这么"绷"：你哥子放心，徐主任就是我们那个凼出来的，我姨妈就是他表亲，这事包在我身上了！或者：刘晓庆好说，那二年在乡下挖泥巴，就是我么舅把她调出来的，云云。但我可以肯定告诉你，吹这种牛皮的人，十有八九都是小地方出来跑江湖混世界的所谓土老俵，而不是真格的成都人。成都人，一般是不屑于把当官的和演戏的拉来做装潢的。

比较比较，你觉得谁个更庸俗鄙俗一些呢？是那些京油子、土老俵，还是成都人？

成都的文化积淀毕竟太厚了，所以看来很世俗的成都人，也自小就浑身浸透了这种较为淳真的文化味。即使吹壳子绷面子的时候，也时不时体现出这种品味来。因为他们并无更多的功利目的，贪婪野心，不想大富大贵，当不仁之官，发不义之财，而只是图个好耍、热闹，把世俗的日常生活过得有声有色、有滋有味，热热闹闹、嘻嘻哈哈，吹吹牛，绷绷面子，大家都好耍，这就够了。

吃在成都

　　我们老祖宗有句至理名言：民以食为天。无论何人，要生存就离不开吃食。道理很简单，不食之日，也即是一个生命消亡之时。即便今后科技发达到发明制造出什么元素复合剂，如同今日之药片那样吧，早一粒，晚一粒，即可不必种田吃饭塞肚皮，那你也还得吃，吃元素。人与动物之不同，吃东西除饱腹之外，还要吃味道，吃花样，吃个舒服，吃个安逸。故而讲求色香味美，吃出所谓文化来。可见吃的是物质，事却关精神，吃就不单是生存之需要，也是人类文明之构成。

　　吃既如此重要，人类便在吃上生发出许多名堂来。法国大菜、美式牛排、意大利通心粉、日本生鱼片……各国各民族都有自己的特色美味佳肴，展示着各自的文明光彩。中国的食文化更是源远流长，举世闻名。极尽豪奢有排场盛大之满汉全席，至陋至简有乡土味浓的烤红薯烧山芋；御膳御点自是精美讲究，糊一团稀泥焙烧出来的"叫花子鸡"更令人叫绝；山珍海味不消说了，凉拌一碟小菜也要色香味美兼具。

有道是一方水土养一方人，一方人家吃一方席。偌大中国，又依各地之风土人情风俗习惯物品特产及人的口味习尚之不同，而吃出各种花样特色，百怪千奇。本来吃就吃了，各人吃了各人好，很正常，但不知是不是吃饱了撑的，人们咂舌品味罢，便要做一番比较，争一盘高低，看哪里最是吃都吃地。当然一般都夸自己家乡的吃食好，就跟球迷们都无条件地一致拥戴本土的球队一样，无可指责也并不奇怪。于是便有了京、粤、川、苏四大菜系之说，有了游在杭州吃在广州之论。说说也行，议议也罢，不必太较真。就像成都人爱讲的一句俗话：吃酒不吃菜，各人心头爱。说得极妙。且不说刘姥姥进了大观园，视满桌王府佳肴不如她乡间灶头煨一根土白薯吃着喷香，就是近年名噪一时的生猛海鲜大席或者肯德基西式快餐，不少成都人无非是去吃个排场，尝个新鲜，吃完了心里便诅咒：什么玩意儿？还不如我们的小火锅担担面吃得安逸。反之亦是。你要叫口味清淡微甜的江浙人吃川味麻辣烫，他同样要咂舌头：什么玩意儿！至于南国人偏好的蛇肉，上海人喜吃的螺蛳，成都人听听都觉恶心，这回不说什么玩意了，道是：死猫烂耗子都要吃，什么东西？这里的东西已经是指那方人了。在成都人眼中，吃

这些玩意儿无异于土人野人了。

其实，口味各有所好，没什么好大惊小怪的。可成都人在吃这问题上，特别自信自得，老子天下第一。什么吃在广州？胡说，吃在成都才是天经地义！

本来，以主食大菜而论，成都并不占多少上风。国人多以米饭为主食，然论特色品种，恐怕首推扬州炒饭新疆抓饭。成都虽有豆花饭豆汤饭，然终是上不了席。而大菜呢，成都人引以为自豪的川菜，固然也如其他几大菜系一样，包括了蒸煮煎炒，凉拌红烧，腌卤清炖，但突出的强项只是炒菜，其他少有绝活精品。而以美食家考评的标准，色香味美诸方面，川菜其实也仅有味一项特别突出。特在哪里？特在味重。无论哪种菜，均偏咸偏辣。豆瓣鱼不用说了，水煮肉片听名称让人以为是清汤白水煮的，端到面前就会吓你一大跳，上面浮满了熟油辣椒面，外地人不吃就出毛毛汗了。即或是炒一盘家常豆芽小菜，也要多放盐，更多放干辣椒麻花椒。一句"麻辣烫"，既道出了川菜风格，也道出了川人风格。

严格说，除了偏辣味重这一特点，川菜的用料及烹制方式与各地菜肴并无多大差异。要说最具特色最有风味的，是一种名曰"回锅肉"的炒菜，这是成都人日常最爱吃的家常美味。回锅肉也称"肥锅肉"，正好说明了此菜取料的标准，肉不能瘦而要偏肥，半肥半瘦最好，且必须带皮。回锅肉的"回"字，很能说明这道菜的制作过程特点。它是先煮后炒，煮时肉成整块，一般至六七成熟即须捞起，待微冷之后再切成片，说是片，其实也可叫块，因为不能切小了薄了，而要略大略厚。成都附近有个小镇名叫连山，连山回锅肉十分有名。名在哪里？就在每一片肉都既大且肥厚，每片约有巴掌大，小指头厚，下力汉子吃两块也就满肚子是油水，足了。回锅肉煮好切好后便要再下热锅炒，故而才有了回锅肉的美名。炒时加蒜苗或蒜薹，调料除酱油外，须用郫县特产豆瓣酱，还须加少许糖，倘有甜酱则更地道。炒时要掌握好火候，肉微微起卷时起锅最好，俗称"起灯盏窝"。这样一碗肉端上桌，色香味可保俱佳。成都人偏好味重油腻，这回锅肉便正中下怀。它还有一个优点，煮肉的水中再加点萝卜白菜什么的，又是一锅好汤菜，可谓一举两得，最适合一般百姓家庭日常开伙需要。由此亦可见，川菜正宗回锅肉其实也是一种普通家常菜，价廉物美，不像京粤大菜动辄显出豪华富贵模样，华而不实，更多满足的是眼福而非口福。成都人对回锅肉情有独钟，正好说明了成都人历来讲求实在的平民性，所谓不管这菜那菜，好吃便是好菜。这回锅肉正对成都人善于居家过日子的胃口。

正因为如此，外地名菜大菜很难闯进成都市场。前几年随着南方的经济旋风吹进蓉城，所谓生猛海鲜、广式早茶也曾经在成都热闹过几天，但也就是几天，成都人尝过新鲜以后便再难回头光顾了，他们还是宁愿吃解馋过瘾百吃不厌的回锅肉！

于吃的方面，更令成都人引以为豪的，还不是大菜，而是小吃。外地亲朋来了，成都人便领他满街去转，走一路吃一路，一路风光皆不同，什么担担面、铜锅面、龙抄手、韩包子、钟水饺、谭豆花、矮子斋抄手、金玉轩醪糟，还有赖汤圆、郭汤圆、三大炮、叶儿粑、夫妻肺片、麻婆豆腐，等等等等，琳琅满目，遍布街市。单听那名儿，你便可以感觉到历史的悠远，风味的别具。而一尝之后，也确实会赞不绝口。赖汤圆之类的甜腻滋润，让你完全明白了何以成都人一提起北方的元宵就嗤之以鼻。夫妻肺片麻婆豆腐的强刺激劲儿虽麻得你又哈气又流泪，出点洋相，但你还是会竖起大拇指，说不错，有意思。至于那三大炮，糍粑团儿搓成圆球，随师傅手一扬，在依次排列的铜盘里咚咚咚连跳三下，雪白一身便沾满一层香酥酥的黄豆粉花生末，再蘸了红糖汁来吃，岂止吃起来又香又甜又糍，同时还观赏了一遍杂耍绝活。

尝罢成都的小吃，你不得不称赞成都人真有口福，怎么寻常材料竟可以弄出这千种花样美不胜收佳品来？

这其中的道理并不玄奥。成都人闲适成性，耽于享乐，而大富大贵者少，平民百姓多，便常在这些小玩意上下功夫，花不多的钱置寻常之物，七弄八弄，也让自己口腹得到充分满足。所以，过去成都人还有一句顶豪迈的口头禅，叫作一元钱管饱，说的就是那些小吃食之便宜，大多只需几分几角钱一份，花一元钱可品尝好几个品种，足可撑饱一肚皮了。虽然近年来物价上涨，但也只消揣个十来块钱放心上街，大摇大摆乱吃一通了。这一点，是很令成都人骄傲的。

吃在成都，就让成都人把这顶他们看得十分重的饮食王冠给争了去吧。反正我没意见。

请吃·吃请

人生在世，倘经历较多，交游颇广，走过不少地方，接触过各种人群，会于各地接人待物方面产生这样的共识：乡下人比城里人热诚；山里人比平坝人热诚；少数民族比汉人热诚；小地方人比大地方人热诚。当然，这是比较而言，一般而论。

成都人就爱做这样的比较。他们认为北京人太傲气，每每以老大自居，外地人恭恭敬敬问个路，他都哼哼哈哈爱答不理的。倘肯陪你吃顿便饭，那就好像是天大的面子。而上海人呢，又太小气，看见你就跟看见乡下的穷亲戚找上门来了似的，把两张薄嘴皮闭得紧紧，生怕你要拽他请你下馆子。

或许你会觉得成都人太可笑，怎么动辄就用是否请客吃饭作为衡量待人热诚与否的标准呢？这不整个一个乡下人的度人标准吗？知不知道现代发达文明地方，都流行AA制了，一块儿进餐，各付各的账单，却丝毫不影响彼此的友情。

成都人，至少是到目前为止的成都人，无论男女老少，也不论是干什么的，肯定绝大多数都无法容忍接受那AA制之类的请客方式的。管你夸它文明也好，现代也好，他通会嗤之以鼻，用成都话说：啥子现代？啥子文明？笑话，朋友来了，远客来了，饭都舍不得请吃一顿，那成啥子话？龟儿老子再穷，卖了裤儿也要请人家尝一下我们成都的风味嘛！

请客就是吃饭，不吃饭就不叫请客，请了客而不吃饭在成都人眼里简直是滑稽。你说招待客人的方式有多种多样，陪客人去逛公园，参观名胜古迹，看电影或是听音乐上舞厅，何必非得吃饭呢。成都人会说，不对，那只能叫作陪客，不叫请客。哪怕你花费了再多钱，远远超出一餐饭的钱也罢，还是不配叫请客。只有自己做东，或在家中，或上馆子，置办一桌酒席，与客人共进酒菜，让客人吃个痛快，这才算请客了。

成都人把吃饭看得如此重要，或许与成都长期作为农业经济区的都会首府有关。请客本来就是一种展示，展示自己，也展示本地风采。丰盛的酒席，脍炙人口的菜肴，最能显示成都田园物产的富饶丰裕。这大约有点像是你到了北京，北京人一定要带你去逛逛故宫、颐和园、八达岭一样，因为那些风景名胜正是其古老帝都的皇权象征。就像杭州人请你领略西湖水光山色，西安人请你参观秦俑兵阵，桂林人请你游览漓江山水一样。而成都人呢，固然也有千秋草堂，森森武侯祠，但更得意的还是请你吃。

由此也可看出农业社会对成都的影响之深。事实上，仔细探询一下，成都市民祖上也大都来自乡间农村。最典型的是东门一带，这是成都人口最众多，平民最密集的地区，倚河傍桥，街巷狭窄，房屋破败，过去称之为贫民区。至今那里的上点儿岁数的人，好多就是新中国成立前后才从乡间拥入成都，靠打苦力捡破烂淘河沙以至贩运柴火蔬菜做点小生意来维生度日的。民风相沿，故而成都人天性中还是接近农民。四川乡间，农人待客，就是以吃为主，且以吃分等级标准。譬如丘陵浅山穷乡僻壤之区，逢年过节来了亲朋远客，若关系一般，多为一碗挂面打发；再深一层的，则挂面之下卧两大片肥腊肉；身份关系特别不同的，再于面上覆盖一个煎鸡蛋，这就是最隆重的待客方式了。平坝富裕地区景况不同，但方式亦然，一般是炒一大斗碗回锅肉。而倘若婚丧嫁娶或是招待贵客，则专请师傅置办所谓九斗碗席，荤素间搭，七古八杂，总要凑满九样，求个吉祥。九这个数字，在这里再次显示出其神秘力量。不管怎样吧，吃是请客待客的主要方式。这一习俗如今已被成都市井人潜移默化自觉接受下来。

当然，城市毕竟不同于乡村，现代毕竟不同于往昔，今日成都人请客吃饭的气势自然讲究排场多了。若是外地来客，他定会带你满街去转，走一路吃一路，遍尝各种风味名小吃。这是成都的特色，也是成都人的骄傲。看你吃得心满意足，听着你的赞赏，成都人是很得意的。而且成都小吃品种繁多，味道精美，价格又便宜，七古八杂吃一肚子也花不了多少钱，远比请吃一桌酒席节省多了，实在是一种既实惠又不失面子的请客方式。

但若非外地人，而是本城亲友，请吃小吃就绝对不合适了，一般得设酒席。成都人的酒席以丰盛著称，三盘两碟不能算数，得十碗八盘地摆满一桌子。这可能和乡间的九斗碗席有渊源关系，当然质量又要高出许多。尤其是逢年过节或婚丧嫁娶以及生日之类有特别意义的日子，请客更是讲究，鸡鸭鱼肉是一样也不能少的。这时的席桌上往往是重三叠四，各种美味佳肴垒成一座小山，好像是在办食品展览会似的，让你看着也就饱了。事实上，菜太多，油气太重，你根本吃不了多少，每餐下来都会剩下多半。但主人家绝不会心痛惋惜，相反就是要这样才觉得热闹，感到高兴。

如果说请品尝小吃多用于招待外地来客，请饱啖酒席多用于款待本地亲友，那么还有一样"法宝"则可以通用于招待一切来客，那就是请吃火锅。火锅源出于重庆，近年来为成都人引进，发扬光大，衍生出许多花样。其优点在于既辣又烫且鲜，边吃边摆龙门阵，一餐可吃上几个小时，聊上几个小时，正对了既好吃又好说的成都人的口味。以此请客，主客口舌生津，话语滔滔，气氛既浓烈又随和，双方情谊似乎都融入滚烫火锅中了。正因为如此，近年来成都人请客，多半吃火锅，火锅生意遂也十分兴隆。尤其是外地人来蓉，很少有不被盛情好客的主人拉入火锅厅的，让你热汗淋漓中，既领略一番川味麻辣烫风格，也领略了成都人的健谈情浓。

成都人请你吃你不吃不行，他给你热气腾腾弄满一桌，或是滚沸一锅，不让你浑身冒汗撑破肚皮他不会罢休。他跟你边吃边聊，翻江倒海，天马行空，什么味儿都让你吞进口去，什么话儿都从口中说出来，真个是浓浓烈烈沸沸扬扬，君子动口又动手，全身每个细胞都在蠕动每个毛孔都在冒汗，像一场健身开心大运动。

难怪成都人这么爱请客，且凡请客必吃个痛快闹热。他生就一张好吃嘴，正好借此大家一起共享口福。他天性就好闹热，正好借此欢聚一堂，把老龙门阵新龙门阵在席桌上铺开了慢慢叙说。请客吃饭，吃得安逸，摆得热闹，这正是成都人人生之一大乐！

成都人喝酒

　　宴请外地宾朋，有一句话，成都人最爱亮在台面上，讲得口沫四溅，眼珠放光：来，喝酒，喝酒，晓不晓得，云烟川酒！开玩笑，来了我们成都，咋能不喝酒？确实，这句话很有感召力信誉度，言者自豪，底气十足，闻者信服，点头颔首。不知道人家云南人兴不兴这样打广告自我标榜，反正成都人随时把它挂在嘴巴上，当尚方宝剑舞弄，居然也就风行全国，名满九州，信誉度一点不比性感明星打的补药广告差。

　　说来这话文面很简单，无非云南的烟四川的酒嘛，寻常物事两件，但正如陕北的信天游一般，一扯开喉咙嘶喊，"米脂的婆姨榆林的汉"，你就会情不自禁瞪大了眼睛准备看天仙，那潜台词丰富着哩。云烟川酒的言下之意更了不得：东西南北中，就数云南的烟最香，四川的酒最美，冠盖全中华，帅呆了顶呱呱！

　　动辄抬出烟酒之类农副产品来炫耀，也不知是经济发达还是落后的标志？反正蜀人历来是以酒乡自居的。即令现在，到了大步迈向现代化的今天，它们还是当地的产业支柱，利税大户，也是对外交流和宣传上拿得出手叫得响的"盖面菜""当家菜"。连当今中国最火爆的足球联赛，别地的队或者叫"申花""实德"，或者叫"松日""平安"……都和工业、金融业之类相关，只有川滇两地三队分别叫"全兴""红塔"和"五牛"，后两者为烟名，前者则是我们成都人引以为豪的全兴酒名。球员们背着这些酒名烟名驰骋大江南北，征战绿茵场，球迷们跟着子弟兵转战，到处使劲呐喊：全兴，雄起！五牛，雄起！真正是名副其实的"烟酒打天下"了。这在国中，也堪称一绝吧。

要说这由来，倒也并非谁个生捏硬造，刻意为之，而是合乎自然，在情在理。这跟蜀地肥沃，盛产米粮有关，自然也跟蜀人性耽逸乐、好情纵乐有关。不是古人有"米粮足，酒酿熟"，或者"粮丰酒香"之说么？可见粮食多了，填肚饱腹有余，聪明而贪欲的人类自会巧妙转化其功能，一曰喂猪，一曰喂人——但不是塞肚皮了，而是酿制为浆液，供你舌咂唇吸，供你面酣耳热，让你血脉舒张，心跳加速，让你情热欲燃，狂放不羁，更供你与朋欢会，觥筹交错，助兴凑趣，忘乎所以。酒有如此之乐趣，故而古今中外，人们，当然是酒徒们，都无一例外地举杯把盏，顶礼膜拜，赞不绝口地山呼：酒啊，美酒，神的赐予，人的至宝，快哉快哉，万岁！万万岁！

于是，这玩意儿果真就如长江大河，在中华这块古老大地上万世流淌不息，岁岁飘香，夜夜醉人。蜀人蜀地更是得天独厚了，川西坝子太过肥腴。金秋时节，你驱车出城，随便往哪里跑一转吧，扑面都是一幅幅太平盛世农家乐园景象。稻谷金黄，铺天盖地，车行其中，犹如一叶小舟行驶在金色的海洋上。而无论在何处，你都能闻到一股股浓烈的酒香，沁人心脾。公路两侧，不时有酒厂烧坊掠过眼底，那印有各家厂名各家酒名的标牌彩招，更如万国旗一般挂满了两厢的电杆大树，猎猎迎风，满目琳琅。这时，你目之所见皆金黄，鼻之所吸皆酒香，心旷神怡，神醉心迷，真不知自己是身处粮乡抑酒乡了。若诗兴勃发，便可将那陆放翁锦城赏梅诗拿来改了，放口吟哦：今日走马川西地，身为酒香醉似泥，百十里路香不断，锦城东到锦城西。

其实粮乡就是酒乡，整个川西坝子就是一个粮酒之乡。可以想见，坐落在这块坝子上的成都城，也理所当然该是一座酒城了。尽管大名鼎鼎的川酒"五朵金花"中有四朵开在别处，但余下的这一朵也够了不起的了，它的岁数堪称老祖宗级，蜀中以至国中第一。这就是近年声名鹊起风靡全国的全兴酒。关注足球的人都知道，当年四川全兴队的队名后面加了一个拗口的尾巴——水井坊，全称叫"全兴水井坊"队了。球迷们惑然不解，觉得不舒服，却不知这别扭的后面，掩藏着一段多么久远、重要、辉煌的酒文化史、成都史。揭开帷幔告诉你吧，这新近被发掘出来的水井坊，是华夏历史上迄今为止发现的最古远的白酒作坊！国中第一，咋不该令考古专家惊喜？而这地方，就在紧傍府南河的成都东门水井街，且就在全兴酒厂老厂的厂址上。历史的积淀如此深厚，历史的血脉如此连贯，这怎能不叫成都人骄傲万分呢？由此观之，这酒之于成都，真是有不解之缘了，不仅香飘百里锦城，而且香润千年历史哩。

水滨捕鱼，山中狩猎，五台山出和尚，大草原产骑手，那么，酒乡酒城自然该出酒徒酒仙了。成都人怕都是醉醺醺的吧？然而，令人失望，答案是：非也。这确实是一个奇怪的问题，太有悖常理了。你看人家草原上的民族，不是男女老少个个都爱吃牛羊肉喝酥油奶茶吗？老广们的餐桌上，不是经常摆得有鱼蟹吗？就连山西人，也家家都爱蒸香喷喷的玉米窝头呢。产啥吃啥，出啥爱啥嘛，成都人是咋回事呢？

咋回事？容我一一道来。成都人喝酒是要一小口一小口慢慢喝的，成都人摆龙门阵，也是要一波一折七弯八拐慢慢讲的，你得有耐心闲情才行，性急吃不得热汤圆，成都人爱这么说。

首先，我们得承认，若以酒量计，论豪饮，所谓"吞沧海吸虹霓"的壮士，"会须一饮三百杯"的酒仙，这等酒量角色在成都是绝难找到的。遍观国中，动辄提起烧酒瓶子吹喇叭的，那好像是关东汉子的豪放；抬一箱两箱啤酒来如流水一般畅饮的，那恐怕是北京爷们儿的肚量。不用跟这些地方的豪杰比了，就是看见本省山里的庄稼汉，端起土巴碗，一碗一碗地朝肚里灌，成都人也会摇头咂舌，自愧弗如。

在这方面，只有少数成都人是例外。一种是老知青，或者在民族地区待过的，他们在山野乡村经受过锻炼，学会了大碗喝酒大块吃肉。你若看见一群四十好几的人在一块聚会，一边齐声高喊着"水！水！"一边开怀畅饮，就会知道那绝不是一般的成都人，必是当年下云南的知青无疑。那里的民族是把酒当作水喝的，喊"水"，其实就是说，酒，就是水嘛，有什么不得了的？来，喝了它，干杯！一般成都人可不兴也不敢这么个喝法。

再一种就是个别成都奇女子了，她们一般都深藏不露，偶尔显峥嵘罢了。但只要一显，你外来和尚可就得小心了，谨防吃醉不起。医生解释过，就肝脏的解毒解酒功能而言，女人一般都比男人强，她们要么滴酒不沾，要么酒量惊人。所以奉劝各位男士，酒席桌上千万不要随意跟女士较劲，她若喝了一杯，那就必然喝得下五杯十杯。所谓"不鸣则已，一鸣惊人；不飞则已，一飞冲天"，当此类也。成都男人自然是深知成都女人的，俘获芳心一般会另使软磨功夫，而决不会傻乎乎地在酒席上去挑逗。倒是一些不明就里的北方汉子，自恃人高马大，色胆大酒量也海，来成都看遍街漂亮妹子看花了眼，憋不住便在酒席桌上去挑逗惹火。看那成都妹子开初一脸娇羞，坚辞不饮，柔弱如牵牛花蔓，北方汉子更是来劲，自己咕咚一声仰脖儿干了，又继续坚持不懈地去进攻。也许三杯五盏过了，成都妹子好像是终于却不过情了，这才一副为哥哥妹妹我今天豁出去了的慷慨赴义架势，千难万难好歹端起杯来，闻半天，紧眯了眼，好似喝毒药一般吞下了肚，然后必然皱眉苦脸，娇嗔万般，看样儿是绝对不能再咽一滴了。于是北方哥哥开怀笑了，厄运也就此开始了——接下来，你一杯，我一盏，十个回合下来，便见北方哥哥傻兮兮笑着咕噜着倒也倒也，一副憨猪相。而成都妹子，这时却正好精神焕发，英姿飒爽！这等气量，看你还敢不敢再来惹？

当然，这些在成都人中毕竟是少数，是个例。一般来讲，地道的成都人不仅不赞赏饮酒过量，比哪个喝得多为王，他们认为那是傻瓜莽娃之为，并非英雄之举，与俗话"饭胀傻老三（或'山'，山里人之谓？）"无异。而且，他们不主张一杯接一杯不歇气地喝，认为那只是酒徒所为，纯粹为酒而酒，没有意思，没有情趣，非性情中人所好。

那么，如此说来，成都人是自比性情中人，讲究情趣况味的雅士了？

对了，你这就说对了！这也许正是成都人的脱俗之处，高明之处。这一点对他们来说是很可贵的，因为他们中的好些人，在对待同样具有强烈酒精味道的本地庸俗文化方面，如恶俗过分的方言闹剧，鄙俗不堪的小报文章，是十分认同欣赏的，颇有些如蝇逐臭的癖好，尤其是一些所谓的文化人（当然只是一些）。而对于酒，则极讲究分寸了。首先，他们绝对是要喝酒的。生在福地酒乡，焉有不爱酒之理？不仅举宴必酒，举会必酒，会友须酒，会客须酒，甚至一家人，或几个同事，只要上馆子，一般就必然要上酒。所以，成都的饭馆，无论大小，豪华简陋，就连街边地角的所谓"苍蝇馆子"，也个个同时是酒馆酒楼。更甚至于，有饮者，或曰瘾者也可，并非过生日，也非过节日，并不与会，也无宴请，就是水流一般平平常常日子，就是自己孑然一人，形影相吊，也要自个儿斟上一杯，慢条斯理地喝。有闲空了，黄昏了，你请到平民里巷院落人家遛一遍转一转吧，绝对会捕捉到这种镜头的。

爱酒与人无异，只是那方式那程序，那心境那情状，成都人就是有些与众不同。酒对他们来说，纯粹就是拿来助兴凑趣的，而不是发疯发狂撒野犯傻的。酒为辅，情趣为主，主次分明得很，绝不含糊。所以他们主张一口一口慢慢地喝，细细地品，颇有些古代士大夫欣赏的"浅斟细酌"的况味。以酒助兴，首先就是助说话聊天或者叙事怀物之兴。众所周知，成都人是最爱热闹最爱交谊也最爱嚼嘴巴说聊斋的，这席桌上倘没有了酒，那便只有寒暄三句以后就齐刷刷各自埋了头搛菜扒饭，这多煞风景，多么无趣。有酒就大不同了，一边慢慢把盏，小呷一口，一边把那无穷无尽的老龙门阵新龙门阵一一道说。如此往复循环，如过去川西坝子随处可见的老式筒车，慢腾腾吱呀呀搅动小河流水一般，不说长年累月搅下去，起码半天一宿是可以轻易打发过去的。只要宾主双方都有足够的空闲时间的话。

更有那独自一人喝寡酒的平民老头——肯定只能是平民老头，而绝对不可能是老爷富翁——承袭了一种老市民的传统喝法，一人独坐院坝或是资格的老式小酒馆的粗木小桌边，打二两廉价老白干，要一碟炒花生或是干胡豆，缺牙巴喀嘣喀嘣咬了，任老牙床慢慢去磨。干瘪的双颊慢慢蠕动着，蠕出些细虫子般的喃喃话语来，只是自个说给自个听的，不需要任何人清楚明白，也不需要任何人接茬回应。约莫他们那混沌的老眼，已对周遭的一切新鲜不感兴趣，只沉浸在昏暗模糊的历史隧洞深处。久远的人事，已无快慢之分，这老人便宁肯慢慢地去啜酒提神，慢慢地去沉湎回忆了，独自在脑海里慢慢回放那些慢节奏的"老故事片"……

习惯慢节奏，追求闲适人生，这便是普通成都市民的生活态度。他们喝酒的情状，可以说也恰好印证了这一点，或者说正是其总体人生态度的反映。

倘不怕再深沉一点说，这区区酒事还有意无意间涉及一个人生境界的问题。成都人虽然喜欢热闹，但生就在温和的黑土盆地浅山小水，温和的市井小院滋润环境，还有那温和的气候温和的人群，乃至于温和的历史积淀之中，所以他们并不喜欢太刚劲太猛烈的东西，不喜欢落差太大的激荡冲击，他们要的热闹只是蚁群一样的热闹，小蜜蜂儿嗡嗡嘤嘤的热闹。太冷寂了他们熬不住，太刚烈了他们又受不住。那么，怎样才算好呢？夏日炎炎不好，冬雪霏霏不好，只有那春风秋月柔柔淡淡最宜。于是在喝酒上，他们自然是反对狂饮烂醉了。在这里，只知傻吃傻胀者，被他们不屑地称为"潲水桶"，而一味狂饮烂醉，当然只有被鄙夷为"马尿桶"了。

成都人要的境界是什么？一句大俗话，但只怕你听不懂，叫作——二麻二麻。

什么意思？吃麻椒吗？搓麻将吗？毒品大麻之弟吗？麻就麻，怎么又叫"二麻"？当然麻椒麻将都不沾边，说白了，这麻约略就是晕乎或者麻糊迷糊之意。而二麻二麻，再往雅方向靠，那文绉绉的微醺二字或许可以当得。

成都人喝酒，要的就是这二麻二麻，似醉非醉，半醉半醒的境界。

其实面对时或太过沉闷冷寂的生活现实，时或又变化太剧，令人眼花缭乱心志难宁的社会大潮，有一个小窝可以安身可以眷恋的成都人，不乏小聪明而欠缺大抱负的成都人，只贪点小便宜而厌恨大盗贼的成都人，正直善良只是略显柔弱的成都人，他们素常保持的就是这样一种心态，追求的也就是这样的一种境地，如流行歌曲所唱的：留一半清醒留一半醉，只愿梦里与你相随……

二麻二麻，人生至境。很平民化也很有点文化脑髓的成都人，心中就这么认为。

所以，当成都人万般热诚而展劲地向你劝酒时，你可得小心点了。舌头上搭了油的成都人，喝酒不咋的，软磨硬缠的劝酒功夫可是有一整套。不像北方汉子只晓得一个劲地硬拽着你腕子，直着喉咙喊：喝！哥们儿！喝！朋友，喝……首先，成都人的脑子特别玲珑，什么情景都能应对裕如，什么花样名目都想得出来。通常什么你来了不亦乐乎，该当举杯，接风洗尘；你要走了，惜别依依，该当把盏壮行送客，这些那些都太一般化了，也太有充足的理由了。成都人的本事，偏是能在没有理由的地方硬生出益然油然的理由来，化平凡为神奇——

什么？你不会喝？不会喝正好！幸亏你来了我们成都，我们的川酒最温柔，就跟我们成都妹子一样，发蒙最合适，来，尝一口，你就晓得味道，安逸得不摆了！

你今天累了，脑壳昏，不想喝？错了，累了才最该喝，舒筋活血，醒目提神，包你三杯下肚脑壳就不昏了。

肚子不舒服？不舒服就正该喝两口酒来洗洗肠子嘛。酒这东西，消毒化瘀，啥子大肠杆菌劳什子细菌都杀得死！

我们这儿热？那就多喝两杯嘛，把汗水喝通泰就舒畅了。

冷？冷就更要喝，三杯下肚等于肚子里烧了一盆火。

哎呀，我们四川就是潮兮兮的，所以说你们北方人来了这儿要经常喝点酒嘛，酒好，能去湿，免得关节炎类风湿。

啥子呀，今天不快活，钱包掉了？嗨，狗日的我们成都贼娃子就是多，龟儿子那些烂女娃子专门洗你们外地人的钱包。来来来，快把这杯酒干了，去去霉气！

忙，搞不赢？还要去谈生意？好呀，干了这杯，祝你财运亨通！好事不在忙上嘛，你喝了这台酒去，包你红光满面，马到成功，出门就捡金娃娃！

脸都喝红了？怕啥子，脸红正喝得，锅红才炒得！脸红心肠好，我就晓得你哥子是个大好人，来来来，干了，祝你长命百岁！

脸发青了？青了要不得，赶紧再喝两口下去，发散出来就没事了。

你老婆今天打电话来了？哎呀，好事好事，为大嫂子的这份情谊，你也得把它喝了！

你妈的脚杆拧到了？莫急莫急，先把这杯酒喝了，舒舒气，等会儿我再送你一瓶药酒，拿回去给老人家搽也要得，喝也要得，包管喝两个月屁事没得，跑得风快！

今天下雨了？下雨天喝酒最巴适，俗话说，毛毛雨杯杯酒么。

出太阳了？嗨呀我们龟儿成都就是难逢难遇出太阳，哪像你们北方啊，来，难得难得，为成都出太阳干杯！

……

算了，我手都写累了，不写了。真要写下去，怕十本稿笺纸都不够，哪个叫成都人有那么多莫名其妙有名其妙的话好说哩。编得出那么多有理无理的"歪歪道理"来哩。

所以我说，成都人劝你喝酒是不费吹灰之力的，轻而易举就能让你心服口服，金口洞开，一醉方休，醉瘫了事。

所谓"感情深，一口闷"么。成都土话，闷在这里就是喝完灌尽的意思。他倒是要把你灌饱了，可你要是反过来劝他的酒呢？他自有一两拨千斤的功夫，轻巧一句就把你打发了："只要喝一口，天长地又久。只要感情深，喝多喝少都不论。"

听听，轮到他自己，就多少都不论了。龟儿成都人好狡猾，好精灵！其实这都是次要的，关键是你不要忘了成都人的人生态度：

留一半清醒留一半醉，二麻二麻，才是人生至境！

带把子话

　　说来成都人的性情，也恰如这里的气候一般，同属温和型。你在这里绝难看到那种梁山好汉一言不合拔刀相向的壮举，更不用说今日中国西部片中那种惨烈情景了：蛮荒大野，边地古道，两条汉子衣衫褴褛，面部黧黑，默不作声，互相仇视着慢慢逼近，突然，刀光一闪，一股股红鲜血喷洒在黄土地上，一条汉子扑地便倒，真是不闻半声霹雳响，便见寒光裂天地，野性极了。成都不同，这里是繁华都市，市井里巷交织着现代文明，民裕物丰，乐也陶陶，时髦女郎比比皆是，威风男儿却十难挑一，有笑嘻嘻的偷儿扒手，而鲜见凶神恶煞的豪霸强人。熙攘闹市，车来人往，摩肩接踵，喧声沸扬，一日吵闹能千回，却难得上演拳脚相向，打架斗殴的武戏。晃眼看，这真像是座文明都会，太平世界，人们一个个乐呵呵笑嘻嘻，穿着得体，举止得宜，闲散自在，一副温文尔雅模样。

　　但外地人，包括外省人和本省他乡人，还是有些敬畏讨厌成都人。讨厌在哪里？不在其他，就在于成都人那张嘴，油滑，厉害，尖酸，笑眯眯就把你洗刷了，你还没反应过来就挨他骂了，实在惹不起。

首先是一个称呼。不管你是外乡人还是外省人，城里人还是乡下人，成都人通称之为"老俵"。无论你是北京人上海人广州人，也不管你是大官要员还是大亨富豪，他仍是这么称呼你说道你。河南农民来耍猴的，叫河南老俵。京城的大腕人物，叫北京老俵。上海阿拉香港老板，也只配叫上海老俵香港老俵。即便美国人日本人，任你哪国人，至多只给你加一个字，叫洋老俵。总之，除了成都人自己，还有关系特别的重庆人被特称为重庆崽儿以外，其他的都这么简单，通叫老俵。

老俵究竟啥意思？说不清。按说本意或指表亲，有血缘关系的表兄表妹表叔表嫂表舅爷表侄儿之类，或者如江西人称老俵，大意是老乡那样，都有亲近之意。但成都人，当然主要是城里人，这么称呼外地人，却恰好相反，纯粹是一种蔑称，满含轻视之意。同在巴山蜀水间，同为西南大都会，近若比邻亲如兄弟的重庆，成都人尚且嘴巴不饶人地呼之为重庆崽儿，可见老俵所含之意比崽儿更等而下之了。只这称谓，就把你降了三等，未交言先就往你头上吐了一泡口水。

骂人是孙子，此其一，而对自己呢，则动辄称老子。老子怎么样怎么样……你敢惹老子……几乎张口就是老子，闭口也是老子，一骂人，或者一提劲（虚张声势显威逞能之意），乃至寻常说话，口口声声都离不了这"老子"二字，简直成了口头语。甚至小辈在老辈面前，学生在师长面前，也时不时顺嘴就这样"老子"了起来。听的人往往也并不介意，似乎称老子跟称我一样，成了成都人特爱用的第一人称代名词。

除了老子，成都人话中夹带最多的还有一个字眼：龟儿子。说起某人如何，就说那个龟儿子如何如何。如与人对骂则是你龟儿子敢把老子咋个？年轻的被叫作你（或者那个）龟儿子娃娃，上岁数的则叫你（或者那个）龟儿子老不死的。如此等等，不论老少，通被骂做龟儿子。说人是乌龟王八，这本是国骂，各地通行，只不过成都人好像特别偏爱这一嘴，用得最多说得最活，龟犹不足再加之以儿子，似乎是最能表达对他人挖苦嘲笑鄙视的辞令，最解气快意的一招。

　　成都历来少金戈铁马气吞万里如虎的战将猛士，民间流传且令成都人沾沾自喜的，便常是擅长以唇为枪以舌为剑的"嘴功大师"。关于龟之国骂，老年人至今爱摆一个老龙门阵：说是清朝年间，四川出了一个了不得的名士，名叫李调元。名在哪里？就在一张嘴上。有一年他在府尹任上，皇上钦派了一个京都大员前来视察，那人是个上海阿拉，川人所谓下江人（即长江下游之人），自视甚高，很是瞧不起土里土气的四川人。李调元陪他巡行，登上重庆枇杷山，纵目览视，见巍巍山城西东横亘，朝天门码头一带直插入长江、嘉陵江两水交汇之浩浩江心，京都大员忽面呈微笑，尖酸得意扬手指划，道是：嘿嘿，李大人，你们这个地方简直像是个乌龟嘛。李大人听了，并不面赧烦恼，也只微微一笑，扬手一指，指向朝天门码头，缓声应道：是呀是呀，大人说得太对了，这地形硬是就像个乌龟，还是个下江乌龟哩。随从众人尽皆大笑，因那朝天门码头确实正像一只龟头伸向江中。下江乌龟所指谁？不言自明了。那沪籍大员羞恼万般，无言以对，自讨了个没趣。

　　老年人摆这老龙门阵，总是眉飞色舞，津津有味，好像那李调元为川人争了大光荣，出了大气似的。其实此公除了在四川留下些此类妙语趣闻之外，政绩上以至文学上并无多大建树，成都人看重佩服并引以为豪的不过就是他那张擅长妙语击人的嘴巴。

类似这样的龙门阵不少，你再听听当今成都人说话，便可大致看出成都人的德行。而且值得思之的是，同样是嘴上功夫，说话本领，论及能言善辩，宏论滔滔，国人公认的战国策士、三国孔明之类雄杰伟才，凭三寸之舌，纵横捭阖，话说天下，慷慨激昂，扬波掀澜，历史上展一方绚烂，卷一天风云，留得丰碑传后世之人，其口才在成都人心目中，却并不及李调元以至电影《抓壮丁》中的王保长之类那般受到赞赏推崇。由此亦可看出成都市井中人之趣味。他们欣赏的是油嘴滑舌，尖酸刻薄。谁会说，会骂人，会占欺头（即占便宜之意），谁便是英雄。不求占得实利，但求嘴巴过瘾，嘴过瘾了，心理上便得到满足。也许鲁迅先生当年揭示的国民通病精神胜利法，在成都人身上就是这样具体体现的吧，体现得比 Q 哥还活泼生动张扬淋漓。

也许正是这种心理的影响驱使，成都人才会如此偏好骂人，擅长骂人，嘴巴上不吊点脏话怪话就不过瘾似的。相沿日久，习以为常，以至渗而透之，扩而张之，常常并非刻意骂人，也没有吵架争执，只是平常搭白说话，也少不了大量夹带脏话怪话了，真个成了个新编歇后语：成都人说话——出口成"脏"了。最常见的便是，某老兄说话说起劲了，便免不了是你龟儿子听到，我狗日的那天咋样咋样……你龟儿我狗日，我狗日你龟儿，满嘴都是这些辞令，说得昏天黑地，搅缠不清。你以为他是在骂人？错了，这无非是成都人说话的习惯而已。他不是在自己头上也同样加了龟儿狗日之类怪话么，天下哪有这样跟自己过不去的？惯了，这样说起来闹热。而且往往还得是很熟悉很友好的人，他才这么一边亲亲热热拍着你肩膀，一边一口一个你龟儿我狗日地说个不歇哩。

都是成都人，这倒还不伤大雅，彼此都听惯了，也这么说惯了，如同家常便饭，不这样倒不像成都人，倒显得不够亲热。但口口声声龟儿狗日老子杂种地灌入外地人耳中，即便不使人生气冒火，也会觉得刺耳难受。这些年改革开放，人员大流通，与外地人交往多了，成都人大概也渐有觉察，略有自省。可多年积习实难一朝改正。咋办呢？于是在与外地人交谈时，往往便一面止不住地出口成"脏"，一面表示歉疚地向人家解释：不怕你老兄见笑，龟儿我们成都人说话就是这个球样，爱带"把子"，你莫见怪哇。

啥叫"把子"？听说过锄头把子榔头把子，无非就是手柄的意思。锄地击物，管用的是铁家伙本身，但也少不了木头把子，以便于用手握住使劲。这说话带把子，约莫也就是这个意思了。本来传情达意并不需要这些脏话废话，它们在话中本不表示实在意义，就跟语气词一般，纯属附加语。按说不用它们，意思照样传达，且简明实在，但成都人真是如自己"批评"自己那样，就这么个球样，总觉得不将脏话夹带其中，就不够味，不热闹，不鲜活，不来劲，犹如挖地击物需要攥住把子才顺手才好使劲一样。难怪成都人称这是说话带把子。

这么一解释，外地人或可稍解心中芥蒂，不致把这些脏话太当真，把事态看得太严重，以至把成都人看得太粗鲁鄙俗。其实成都人总的来讲还是属于温和型的，少有动辄破口大骂恶语伤人如北方爷们儿娘们儿的，也少有性情暴躁动辄耍横使蛮大打出手如西部汉子江西老倥的。说穿了，使外人反感的，就是那张嘴巴讨厌，说话太爱带把子。

这毛病还真不好改，骨子里自视甚高，目空一切，面子上又喜欢热闹，无论啥事，包括寻常说话都要闹他个多滋多味多彩多色，这就难免不夸张。嘿嘿，龟儿你莫见笑，龟儿我们成都人说话就是爱带把子——看来这样的解释，作为出口成"脏"的遮羞布挡箭牌，是还要使用一些年辰了。

怪脾气

是人皆有脾气。没脾气的恐怕只有笑头儿和尚吊线木偶，不是纸糊的戏脸壳，就是木刻的假人形，通无真实生命的。

脾气有不同，因人而各异。一般尊贵者多张扬，卑贱者常含蓄。如同旧式的大家族中，往往是老爷脾气大，太太性子牛，少爷小姐脾性坏，丫头仆人有气在心头。

脾气如同眉眼，只属于个人。与地域有没有关系？有也只能是相对而言。譬如一般认为北方爷们儿脾气多暴躁，江南娇娃性情多阴柔。成都人呢？南不南，北不北，夹在中间，脾气说大也不大，说小也不小，说坏也不怎么坏，说柔也不怎么柔，恍恍惚惚只合得上一个字：怪。

脾气大者动不动就吹胡子瞪眼，性情柔者常低眉顺眼，坏脾气一不顺心就绿眉绿眼，好脾气一天到晚都笑眉笑眼，一切风云变幻都尽现脸上。唯有这成都人的脾性不阴不阳，难以捉摸，随时都爱说吊话，没事也满嘴怪话不离口，不知道啥时候就会突然发猫爪疯，抓你一把，搔你一下，也不明白是哪根神经出了毛病。甚至都不清楚他究竟是在骂人还是在自嘲，是真的发脾气，还是吊儿郎当随意逗着闹。你只隐隐约约晓得，这家伙又有啥子事情看不顺眼听不顺耳心头不安逸了。成都人的鬼脾气，真是怪得太没名堂太没道理！

你看他早上才睡醒吧，一睁开眼睛就犯毛病。广播里正在播天气预报说是下午有雨，播音员提醒市民，出门不要忘了带雨具。他却莫名其妙把嘴一撇，自言自语：球球球，少在那里卖狗皮膏药唬人哄人，信你们那些个广播，耗子药都可以当水果糖巧克力吃啰，老子今天就偏要光着脑壳出门！可一转眼看到娃娃慌里慌张背起书包要去上学堂，他又会正言厉色喝道：回来！鬼把你撵慌了呀？把雨伞拿去！你那个耳朵给耗子咬了么，刚才在播下午有偏东雨，你都没有听到？晓得你上课是不是也这个样子哟，不带耳朵，小心考试下来老子给你算总账！骂得娃娃嘟起小嘴夹把雨伞走了，他回过头又对正在专心专意描眼圈抹口红的老婆嘘一声：涂那么多颜料干啥子哟，谨防一场雨淋得个乌猫皂狗的，那才好看哇。太太的脸色阴了下来，从梳妆镜里瞪了他一眼。于是他赶忙闭上嘴趿双拖板鞋，踢踢踏踏跑出门，去给太太买她爱吃的小笼包子。一听说每个包子又涨了五分钱，他嘴痒了：嘿，你们硬是太阳坝里的温度计，看到看到就自顾往上涨呀？妈哟，这面坨坨硬是要当金砖银砖卖了。怪话说归说，包子当然还是照买不误，回去捧到太太面前，脾气又没得了，还要笑嘻嘻说：快点吃，趁热吃，我今天给你买的这笼包子特别白，肯定是进口洋面粉做的，好吃！

吃了就该上班。慌啥子？不用急。哪个单位不是规定八点上班，可又有几个单位的人能全到？吃饱喝足抽抽烟，再蹬上自行车悠悠晃晃去吧。出门想起了又自我表扬几句：哼，还是我们这些小老百姓自觉，每天都要去转一转，我们单位那几个头呀，人影都难得见到呢，出省的出省，出国的出国，说得好听，开会，考察，哄鬼！还不是公款免费旅游！啥子公仆？还是我们这些骑自行车的才是公仆！

骑自行车的公仆也不好当，一上交通要道就堵车。骂声嚷嚷声，乱成一片谁也不让谁。他也不急了，夹在人流中干脆点起一支烟，慢慢往前蹭。但冷不防的，又突然一扭车龙头，从一辆鸣着喇叭的轿车前头横穿过去，吓得司机赶紧一个急刹。按说是他不对，但回过头来他还要瞪眼球：老子骑车上班，你坐轿车兜风，你按个球的喇叭呀！这脾气也发得太没道理，太古怪了。

警察把他喊到一边去，要罚款。他一边掏钱一边笑嘻嘻哼曲儿：我在马路边捡到两块钱，送给警察叔叔做贡献。转过身，跳上车又骂开了：罚款？总是又没得钱发奖金了嘛。妈哟，现今这个世道，走私汽车满街跑，没得人去罚，老子骑辆烂洋马儿，还要遭罚，简直是没得名堂！

你以为他今天触了霉，要怄半天气吧？才不哩。行到宽松处，他的心境也早平和了，瞅着一家书亭门前热闹，挂着花花绿绿几张大广告，便刹了一脚，伸长脖颈儿去望，看看又有什么新书到了，顺便买本好看的带到单位上去看。结果一看广告上有行大字：中国男人你为何不买一本？说来这广告词算是制作得别出心裁，书商肯定心里暗自得意极了，心想这句巧词儿不知会换回多少钞票哩！可他老兄却不知又是哪点看着不顺眼，啐一口道：去你的，装模作样教训哪个？老子就是中国男人，但老子就是不买，你又咋个？

当然不会咋个。书老板只有自认晦气，想不到把发条给上反了，成都人这脾性，也真难侍候。

再过一个书摊，卖大名鼎鼎的顽主的新著，挂一张极典雅的广告，只黑白二色，印一张顽主的大头像，薄嘴皮下只侃一句词儿：再过一把瘾。这设计也够绝妙的了，堪称奇招。这下他该买了吧？不。撇嘴露齿酸溜溜一笑：嘿嘿侃哥儿，你不是教大家过把瘾就死么，怎么，闹半天你老人家自己都还没闭眼睛，还在玩儿，还要再过一把瘾呀？聪明，你娃娃会逗猴儿耍，真是聪明透了，不愧是京油子窝里的大腕舵爷。对不起，要过瘾你自己慢慢去过吧，拜拜！

你说人家顽主哪点儿把他给得罪了呢，用得着这么说风凉话扇耳刮子吗？莫名其妙，蛮不讲理！但没办法，这儿是成都，出川蛮子川猴儿的大都，这儿的人就这么一副天王老子通不认的德行，你越是在他面前装模作样，拿脸摆谱，他就越是不买你的账，越是要拿怪话回敬你。外地人在成都来打广告，可真得小心点，不然，票子没赚走，还谨防赔一脸晦气。

岂止对广告如此不恭，就是开会听报告他也常发猫爪疯。坐没坐相，听没听相，还要把眼皮也搭上，一副拧不干打不湿拒绝接受新鲜事物的老顽童模样，坐在庄严会场里，倒仿佛是泡在茶馆里打瞌睡似的。领导正在勾画未来蓝图呢，他咂吧咂吧嘴皮，好像睡得很甜蜜地开心一笑："安逸，天不下雨，天不刮风，天上掉馅饼！"下面一阵哄笑，头儿正色发出批评。他突然把脸"啪"地一拍，瞪大眼叫道："妈的，狗蚊子你才可恶呢，把老子的血吃饱了你还要嗡嗡嗡叫！喂，头儿，该除'四害'喽！"头儿只好瞪他两眼了事。

你说这叫啥德行？知道的人呢，只说成都人脾气怪，爱吊二话，可以原谅。不知情的呢？设若倒转去二十年，不定会给你上纲上线，说你有反骨，说话尽放毒。像"文革"初期，成都有个老教授就是这样，典型的怪脾气。他有点所谓历史问题，革命派开大会批斗他，怒斥他是国民党的残渣余孽，这是刚由红色电波发布的最时髦的批判用语。你猜他老先生怎么样？怪脾气发了，偏不低头认罪，昂起个脑袋，说："不！我就不是残渣，我就不是余孽！"公然抗拒革命群众批判，这还了得？当然马上招来一顿"革命"拳脚痛捶。他老先生头破皮肿，也不吭声，等那些拳脚累了，这才冷笑一声说："我说你们这些娃娃语文没有学好哇，像我这样的老反动资格，哪里只说成啥子残渣余孽就打整得住的呢？弄清楚，我不是残渣，我是死灰；我不是余孽，我是朽根！"说得那些斗他的人一时回不过神，而台下的群众，却发出一片笑声。

有人把成都人这种怪德行称之为"拗门脾气"，意思就是说成都人遇事爱顶牛，爱跟人唱反调。你说东，他偏要说西；你说天要出太阳，他偏说天要下雨；你说广东人会挣钱，他偏说老广脏兮兮……总之，爱扯横筋，爱唱反调。表面看是这样，只是仔细想想，又觉得还是不能说明问题。成都人真是那么蛮不讲理，事事都要唱反调吗？并不是。假如你赞叹杜甫的诗写得真绝，他绝不会说，哪里，还不如汪国真有才气；你说哪个带长字的犯贪污被处决了，他绝不会说，要不得，该留下来做反面教员；你说机场路两边被圈占的良田已经开始复耕了，他绝不会说，慌啥子？等它再装几年太阳月亮嘛……成都人有时还是挺通情达理的，并非事事处处都扮演川蛮子。成都有句俗话说一种人是"面带猪相，心头憭亮"，就是表面上蠢笨，但心里并不糊涂。舍去前半句不论，后一句说成都人自己倒也颇为合适。如果要用全句也行，只要把那猪字改成猴字就行了。成都人就这样，遇事爱动个脑筋，打个滑，有话又不爱闷在心头，总要想方设法转弯抹角尖酸刻薄表达出来，所以动不动就爱耍点小聪明，使点小性子，说点吊话怪话。也许，这样看才能看出成都人具有一种怎么样的怪德行。

　　成都人的怪脾气，这个怪字确实有点不好说清楚，但又确实蕴含着些名堂，有滋有味有板有眼哩。

点杀

　　成都人既喜欢研究别人的特点，又喜欢发表自己的观点，这两点一结合，便往往生发出一个绰号来。自古以来人就爱取绰号，名之不足，号以补之，其实就是一种最贴身的宣传广告。不过一般上等人趋雅，猪眉猪眼也可自号潇湘馆主，今之网上更是雅号美名多如牛毛，大都风马牛不相及。老百姓则截然相反，宁肯流俗，也要贴切实在。譬如王闷墩、李扯火、张花势、刘前进等等，不仅象形传神，而且意味深长。

　　这绰号不仅可以一号定终身，还可随时而更新。譬如朋友小吴，独身多年，众皆戏呼其为吴（无）花果。而近来又有了新绰号，说来有些吓人：吴点杀！

　　小吴终于在网上交了一北国女友，这一日，远远地飞来了，柳眉杏眼，高挑个儿，倒也可人。小吴喜不自禁不说，众朋友也踊跃掺和。请她吃啥子喃？用心太多，反而不济，七嘴八舌，更难定夺。我突然灵光闪现，说：嘿，你大号吴点杀，就请人家吃点杀嘛，最有我们成都特色了。众皆呼应：

对，农家乐，吃点杀！只这"点杀"二字一出，倒把那北国俏佳人吓得眉毛一跳，花容失色：啥？点杀？你们要杀谁？她哪里知道，成都人嘴巴俏，啥都吃得不耐烦了，便会兴出这些名堂来，指着餐馆笼里或是农家院坝里活蹦乱跳的鸡或兔说：来，就要这一只，给我宰了！活生生地现点现宰现烹现吃。是谓之"点杀"。成都有段时间，遍街餐厅、菜市的广告牌上都赫然写着"点杀"二字以招徕顾客。外地人或以为误入了杀气腾腾的战阵，却不知这正是好吃嘴成都人的升平景象。

由吴花果到吴点杀当然不是自这一回始，缘由其实在早。盖因小吴生性耿直，在一次单位民主生活会上，他不像一般人虚晃几枪，敷衍了事，而是较劲较真，将几位他看不顺眼的领导逐一点名道姓，挨个细批了一通。下来有人便赞叹不已：这小子厉害，敢当着头儿的面逐一点杀！吴点杀的大名便由此流布。

吴点杀倒是一夜成名，只是那北国俏佳人吃了几次点杀后，最终还是道声拜拜，飞回遥远北国去了。小吴情绪受挫，蔫了几天。朋友们笑：嘿嘿，吴点杀，这回是你娃遭人家点杀啰！

　　颜色者，角色也，身份也。颜色几副，就展现出成都各色人等的斑斓多彩。按今天的说法叫多元与多样，但又确实万变不离其宗。总有共相嘛，或者说总有一个底色嘛。譬如说，你越要摆谱，他越是不买你的账，惹毛了，天王老子通不认！给你白眼算好的，谨防尊口一开，黄河决堤，骂你个狗血淋头你才晓得厉害。不要搞忘了，成都城饱经沧桑，成都人历练深沉，是好是歹，他心头自有一个打米碗，一杆是非秤。

Chapter 3

"几副" 颜色

茶客

　　有一个说法，人生三伴侣，乃是烟、酒、茶。此说或许绝对、夸大了一些，但当今国人，尤其是成年男子，确实少有一生不与此三君沾点缘分的。而三者之中，普及率最高的无疑首推茶。烟有恶名，乃癌症隐患，健康杀手。酒的名声也不太好，至少是毁誉参半。唯独茶，则几乎无人批评，公认有益身心，无碍健康，且清汤一盏自香幽，堪称素雅君子，可以长伴长相依。

　　唯其素雅，颇得东方文化精髓，符合国人心理，故世代相袭，备受推崇，源远流长，遍及国中，形成中国人的一大生活景观，中国文化的一大特色。老亦喝，少亦喝，男人喝，女人亦喝。南方天多暑热，自然离不了，北方空气干燥，也需以之生津润舌。江浙盛产绿茶，闽粤多好红茶，北方有大碗茶，牧民爱饮奶茶。千年香茗东流去，乃至日本人也时兴了小杯细酌"工夫茶"。地无分南北，天不论冬夏，饮茶之习，可谓普及率最高矣。故过去形容民生之谚谣道是：开门七件事，油盐柴米酱醋茶。足见茶与中国百姓生活关系之密切。今日讽

议官僚主义的新民谚亦说：一杯茶，一支烟，一张报纸聊半天。从另一角度也道出了茶之盛行。

　　尽管几乎凡中国人都喝茶，但成都人却一律都看不起，认为天下唯有四川才配称"茶国"，只有成都人才配称"茶客"。北方人喝那大碗茶算什么东西？下力人牛饮解渴之物罢了。南方人配了点心蜜饯之类叫作什么"吃早茶"，那还有什么意思，纯粹变了味了。至于日本人的所谓"茶道"，更是休提，那哪是喝茶，纯粹是玩小把戏摆花架子迷惑人。江浙人还可以，但他们喝绿茶，几碗水下去就白了，没劲。我们喝什么？花茶！又香又浓又经久，一碗茶喝半天冲七八道水也依然有味。关键就是要这味，成都人生就一张好吃嘴，专在味上下功夫。所以川菜是以味鲜味重著称，推而广之，连喝茶也格外讲究味了，太清淡了不行，要香要浓。而且不能只是头两道水冲下去香气扑鼻，还要那茶叶经得起泡，因为成都人喝茶不是只将就茶水下点点心，或是陪人说几句话儿，成都人喝茶，是真当回事儿的，比吃顿饭或是开个会还花工夫，时间要长多了。

一般嗜茶成瘾的成都人，即所谓"茶客"吧，早上起来头件事，不是吃饭，而是喝茶。冲茶叶要用那烧得鲜开的滚水，头道水只盛半盏，叫作"养叶子"。待焦干、紧卷的叶子滋润了，舒展开了，再冲满，让茶叶一片片伸眉舒脸，在开水激荡下翻动身儿，打两个滚儿，再沉于盏底。这时茶汤绿了，黄了，香气腾腾直扑鼻，才该呷一小口漱漱嘴，然后才痛快畅饮一番。这叫"头道水，二道茶"，正宗沏茶法。两盏下肚，方觉回肠荡气，神清气爽。似乎只有这样，才能驱散昨夜昏沉，迎来新的一天。倘或哪一日因种种缘故未能喝上这道早茶，则那一整天都会闷闷快快，若有所失，干啥事都少了魂儿，没了神儿。

过去成都的老茶客们，多半是天一麻麻亮就起了床，也无须跟家人打个招呼，便趿一双拖板鞋，抱一个水烟袋或是一杆长烟管，咳着嗽打着呵欠出了家门，径直往晨雾蒙蒙中热气腾腾人声喧哗的小茶馆去过这早茶瘾。那时成都街头巷尾尽是茶馆，且都早早开门。如今茶馆虽也还多，但营业时间多学了国有店铺规矩，推迟了开门时间。老茶客们无奈只好改革旧习，在自己家中完成"早课"。倘有哪位的太太或是小保姆伺候殷勤，不用男人自己动手，人还在床上刚睁开眼皮，便有一双纤纤玉手奉上热腾腾香茶来，这太太或保姆便自然会赢得最佳美誉。但不管是去茶馆还是把家当茶馆，总而言之一句话，地道的成都人是每日里非喝早茶不可的。

早茶只是开始。出门了，上班了，第一件事仍是提鲜开水冲茶。泡上浓浓一杯，喝他半天一日。边喝边聊天，边喝边干事。这叫磨刀不误砍柴工，只消一盏在手，甚好消混一日。这白日里，无论你到哪儿去，办公室、会议室、商店、工厂车间、建筑工地，哪儿都会见到大大小小的茶杯，见了面，熟识点的，也总是先敬上热茶一杯。甚至整日在外奔波的人，如像司机吧，也都随身带着大茶杯，满满的注着茶水，随时拧开盖来就可以润润口舌，过过茶瘾。一日之作，犹若机器离不得润滑油，成都人简直离不了茶水这玩艺意。

这还是说上班，出外游玩就更不消说了。成都人闲散好玩，出门遇见熟人，除了同国人一样，头一句爱问：你吃饭啦？接着便是：上哪儿去耍？这耍，即玩乐之意，是成都人使用频率最高的口头语。这耍的含义又较正儿八经地玩乐一语宽泛得多。上公园游玩是耍，看电影看球赛是耍，即或只出门走走，街边站站，与人聊一会儿天，也叫耍。而无论远游还是随意走走，着重的并非只是风景、把戏，关键还是一个"聊"字。成都人生就爱凑热闹好交际，最大的乐趣莫过于聊闲天冲壳子摆龙门阵，朋友熟人一见面，就泡在龙门阵里了。而聊天，绝对需要的就是茶水滋润凑兴。边喝边聊，才有兴味。边聊边喝，口舌也才能保持滑溜。否则，不成了"干聊"了？所以说起到哪儿去耍，在成都人的意思里多半就是到哪里去聊天喝茶，又叫"清玩"。不似外地人外国人，一说玩，就是唱歌跳舞喝酒吃饭，就是游山玩水去旅游胜地，或是进夜总会去游乐园之类。而反过来说，不论你什么豪华新鲜场合，倘知道没有

茶喝，成都人一般是不屑一顾的。成都的公园管理部门就深知这一点，没有哪一个公园不是配备了一个两个大茶馆的。上公园，小孩子们到处跑动着去玩了，而大人们呢，你看吧，多半围坐在茶馆里，或悠闲自得，或摆谈闹热，通伴着一盏茶哩。

醉翁之意不在酒，成都的茶客之意不在茶，在乎提神聊天也。当然也不仅止于聊闲天，正事也有在茶馆里洽谈商议交办的。老成都有个口语叫"吃讲茶"。谁与谁或是哪一拨势力与哪一拨势力之间发生纠葛以至纷争了，需要了结或是评断，往往不是开大会或者上法庭，而是双方邀约到某某茶馆，互相亮底，请权威者评判公断。说得好，双方握手言欢，说不好，有时也免不了演化为一场武斗闹剧，掀桌，砸碗，最终以输了的一方付茶钱完事。现今呢，这种情形还有，但少了。更多的是朋友聚会以至单位聚会，人多的甚至把一家茶园给包了，像租会议厅一般。而更寻常的是谈生意，几人一桌，或高声喧哗，漫天要价，或窃窃私议，讨价还价，碗中波平浪静，而桌上风云谲诡幻变，几盏清茶便常常成就了成千上万生意，小小茶馆真是功德无量。

成都人如此嗜茶，茶业如此兴盛，遂有外来客商看好此道，到成都来开办高档茶楼。效仿那豪华酒楼，装饰一新，空调软椅，精美茶具，小姐盛装迎送，先生恭立伺候，要营造什么高雅文化氛围，真是用心良苦。只可惜打错了算盘，成都茶客不吃这一套，终至于门可罗雀，冷冷清清。究其原委，倒不仅是如此豪华茶楼，花钱太多，更重要的是，这些人不懂成都人心理。成都人喜欢的就是大众文化，热闹场景，才不稀罕什么高雅清静呢。你看成都的茶馆，可以说简陋得无以复加，当街铺面，巷中陋舍，或是河畔凉棚，树间空地，随便摆开几张小方桌几十把竹椅，有老虎灶烧水，铁茶壶（讲究的仍用铜壶）倒水，盖碗茶具盛水，这就行了。那木桌竹椅都是最简单粗放的匠作，配上简陋环境，泥土地面，颇有点农家风味，寒舍乐趣。环境随意，场地简单，来往之人也就随意，三教九流，会聚一堂，不讲等级，无须礼仪，或喝茶聊天，上至国家大事，天下奇闻，下至街坊趣谈，鸡毛蒜皮，尽可海阔天空乱摆一气；或看书看报，闭目养神，闹中取静别有一番天地。兼之卖吃食擦皮鞋掏耳朵看相算命者混迹穿梭其间，堂上堂下大师傅小幺师吆喝之声应接起伏，真是人声鼎沸，热闹非凡，荟萃大千世界众生相，活脱脱展示一方小天地。这，又于农家寒舍风味之外，平添了川西坝乡里农村赶集市赶庙会的氛围。要说都市里的村庄，现代工业文明社会中尚未消失无可取代的农业社会遗风流韵，庶几便是。

这的确是一种饶有兴味的生活景观，令人深思。说来近年成都的变化也挺大的，高楼林立，车水马龙，其繁荣兴旺世所称道，但无论兴建了多少高档宾馆，豪华酒楼，各种现代游乐设施，就是取代不了那遍布市井里巷的小小茶馆。成都人在追新潮逐时尚方面也是出了名的，穿也好，吃也好，都是舍得花钱，相当新潮时髦的，然而无论怎样标新立异，还是变不了爱坐茶馆的积习。在成都的小茶馆里，随时可以看到派头十足的款爷坐在旧竹椅上，跷着二郎腿，身子一晃一悠地在打"大哥大"。也可看到穿金戴银一身新潮时装的小姐、少奶奶，膝上抱只鬈毛狗儿，旁若无人地吐着瓜子壳。这茶馆真是体现了跨越时代超越等级的博大奥妙的兼容性吧？这成都人的骨子里，大约浸透了古蜀文化遗风、农业社会流韵吧？

当代蜀中文章大家流沙河先生曾戏撰了一副对联，自嘲道是：

改革你喝拉罐水，
守旧我吃盖碗茶。

戏谑幽默之中，可见成都人之一斑了，可见成都人之兴味所在了。盖碗茶水，源既远，流亦长哩。

车夫

人生在世，说是靠劳动吃饭，自己挣钱养活自己，其实呢，我看是服务。别人为你服务，你替别人服务。你要住房子，就有修建房子的，别人为你服务。你是当老师的，就要教学生，你为别人服务。相互服务，交错服务，人与人的关系就是如此，社会的构成也由此决定。所需越多，服务项目及其关系也就越多越复杂。这在人群集中的都市尤其突出。

城市是什么？三岁小孩都会告诉你，有很多很多的人、房子，还有很多很多的车子。小孩的话一点不错，的确，车也是城市之所以成为城市的标志之一。尤其是近代都市，车可以说是与之共生的产物，不可或缺的一个项目。车有自己的，有别人的。坐别人的车，就是别人为你服务，让你不用自己抬腿迈步就可以去你要去的地方。这别人就叫车夫，都市生活中典型的一种大众服务者——我们姑且把专为个人服务的车夫撇开不说。

成都有很多车夫。

五十年前的车夫，在成都叫拉黄包车的。那车就是骆驼祥子拉的那种，为何叫黄包车？不得而知。那车拉着满街跑，现在看着当然会觉得太慢太寒碜，当时坐着可是挺神气。跷着二郎腿高高在上安稳坐着，别人光脚丫子拉着你跑，你就会神气。事实上那年月能坐黄包车的，也只能是有钱人。而拉黄包车的，却是城市中最低下卑贱的下力人，其地位连小工仆役洗衣服的老妈子都不如，除了讨口叫花子，可能就数这些车夫地位最低了。

车夫大都来自穷乡，家里没法活了，进城来混口饭吃，一无所有，唯一身筋骨力气可卖。农夫本色，生性老实巴交，只知埋头拉车快跑，以求一日温饱。兼之地位悬殊，与坐车者迥然两极，无论身体、精神，均是一低低在下，一高高在上，故而绝对谈不上二者之间还会有什么交流。黄包车夫们只埋头弓腰不住迈动光脚板，默默前行，恍如无言无笑无有任何表情的机器人。

苦命人哪！好心的人望着他们都会这样摇头叹息。沉默与苦命真是如影之随形。苦命人大抵都是郁郁寡欢默言少语的人，这仿佛是一种人世定律。

但似乎又不完全是这样，后来取黄包车夫而代之的三轮车夫，说来好多也命苦，却并非是沉默的一群。成都的黄包车是何时绝迹的呢？大约是五十年代中后期。那时开始出现三轮车了，且很快就风行一时。比起黄包车，三轮车自然神气多了，虽仍系人力，却不需要人脚板贴在地面上跑了，车夫也坐在了车鞍上，直了身子。铃声丁零零一响，行人赶快让道，还满威风呢。

也不知是不是就因这人坐高了，与后面车斗里的坐车人一般了，那精神也就随之高了起来。同样叫车夫，这三轮车夫可是与黄包车夫大不同了，面上不再是麻木板滞的神情，一路蹬车，一路居高临下——哪怕只高路人一个头呢——随意四处张望，流着汗，满面红光，笑嘻嘻地。高兴了，还随口哼点小曲或来点川戏。"文革"中啥也不好唱了，蜀人之嘴闭得难受，便来两句京腔：穿林海，跨雪原，气冲哇霄汉……车子蹬得风风火火的，衣襟被风撩起来，那情形好像他就是打虎上山的杨子荣似的。

其实呢，可能完全相反，他很可能就是昔日座山雕们手下的脚脚爪爪，一句话，国民党时期的旧军官、旧职员。国民党一九四九年大溃逃时，丢下了好多散兵游勇在成都，新中国成立后有的虽未被当成阶级敌人对待，但那段历史至少也让他们背了一张不光彩的皮。变成老百姓了，要正儿八经找个工作，特别是进国营单位，那几乎是不可能的。原先的黄包车夫们翻身解放了，回乡当最光荣的贫下中农，留在城里的也成了响当当的工人阶级。车当然不会拉了，就是换成三轮车了，也该另外的人去接替了。于是，旧军人们不少就填补了这个空缺。大约受过去苦命的黄包车夫阴影的笼罩影响，那时一般城里人还是不愿去干这差事的。车夫，算什么？

车夫们蹬着蹬着，却渐渐觉得这差事满不错了。钱挣多挣少倒没什么，那年代一般人谁又能比谁多挣几个钱呢？都在吃大锅饭，一人一小勺子。关键是这蹬三轮车自在，单个劳动，没得工厂机关单位里那么多管束。想多挣，就早出晚归多拉快跑勤快点，想休闲一下，就把车停在树荫底下，拿张报纸把脸盖了打瞌睡。反正每个月只要向上面交够了费用，向老婆交够了一家人的吃饭钱，就行了。

心理上一满足，精神上自然就旺火，脸上就有光彩，嘴巴上话就多。成都人本来就话多，三轮车夫一天到黑四处跑，接送八方客，他们的话就更多。说话也方便了，他是跟你平起平坐，主客关系似乎也变了，没什么尊卑悬殊，他一边蹬车一边就跟你老朋友老熟人似的信口随说。他们不是来自穷乡僻壤的农民，他们都是有见识有文墨的人，闯荡过四方，恐怕比你还见多识广。东西南北，上三教，下九流，他都可以跟你说个热闹。最欢迎你是外地客，他会跟你说蜀汉，道三国，明朝年间张献忠剿四川，辛亥革命时候张澜张胡子作讲演，赖汤圆如何好吃，武侯祠如何好看，成都的妹子你要仔细打量了，成都的贼娃子你要小心点……言谈间，你会觉得他是个教书先生，指点时，他仿佛就是顶呱呱的导游一般。成都的三轮车夫，不简单！

本来么，他们就并非等闲之辈，寻常下力人。在成都的三轮车夫中，除了前面所说的有历史问题的人之外，后来历次政治运动中被清洗出机关学校的所谓有政治问题者，尤其是被开除公职的右派分子也不少。新中国成立前成都民间有句老话，叫作：整烂就整烂，整烂跑灌县。那意思是说什么事情弄砸锅了，闯大祸了，在成都立不住脚了，那最后还有一条路，跑到灌县去。干什么？到那边的深山老林里藏身避灾，当棒老二（土匪）。把这句话换到这批人身上，则可以改做：挨整就挨整，整到底了就蹬三轮！

有这样的"前科"来由，成都的三轮车夫自然叫人觉得不简单了。你要真在车上碰到个过去的校官教授什么的，也并不奇怪。所以，虽说他们的命也不能算好，可他们又不像早先的黄包车夫那样终日愁眉苦脸沉默寡言。这可能与他多少有些文化不无关系。看来，这知识文化于人生还真有点作用，它既可以使人沉默沉重如罗丹所塑之思想者，也可以使人开朗舒展如成都的三轮车夫。

不过，这里所说的多是上一代的三轮车夫，现今却也变样了。八十年代后期以来，成都的出租车业兴旺了起来，三轮车渐渐少了，车夫也大都又换成了进城打工的年轻农民。他们只知拉着客人飞跑，跟汽车抢道，吓得你坐在上面提心吊胆直冒冷汗。他们才不会跟你搭话呢，他们一心想的只是：多拉快跑，挣钱！

现在成都车夫的主力该是出租车司机了，几千辆红车身白顶灯轿车一天到晚满城跑。但你若要把他们也归入车夫系列，他们肯定会不依不饶，认为你在侮辱他。成都的出租车司机可俏着哩，神气着呢，好多成都女娃子还就想嫁个开车的丈夫呢，好玩又有钱，这正是这些成都妹子追求的人生目标。由此你便可看出，成都的这新一种车夫——出租车司机，地位有多高。

你坐在他的车上吧，除了问问你去哪儿，他才不会理你呢，好像他拉的不是一个客人，而是一段木头，好像他不是为你服务的，你也不是他的"上帝"。看模样，反过来还差不多，他是老板，是主人，让你坐他的车，是给你的恩典。你要问现代成都车夫怎么个样？就这么个样！

还可以与外地出租车司机作个比较。广州是出租车王国，车多乘车人也多，打"的"是家常便饭。那儿的司机也个像"职业杀手"，一律地板着脸，不吭不声无表情，只不停地开车飞跑，如在车间里上班一样严肃专注。从这点看，有点类似成都早年的黄包车夫。

北京的呢，与老广相反，话可多了，大地方派头，满口政治经济文化，令你佩服，不愧是咱国家的京都，盛产侃爷的地方，连开车的嘴上都有这么多天下风云，世上咸淡。他高兴的时候，你会觉得有点成都早年三轮车夫的风范。

成都的司机呢？可以说既不同于广州的那么冷漠死板，也不同于北京的那么专好逗能神侃。他们一路上也不停地说话，但不是跟坐在后座的乘客寒暄，而是对着对讲机在跟他的师兄弟师姐师妹穷聊个没完：喂喂，张哥哇？你娃娃今天中午咋个不到皇城老妈火锅来哩？嗨呀，那两个妹子才叫乖哟……喂喂，李师姐哇？今天晚上又打算到哪儿去搓一盘嘛？二娃屋头？要得嘛。龟儿子我车上这个老俵要到郫县去，等我在西门车站把他甩了，掉头我就赶起来，等到我哟，师姐……

有时候他说笑够了，也就不再开腔，但那小"电台"仍然开着，他就一边慢慢打着盘子，一边听师兄师妹们通过电波的扯淡调笑，听得津津有味，比听音乐还安逸！

总之，他不大会跟你讲话，他有他的天地。你跟他的关系，只是你坐他的车，他载你一段路，如此而已。最后你交钱下车了事。

但成都出租车司机也有一个好处，若是路上遇到哪儿出了事，他一定要赶过去，哪怕调头转弯多绕一段路都行。成都人本来就爱凑热闹，何况他手里有车。若是有人被撞着了，伤着了，或是老大爷老大娘摔倒了，外地人病倒了，小娃娃走失了，他会二话不说，把那人抱上车，一溜烟开到医院或是派出所去，一分钱不收。这里说他二话不说，只是讲他的态度，是成都人话咋会不说呢？而且说得大声武气：让开，让开，你们把人围到干啥子？还怕闷不死么？来来来，快动手嘛，盯到看就看活了呀？抬到我车上来，龟儿子些！这种时候当然该他神气，他有车子，他是司机。

而倘若这时候他车上有乘客呢？那就得看你这个乘客的自觉性如何了，乖乖地下来，另外去赶车就没事，如果你赖着有点不情愿的表情，那就有你受的了，他会叉着腰把车门呼地拉开，就像喊犯人一样赏你一顿痛快：下来下来！赖倒我车上干啥子？我这儿又不是熊猫馆。你看人家伤得那个样子，你还坐得稳呀？啥，你有急事？有急事你去坐火箭炮嘛！多给我钱？笑人哟，球大爷稀奇你那几张烂票子！听倒，救人如救火，你给我快点滚下来，不然，老子把你一块丢到派出所去！

　　这种时候，你的确也会觉得称他为车夫是有点不合适，他那形象蛮英武高大的，活像个治安联防队长嘛。

　　嘿嘿，成都的这一代车夫，真有点叫人不好说，也说不清楚，神气又神奇！

㸑耳朵

"㸑"乃成都土话，发音为 pā，软和的意思，在本地使用率极高。饭菜熟了，叫作煮㸑了。在炉里烘烤得稀软透熟的红薯，称之为㸑红薯。还有句俗话，形容恶人欺负弱小，叫作"半夜吃桃子，尽拣㸑的捏"。发展到说一个人太柔弱，胆小怕事，逆来顺受，也叫他太㸑了，这已经有点像北方话说某人简直是一摊稀泥，扶也扶不起来的意思。略举此几例，你大约就不难揣知"㸑"的含义，感觉"㸑"的形态了。

因此，外地人说某人耳根子软，成都人就叫耳朵㸑。只是在使用对象上，两者有一明显区别。耳根软可以通用于一切人，不分男女老少尊卑大小，只要某人心善性软，常为别人几句游说就听之信之，甚至改变自己主见，就叫耳根软。譬如一妇人闻知自己丈夫在外有不轨之举，本来怒火中烧，手持擀面杖准备打个鸡飞狗跳，但经人劝解几句，又转念前情，熄了怒火，只以泪眼向之，外人便有评语道：嗨，这媳妇耳根子软。同样，倘有长官本欲痛惩手下某人，经某人辗转托七姑八姨传话说情，遂宽大为怀，不予惩戒，也会得此评语。而在成都，情形大不相同了。人们会说那妇人或长官心软，但绝不会使用与耳根软语意完全一样的耳朵炆。缘何？因为成都人是将这一词语专用之于男性，且是特指有妇之夫的。而且，还不是通用于所有的男子汉大丈夫，只能指那种在太太面前唯唯诺诺、唯命是从、看太太脸色行事的先生，只有这种一切行动听太太指挥的模范丈夫，才配享有此殊荣。

呔，你会说，这不就是俺们那里说的气管炎（妻管严）吗？怕老婆的嘛。不对。至多只能说接近对，而不全对。根本不同的一点，在于成都男人在老婆面前那副稀松炆和的德行，不存在怕不怕的问题，而是爱，爱得恨不能衔在嘴里化在身上。嘿嘿，成都的那些少奶奶们，娇媚万般，可是太逗人爱惹人怜了！一跟外地人吹起牛来，成都男人就爱这么说，把一张脸笑得稀烂，写满陶醉得意。

这么说，成都男人都是贾宝玉式的情种？这话也对也不对。其实，情乃人之天性，凡正常的人都可说是情种。凡正常的男人都爱女人，尤其爱自己的老婆，都想在家庭中尽到丈夫的责任，用男子汉的双肩承担起大梁。只不过方式有所不同，北方男人总是以一家之主自居，动不动就要显示点权威，耍点大男子威风，犹如旷野大树，用自己的身躯抵御风寒，以自己的树冠荫庇小草。而属于南地的成都人呢，气候温和，天性也多温和，他们对娇花一般的女人更多的是表现出心疼，处处呵护，时时关照，在家庭中甘愿充当所谓"家庭妇男"。

这一点你不需要深入家庭这个细胞内部去观察了解调查研究，只在成都街头便可以随处窥见一斑。成都的女人最爱打扮，最喜欢逛马路上商场，赶时髦买新鲜。稍微注意你就会发现，她们很少有单独上街，匆匆而去，匆匆而回的，总是有男士相伴左右，紧跟上下，如影之随，如同卫士保镖一般。女的手一指，说进哪个商店，男的就跟进哪个商店。女的嘴一撇，示意买什么衣物化妆品，男的就马上掏腰包付钱。女的磨磨蹭蹭潇潇洒洒遛一圈，男的就大包小包扛一堆，这时又如同驮牛小工一般。倘若哪个男的跟得不紧，拉开了距离，那女的发现了，就会噘起小嘴，高跟鞋“橐橐橐”敲打着水磨石地面，径直走向一边，唬得男人赶忙扶正了眼镜，人丛中四下搜寻，紧追不舍，直到贴到了爱妻娇柔的肩头才算免脱回家后算总账挨个狗血淋头的大难。但当场挨几句抢白的小灾还是少不了的，女的会把凤眼一斜，酸溜溜道：啊唷，我还以为你眼睛盯花了，跟到哪个漂亮小幺妹去了哩。男的赶忙解释，低头哈腰赔不是：哪里有那回事嘛，我是看刚才你们一大堆女的围在那儿，我不好挤过来……话未完，女的就尖声给打断了：哟，你还挺面浅的嘛，咋个追我那时候，脸皮比城墙拐角还要厚呢？嗨，还瓜兮兮的把我盯到干啥子，还没有看够呀？快把钱拿来，我要那件羊毛衫！男的这才松口气，赶紧笑嘻嘻掏钱。一场小风波这才算了了，两个人又相跟着踱进另一家商店。

更说明问题的是前些年街上跑的一种车子，恐怕算是成都的特产，集中体现了成都模范丈夫们的创造和爱心。车很简单，普通自行车旁边加一个车斗，应该叫偏斗车，但成都人通称之为“炬耳朵”车。那斗自然是太太坐的，斜靠了椅背，舒舒服服跷个二郎腿，有的还怀抱着小宝宝，一路嘻嘻哈哈，指指点点，尽兴浏览风光。而蹬车的呢，当然是炬耳朵先生，满头大汗，却乐呵呵的，比自己一个人骑单车还来劲。你或许会纳闷儿，这些女人年纪轻轻的不会骑车吗？不，成都地势平坦，街道整齐，是自行车王国中的王国，车多得很，除太老的老人和太小的小孩外，几乎人人都会骑车，也都有自己的坐骑。过去还没有发明偏斗车时，一家三口出门，自然是男女各骑一辆车，而小宝宝呢，基本上都是背在年轻的爸爸背上，尽可能减轻女同胞的负担嘛。到出现了偏斗车，就干脆让太太把骑车的劲也省了，舒舒服服坐斗里去，男人本来就比女人有劲嘛，多出点力天经地义。于是，此风遂广为盛行。尤其是到了节假日星期天，回娘家看老人的路上，去公园游乐场的路上，大街小巷到处都可以看见这"舵耳朵车"的踪影。小小一辆自行车，满载着亲亲热热一个小家庭，欢欢乐乐满城跑，真是一幅好风景。看着那笑嘻嘻使劲蹬车的先生们，便会感到这"舵耳朵车"真是名实相符，名不虚传，不愧是成都男人的一个绝妙写照。

外面如此，回到家里又如何呢？据说北方男人即便再窝囊的，在外面世界装孙子扮兔子的，一回到家也要端大老爷们儿架子，坐下来双腿一伸，就等着媳妇端水奉茶，摆桌吃饭。成都男人不，回到家里准比在单位上还勤快，洗衣做饭，抹屋拖地，见啥做啥，几乎所有家务活全包揽了，甚至还要忙不迭地给太太捶背捏腿。按他们的说法，女人嘛，在外面永远是一副精神光鲜模样，回到家就是一部永远需要维修的机器，这很自然嘛，理当多照顾点，精心护理。按说下厨房是女人的事吧，满世界不是几十年来都在嚷嚷着，要把妇女从灶台边解放出来吗？可成都早已不存在这个问题。成都男人摇着锅铲得意扬扬说，要她们下厨房干什么？她们炒的菜还没有我们炒的好吃！当然这也是事实，成都是个吃都，男人们自来都会吃好吃的，也就擅长弄菜做食。但这更多是一个冠冕堂皇的挡箭牌，掩盖着这些先生们对太太的一片爱怜之心，也维护了自己的一点面子。毕竟是男子汉大丈夫嘛。

他们还会振振有词地举出若干例证：都说缝缝补补是女人的事，可是你看，世界上的大服装设计师，还不多半是我们男的。厨师也一样么，世界上的名厨一般也是我们男人。当然，这都只是对外宣称为己辩护的托词，实际上呢，他们是生怕把自己的娇贵太太给累着了。在他们看来，女人和男人一样，每天在外面上班干活，都一样的辛苦劳累，回到家里是该我们男人多做一点嘛，简直顺理成章，天经地义，有什么好奇怪的？

正是由于有这样的心理，所以在成都你若要说哪个男人是耙耳朵，他绝不会感到难听，不好意思，更不会觉得这称号落到自己头上有什么耻辱的意思。相反，他还会笑嘻嘻地给你补充一句：岂止是一般的耙耳朵，我这耳朵还是全频道的呢。啥叫全频道？就是说耳朵像电视机旋钮一样，可以一百八十度三百六十度随意旋转的。当然，拧着开关的只能是自己的太太，这是太太们的专利！

耙耳朵在成都简直成了一种美誉，男人们有时聚在一起便会开玩笑争当"耙协"主席。张三说，那天我也是喝酒喝麻了，回去得晚，我们那口子看到就生气，罚我喝她的洗脚水，你们猜我咋说？我说，喝就喝嘛，我们这些人酒都敢喝，未必还不敢喝你的洗脚香水？嘿，端来给我喝，不过要加点糖哟，才好解酒。你们看我的态度有好端正，又不失格！李四就说，你那个算不了啥子，上一回我要去看球赛，怕太太不准假，就哄她说是去给她买二姐兔丁，她最喜欢吃那个玩意儿了，就准了我的假。哪个晓得那天我们四川队输了，我霉不兮兮地往回走，把二姐兔丁搞忘了，回屋就挨了两耳光。她的红指甲又留得长，一刮就是两道口子，血渗出来把她都吓哭了，说明天出门，人家要笑话我。你们猜我又咋说？我说，莫哭莫哭，买个娃娃打鼓鼓。明天好说得很嘛，我就跟人家说，我给你买了二姐兔丁，你吃高兴了，就连带在我脸上啃了两口。嘿嘿，她龟儿婆娘一听就又笑了，阴转晴，逢凶化吉。你们看我们这些人的本事有多高！……像这样的龙门阵在成都还很多很多，人人都有自己的笑话，高招。成都男人们就是这样对待自己和自己的老婆。

何以会如此？可能除了天性温和之外，更主要的是成都人喜欢把小家庭小日子过得热热络络，轻松快活。男人们心甘情愿当妃耳朵，以此来换取女人的春光常驻，生活常乐。真可以说是，成都女人娇嗲嗲，成都男人耳朵妃；成都女人一枝花，成都男人最疼她。

街娃儿

街娃儿不是指街上生的或捡的细奶娃，也不是指沿街乞讨四处流浪睡街沿舔盘子的小叫花子。街娃儿们都是在城里有根有基有家有老的人。虽说叫娃儿，可年岁并不小，十几岁二十几岁都有，甚至还有三十几岁的。凡是那些不务正业、不长进、成天在外面闲荡鬼混的，成都人称之为街娃儿或老街娃儿。

街娃儿一律是指男性。若女子有同样德行则叫街妹儿或操妹儿。你也许会说街娃儿是不是类似于北方所谓青皮，上海所谓瘪三？这比较似是而非。若论成天无所事事，东游西荡，二者倒是有些类似；但就其所为，街娃儿又不像青皮瘪三那样动辄寻衅生事，打架斗殴，或者偷摸扒窃，调戏良家妇女，相反，他们对这些恶行劣迹是不屑为之，有时甚至要挺身而出仗义制止，演出一番带闹剧色彩的壮举来。

说穿了，成都街娃儿有这样一些特点：成天浪在大街上，泡在人流中，哪里有热闹，就往哪里凑，哪里出了事儿，就在哪里寻乐起哄。他们生活的舞台主要在大街上，称为街娃儿可谓十分贴切。似乎可以归于无业游民类，但又绝不像一般人印象中的无业游民那般黄皮干瘦衣衫褴褛满面愁容。街娃儿们多是辍学或待业在家，甚至是耍上瘾了，逃学或逃岗者。有父母养着，有零钱花着，无上学之苦，无上班之累，更根本的是没人管着，没有拘束和拖绊，精力又旺盛，日子过得比哪个都要逍遥自在快活。一个个长得白白胖胖，精精神神，穿得齐齐整整，随时都咧了嘴乐乐呵呵傻笑，跟一群天国泼洒出来的胖墩墩小沙弥一般。

街娃儿很忙也很闲，睡得迟也起得迟，生活颇有规律。一天在外面要尽兴了，闹腾够了回家吃饱喝足，无忧无虑倒头便睡个沉沉实实，川话所谓一觉拉伸，睡成盘龙。直到第二天日上三竿太阳晒着屁股了，这才惺惺忪忪半睁眼，不慌不忙地起床。不上学不忙活，时间充裕得很，干吗要着急，跟自己过不去呢。吃要吃饱，要要要好，瞌睡一定要睡够，懂不懂，身体是革命的本钱！街娃儿时常这样教训你。

街娃儿的穿着打扮也自成一格。当然也要时髦，但又绝非一般人眼中的时髦新潮。那太俗，街娃儿说。譬如西装革履，他们就不屑穿，称之为假洋鬼子的装扮，穿在身上既死板又拘束，不自在不舒服。港仔的打扮呢？穿牛仔服，夹克衫，萝卜裤，波鞋……不是很新潮吗？他们仍是一脸瞧不起，讥之为"业余华侨"。总之，凡社会上的流行新潮，他们通瞧不上眼。相反，他们很有点反潮流的叛逆精神，既反传统也不迎合新潮，一切只以自己觉得舒服自在而又与众不同为准，不求领新，但求标异。

且举前些年街娃儿的一种典型性服饰说。上装一般是军便装或中山服，一律是布的，一律不系领口。这本是十几年前风行一时而如今早已被人遗忘的东西，他们却当时装一般穿上身，自然格外引人瞩目。最特别的是街娃儿几乎都穿老蓝色布丢裆裤，裤裆长裤管肥，裤脚还要挽两道边。还有鞋子，那种老式圆口布鞋街娃儿最爱穿，又轻便又软和，关键是踢踢踏踏满街走，似乎是在向世人宣示：谁说我们是嫩娃娃，这布鞋可老成着哩！

这样一身怪打扮，你自然不难在熙来攘往的人流中辨识出街娃儿们的身影。说来也怪，没有组织，也没有人去下指令，更没有什么条文规定，但街娃儿们不约而同如出一辙地个个做这等装扮。

他们就这样甩着蓝布肥裤管，大白天三个一群五个一伙在大街上闲逛着，大摇大摆，大模大样，一副一切都不在眼下，一切都无所谓的神态。想看啥就看啥，想说啥就说啥，漫无目的，漫不经心，真如四川俗话说的"走到哪个坡就唱哪个歌，走到哪儿黑就在哪儿歇"。瞅见哪位摊主在扯了嗓子吆喝生意，便蹀过去七嘴八舌说："师兄弟，唱得比刘德华还好听哇，你这个摊摊上的货是不是荷花池市场进的'歪货'（假货之意）哟？谨防黑老鸹（指穿黑制服的市管人员）来给你啄起走啊！"气得摊主翻白眼，连声呵斥："去去去，狗日街娃儿些！"街娃儿们并不生气，只笑嘻嘻回击："街娃儿咋个？老子们一不偷二不抢，三没有参加刮民党，总不像你娃卖狗皮膏药，毒害人民毒害党！"一阵嘲笑，说罢闹够，转身扬长而去。走两步说不定遇到个担挑子卖桃子的农民，街娃儿又围上去了，你翻一下，我拿一个，唬得老实巴交的农二哥直下话："小哥子些，这是水湿货，捏不得捏不得哟！"街娃儿偏要捏，还瞪了眼说："啥子捏不得？俗话都说半夜吃桃子，按倒爬的捏嘛。"农二哥只好奉送两个了事。街娃儿们便你啃一口我咬一嘴，嘻哈而去，临走还要扬手道一声："拜拜，农大爷！"

而有时街娃儿们又会锋头一转帮着"农大爷"。譬如市管会的在罚款，他们就会在一旁阴一句阳一句地放冷枪："算了嘛，人家种点菜来卖不容易，不要伤了二哥的感情哟。""拔毛吗，也到肥猪勾子（屁股）上去拔嘛，莫要专医人家老实人哇。""咦，硬是又要过节了，要刮点毛毛钱去发发奖金吧？"说得市管会的人脸涨得通红，又不便发作。

街娃儿们尤其见不得拿起个"大哥大"手机当街当众打电话的人，他们会说："龟儿子洋盘（指炫耀阔气的人），显不出他有个黑棒槌（指手机）了！""装疯迷窍的，是不是儿童商店买的玩具哟？"或者更进一步，凑到那人身边，捏个拳头在嘴边，学着打电话的腔调呼喊："喂，灶房灶房，我是前堂。生意来了，三号要碗素汤！"随即自然是一阵哄堂大笑。

对女人自然要客气些，一般不围追起哄，只远远地甩几句风凉话："看到没有，扭腰摆腿，健美操都做到街上来了。""怪了，太阳都没得，戴个大墨镜，该不会是个残疾人吧？喂，学雷锋，做好事，要不要去牵人家一下啊？"嘿嘿嘿一阵欢笑，又算快活了一场。

而最令街娃儿们起劲的是街头吵架围堆堆。成都人本来就爱吵架，谁骑车不经意挂了谁一下，谁走路不小心踩了谁一脚，甚至谁多盯了谁几眼，都能触发火星。而只要一有人吵架呢，立马就会围上一大群人，伸长了脖子听得津津有味，好像免费拣了一场戏白看似的。街娃儿看见了，更不得了，一边往人堆里挤一边直嚷嚷：

"打呀，打呀，咋个不打起来呢？"一副巴不得天下马上大乱的样儿。偏偏成都人颇有点君子味，光爱动口不喜出手，即便闹得天翻地覆也很难真正打起来。于是主角在中间唱，街娃儿们就在旁边帮腔："喂，大欺小，来不倒（不应当之意）哟！""龟儿枉自是个大男人，欺负人家女同胞要不得哟！"而倘若这时有警察维持秩序来了，围观的人一哄而散，街娃儿们又会做出一副严肃声讨样，骂道："龟儿子，硬是政府把你们喂饱了，班不去上，跑到街上来围堆堆看热闹，共产党的票子那么好挣呀？"

看看，他们又一副正神模样了！好像成天不上班也不上学，尽在街上闲逛浪荡，找热闹制造热闹的，根本不是他们似的。

一群活宝。既滑稽可笑又还有些天真可爱的活宝。

球
迷

说来也怪，成都这地方山也平平，水也平平，气候也温和，民风也温和，人之体魄不称雄壮，性情亦不悍勇，应当说在体育运动方面不会有什么大出息的。事实也是如此，号称全国第一人口大省的四川，竞技体育成绩历来在国中只属中等水平。而且省运动队尽管集中在首府成都，但队中真正的成都人却并不多，大部分是山城重庆及各专县来的精英。然而，并不擅长体育的成都人，一九九四年却创造了奇迹，不仅令中华体坛震惊，甚至令世界为之刮目。创造奇迹的并非运动员，而是观众、看客，是热情似火气冲斗牛的成都球迷。

一九九四年中国实行了第一次职业化的足球甲级联赛。绿茵场烽火连天，好戏连台，最终四川队不过取得了第六名的成绩。然而作为川队主场的成都赛区，却响当当地获得了"四个第一"：第一流的赛区，第一流的组织，第一流的球市，第一流的球迷。组委会将全国最佳赛区最佳球迷的锦旗交予了成都人。

整座城市都沸腾了，全国都震惊了。

成都人自豪万分。

成都人当之无愧。

全年百余场绿茵大战，看遍国中，只有在成都的十余场是场场爆满，容纳四万余人的市中心体育场座无虚席。仅此一项，就势压全国各大城市，用北京队球员的话说，叫盖了帽了。

岂止是人多，数量占优，其声势之壮观，激情之汹涌，境况之火爆，也是国中第一。大旗招展，锣鼓喧天，喊声若雷，兼有各种即兴表演，载歌载舞，人浪迭涌，欢腾若潮，那情景，直让人恍若置身于世界足球王国巴西、意大利的竞技场中，毫不逊色于世界杯大赛上世界级球迷的狂热表演。

难怪东西南北中，各路球队到成都比赛，都感到格外紧张兴奋，都要异口同声赞叹成都球迷了不起。

也难怪中国足协将好些重大比赛和好几场国际比赛安排到了这块宝地。甲级联赛开幕式在这里举行，闭幕式还是定在这里举行。尤其令成都人脸上光彩的是，世界杯亚洲赛区预赛也定在了这里，亚洲诸强健儿的身影都集中展现在成都的绿茵草地上……

据说，国际足联的官员开始连成都的地理位置都搞不清楚，甚感陌生，很不放心，但一派员来实地观看过了，便心悦诚服，点头称是，连连赞叹，想不到中国的这座内地城市有这么漂亮的足球场，有这么令人感动的球迷。说来也是，中国闻名于世的大都市只有几座，北京是首都，上海为亚洲第一大城市，广州亦有特殊地位，而成都呢，只是内地一古城而已，然而偏偏号称世界第一运动的足球找上了门，成都遂也以此名扬四海，领新标异出尽了风头。

这是靠的什么？全靠成都人的雄心与热情，全靠成都球迷万众一心创造的奇迹。

你看吧，每当有球赛举行，售票的头一天夜里，体育场门外便开始排起了上千人的长龙。为了消除排队熬夜的寂寞，有带了书的，有拿了扑克的，甚至有人夹了铺盖卷儿来准备睡一个伸展。也不管是下雨，还是刮风，是盛夏酷暑，还是数九严冬，都无退缩者，总是欢天喜地乐乐呵呵的一条长龙。

而每到赛期那天，成都人就整天都像过节日那般兴奋了。赛前的几小时，位于市中心的体育场周围就拥满了人群，"钓鱼"（买黑市散票）的，卖小喇叭小手旗的，卖饮料糕点的，尤其是提前来过瘾感受气氛的球迷，个个容光焕发，笑逐颜开。待到进了场，气氛更是浓烈，球员尚未出场，球迷早"竞技"开了，啦啦队、锣鼓队，还有军乐队，喊的喊，叫的叫，锣鼓声声擂得地皮抖动，乐曲阵阵响入云霄，完全像是一个盛大的狂欢节。

等到夜幕初降，四周的聚光灯次第亮起，绿茵场像一湖碧水展开在中央，气氛便愈加热烈而凝重了，掌声四起，欢声若潮，迎候着身着鲜艳球衣的运动员入场。成都球迷最爱喊的一句话是："雄起！"有川队比赛，则高叫："川队，雄起！"是国际比赛，则狂喊："中国队，雄起！"万众一词，整齐划一，雄壮有力。这"雄起"之声，也是成都特产，国中独一无二。流沙河先生曾考证曰，这"雄起"一语，并非俗语，更非怪话，而是古人雅语之流变，相对的便是"雌伏"。雄起者，抖擞精神，奋勇一搏之意也。于是在这震天撼地的"雄起"声中，健儿斗志倍增，拼争愈勇，以至创下了川军主场连续十一场不败的骄绩，也鼓舞了曾折戟西亚的中国队在这里连挫亚洲诸强。

成都人的嘴上功夫在这里也得到了淋漓尽致的发挥。他们绝不会只嚷嚷"加油"一词，语汇在这里极为丰富生动而且有趣。为主队高喊"雄起"，对客队则威示"踩扁"。主队进攻，齐呼："进一个！进一个！"客队进犯，则大叫："卡死他！卡死他！"主队得势，他们还会做场外战术提示："划船，划船！"意即悠着点稳住的意思。最显成都人幽默机趣的一项发明当然是"下课"，这个意味深长的词语早已被大众公认，风行全国了。当然，成都人爱骂怪话，倘有客队队员故意犯规，或是裁判执法不公，他们也会齐声怒骂："×号，挨球！""裁判，瓜娃儿！"之类。而一当主队失利，他们便会引吭高唱："起来，不愿做奴隶的人们，把我们的血肉筑成我们新的长城……"若主队进球，全场便会顿然飞扬起"啦啦啦……"的世界球迷通行的无字歌声，伴之以绕场三匝不绝如缕的壮观人浪。如此看来，成都球迷绝不只是一般的看客，而是以自己的激情和嘴功全身心投入的参与者。

　　一般来说，足球还主要是年轻人的运动，男人的天下，但就成都球迷而言，早已超越了性别和年龄界线。朝看台扫一眼就明白，男男女女，老老少少，那激动劲儿几无差别。文质彬彬的老先生兴奋时会跳起来狂喊，而浓妆淡抹之淑女，激愤时也会高骂怪话。现在的成都，足球热已到了这种程度，不看球赛的被认为不是现代人，不会看球的要遭人耻笑。而一场精彩球赛下来，接连几天在街头巷尾、茶坊饭馆，乃至办公室会议室，熟人见面总免不了议论一番，再过过嘴瘾。火爆之情景，竟有如此！

　　这期间，成都人还创造了两个国中第一的奇迹：一九九四年，川队在上海客场比赛，成都球迷竟组建了一个包机团，千里迢迢远赴上海观战助阵。此举举国震动，舆论称之为创中国第一次球迷包机远征的壮举。而一九九五年初，四川队代表中国南下泰国角逐"泰王杯"时，成都球迷居然又一次组建包机团，飞出国门，到异国为子弟兵呐喊扬威，让"雄起"之声响彻异国他乡，再创了一个惊人纪录。连老外也称道：成都球迷真了不起。

若问成都为何有这么众多的球迷，成都球迷为什么有这么高的激情？恐怕就不能单纯用成都人生性好玩爱看热闹证之了。也不能简单归结于改革开放之硕果上——广州不是更开放么，上海不是更发达么，怎么那里就鲜见如此情景？有一说或可解之，道是：蜀人虽不壮，但是心雄万夫，蜀人又自尊，常睥睨天下，从来是不甘落人之后，而遇事欲争先要强的。

至于问球迷本身，回答便简单了——

迷哥道是：现今阴气太重，该喊喊"雄起"！

迷妹则言：遍街小男人小把戏，看够了，发腻！

还有迷大爷说得更直白：如今假字号东西太多，还是这玩意儿实在些……

这玩意儿是什么？足球，圆的。各看各的门道，各侃各的经，正好。我们脚下这地球不也是圆的吗？也真还须得有成都球迷这样的志士，为之倾倒，为之出力。

打工仔

　　说到都市人，其实应该首先弄清这个概念，或者说做出一个界定：究竟怎么样才算都市人？具体到我们这里，怎么样才能说是成都人？

　　过去一般以户口本论，尊姓大名在册即可算是，意味着你长期居住生活在这个城市，你的根扎在这里。以前这样看还行，但现在并无户口却又长期生活在城里的大有人在，一般以流动人口称之。以成都论，日常动辄十几万乃至几十万之众，占城区人口相当大的比例，你能忽略不计？

　　称这种人为流动人口，严格说并不确切。不错，他们大都是从外地，主要是乡间和小城镇流动而来的，但流到这里却顿住了，不再流往别处，一待就是几年，且大有在此安营扎寨、长久居住下去之势。他们已经融入这个城市，成为中间的一分子，你能说他们不是都市人，不是成都人？

　　在这些外来人口中，有相当一部分是凭借一身筋骨一把力气来城里打工的人，城里人管他们一律称作打工仔。如今的成都，随处可见打工仔们的身影。从集体单位到家户人家，从建筑工地到商厦酒楼，从看门老头到按摩女郎，从饭馆小工到三轮车夫……各行各业，各种场所，打工仔们已构成都市生活中的一个新的阶层。

他们初来时，大都蹑手蹑脚，低眉垂眼。走惯了田间小路爬惯了山坡梯坎的脚板，在柏油大马路上反倒行之蹒跚，在车流人丛中只知惊慌躲闪。看惯了宁静绿色天地的眼睛，怎么也适应不了拥挤的城市那灰色建筑群的夹道和五颜六色的旋转变幻。看着他们三个一群，五个一伙，穿着老式的布衫，打着破旧的被盖卷，行军一般排成一行，顺街边檐下而过，城里人觉得又好笑又可怜。

嘿，乡坝头来的！城里人的口气里明显流露着轻蔑。

渐渐的，城里人明白了，如今岂止吃的要靠乡下人勤耕苦作，整座城市的发展建设也离不开进城来的乡下人了。农二哥与工大哥，已经混成一体。

要说成都近年来最大最明显的变化是什么？老成都们定会异口同声地说，是市容变化，城市建设。的确，尽管历来号称西南第一大都，但直到十几年前，这城市还是老旧破败不堪，狭街窄巷，平房瓦宅，容貌十分寒碜。这两年可是旧貌换新颜了，不过几年的时间，横贯城区的大干道开通了，环城大路也一条一条建成了，高楼大厦仿佛一夜间便拔地而起，四处林立。那些建筑的雄伟漂亮，都是老成都人过去只在电影里才看得到的。不少人家从破败的平房杂院搬进了带卫生间和阳台的现代化公寓楼。今昔对照，这变化确实又大又快，煞是惊人。望着眼前实实在在的一切，成都人心里明白，创造这奇迹的是建筑大军，而这支队伍中又有很大一部分是进城来的乡下人——打工仔们。新开挖的工地，高耸的脚手架，是打工仔最为集中之处。这些赤膊烂衫的汉子小伙，在乡下被称为泥腿子，进了城也仍然是一身泥，只不过头上多了一顶安全帽。土腔乡音依然浓重难改，笑容比城里人粲然憨厚。只凭这一点，你就可以很容易把他们与城里人区别开来。

除了建筑业，其他凡是艰苦笨重脏累苦差的活儿也基本上是由打工仔们顶替包揽了。在饭馆餐厅跑堂洗碗的，在大街上扫马路的，在工厂车站干搬运活的，在机关单位当勤杂工的，以至路边摆个小摊修自行车的，拎个水桶给人擦洗汽车的……你去问问，十有八九是他们，成都的新市民，乡下来的打工仔。

何以老板们乐于招收打工仔？道理很简单，一个字：钱。打工仔们是天下最廉价的劳动力。何况，他们还老实听话，吃苦耐劳，肯干又好管。对老板们来说，真可谓价廉物美。

常言道得好：知足常乐。从穷苦的乡下来到城里，能够赚钱，能够生活在都市已觉得很满足了，所以，这些打工仔们随时随地都常是乐呵呵笑嘻嘻的。这与脸上常挂着忧愁烦恼的城里人恰成鲜明对比。尽管打工仔穿得破旧，吃得粗糙，住得简陋，但那黧黑脸膛上健康明朗的笑容，却是衣着漂亮华贵的城里人用钱买不到的。白天干活，扛包砌砖，洗碗扫地，这有什么，无非出点力气嘛。力气这东西又不需要花钱买，与生俱来，用之不尽，越用越有。他们就是这么看待生活看待自己的。因此上班干活对他们来说不是苦事，他们一边手里忙活着，一边总要乐呵呵地说些闲话笑话，开开心心，嘻嘻哈哈全然不像是在干重活，而是在坐茶馆泡戏院。

晚上呢？晚上更好玩，一窝蜂去看录像片，最喜欢打斗得你死我活的，或者搂搂抱抱带点色的。电视里的俊男靓女个个都是神仙，瞪着眼睛看稀奇闹热的他们，也都成神仙了。安逸，这种日子硬是神仙过的，打工仔们看得笑嘻嘻的。

当然，这是初进城的打工仔们的情形。一月两月，一年两年，久而久之，地皮踩熟了，花花世界看多了，难免也就有些枝节发生。尤其是当没得活干没得钱挣的时候，或是染上赌瘾之后，滋事生非，偷摸扒窃，以致翻墙入户、拦路抢劫之类事件便时有演出了。成都市近年来这类案件猛增不少，大半都是外地人打工仔干的。有人编了一首新民谣，讥刺当今成都的一些怪现象，其中一句便是：下水道没井盖。其实原本都是有的，只是往往半夜就被人揭走了，拿到废品站当废铁卖了钱了。谁干的？成都人想都不想就会说：龟儿半夜三更撬井盖，除了那些打工仔还会有哪个？此话听似武断，却实在有理。铸铁井盖又重又卖不了几个钱，还要半夜三更去冒风险，城里人才不屑干呢。狗日的缺乏教养！城里人骂。与井盖不断失窃相呼应的是，新建滨江大道的漂亮路灯，不几天就被人用石子打个稀烂，只剩个水泥桩桩，这是城里一帮烂娃娃干的，没事儿练靶子，打着好玩，却没有人出来声讨斥骂。这怎么说哩？不说骨子里吧，至少是潜意识中，城里人还是瞧不起打工仔，视之为低贱。城里人与打工仔，中间仍然隔着一条明显的界线。这界线很难逾越，打工仔们要真正融进这座城市，恐怕还需漫长时间。

但不管怎样，说好也罢，说歹也罢，接受也罢，反感也罢，现在而今，打工仔们已构成当代都市生活的一个重要部分，可以称得上是一群特殊的新都市人，这却是无可回避的事实。而且可以料定，如此用不了多久，不少打工仔就将在城市里牢牢扎下根来，成为新的成都人。如果以正宗自居的成都人对此不以为然，也没有办法，谁让自己越来越养尊处优呢？举一个简单的事例来说吧，八十年代中期开始，成都新建了一批高档宾馆商厦，开初招工的盛况真是空前的火爆惊人，年轻人尤其是高中毕业生们，趋之若鹜，都想穿上漂亮气派的制服，挣一份高额的报酬。经过像选美一般的反复挑选，一批漂亮的小姐成了幸运儿。但现实毕竟不是梦，宾馆商厦的工作并不如想象的那么轻松美妙，又苦又累又管得严，整天侍候人，太没意思了，于是不少小姐骄傲神气过一段时间后，便纷纷另觅高枝了。芳踪何在？文化高的去了合资企业，做白领丽人。能干的，自己开个小铺子，当了小老板娘。还有的，干脆回家闲着，或是找个有钱老公养着，松松散散混日子。如今那些宾馆酒楼商厦的服务员大都换成是从县上乡间招来的打工妹了，只有她们不挑剔，巴心巴肝地愿意当这侍候人的服务员。比起穷乡僻壤的生活，她们已感到幸福万分，就是与建筑工地上的老乡阿哥们比，也不知轻松多少倍了，还有什么不满足的呢？

真是人与人不同，花有几样红。打工仔打工妹的进入，正好反衬了所谓正宗成都人的传统德行之一方面：怕苦怕累求安逸。有打工仔打工妹们撑着，把脏累苦差的工作给包办了，城里的年轻人，娇气惰性是更加滋长发展了。其实，仔细查考一下，他们的父辈祖辈，现今七老八十的老成都人，当初好多也跟这些打工仔一样，是从乡间慢慢浸入城市的，拉黄包车呀，当女佣呀，挑担卖菜呀，跑运输做小买卖呀，渐渐地才扎下根来。可他们的后代，生下来就是城里人，没有比较，当然就不愿吃那个苦了。长此以往，会不会是一代不如一代，城市人注定要不断退化衰朽呢？从这个角度上看，也许今日所谓的打工们，正是给城市注入新鲜血液，使古老城市能于不断的新旧交替城乡交融中获取新的生命能源，得以不断发展的重要因素吧。设若这样看，我们称打工仔为新都市人，或都市新人，这个新字，当然就不只是指时间概念了，它具有更深更重要的含义。都市的更新，有赖于都市人的更新。打工仔，或可看作从外部介入的更新因素。它或许会带来一些负面影响，甚至是破坏性的，但从总体上看，我们无论如何不能忽略它带来的积极的一面，以及它带来的生命活力。当今成都这座老城大都的世变，不正是很好的说明吗？

事实上，经过几年的挣扎奋斗，辛苦积累，目前已经有为数不少的打工仔在成都安营扎寨了。所谓安营扎寨，不仅是指他们在成都有了自己的家，更主要的是有了自己的基业。这种状况在城乡接合部一带最为明显，那儿的空间较大，活动较自由，人易于落脚，事业也容易发展。他们在那儿以相对低廉的价钱租下房屋，开办起各种作坊，甚至小工厂。老板，自然是他自己了，工人呢，一般则是自己的老婆和亲朋兄弟，最多花钱请些个技术人员。

这种类型的打工仔除了一般打工仔的吃苦耐劳肯干，除了经过几年努力已经积蓄了一笔钱作为资本之外，一般都是有些文化又有心计的，他们知道要想长期在这城市立脚，必须要扎下根来，发展自己的基业，自己给自己当老板，然后才谈得上真正成为都市的主人，都市人的一员。他们当中的一部分，有的已经成了大老板阔老板了，买了楼甚至有了汽车。他们比一般城里人还注重衣着打扮，不是笔挺西装，就是高档皮夹克。不仅是为了显阔，他们想以外表证明自己是合格的城里人。你到那些豪华场所去看吧，一些穿着讲究得过分的，手指上套着大金戒指的，十之七八都是发了的打工仔。不信，和他拉两句话便可明白，乡音未改，土腔未消。

城里人会嘲笑这些乡间杀进城来的暴发户，说人家是"保长"——即活宝之意。其实人家并不宝，精明能干得很！要不，能在短短数年间，就由一个乡下来的打工仔一跃变成厂长经理老板吗？由身无半文到腰缠万贯吗？当今成都的怪现象之一就是，不少大款并非城里人而是外乡客，很多红火的产业是由他们在操办，很多大生意是由他们在经营。城里人干吗去了呢？听听那些被讥为"保长"的发了的打工仔们酒后吐的真言吧：龟儿成都人，太球懒了！他们心里在暗笑，懒散的成都人，把那么多发财的机会都白白送给他们了。看到票子掉在地上，都懒得弯腰去捡，这些成都人！

盖面菜

盖面菜，顾名思义，是摆在面上端得上宴席的菜。

树有高下，人有美丑，从来如此。评价男人时，外表倒并不十分重要，无非北国汉子多魁梧，南地后生多精干，这个小伙英俊潇洒有潘安之貌，那位男儿獐眉鼠眼似鼓上蚤时迁，说说而已，并不过分计较。中国传统的说法"郎才女貌"，也即是一种价值观的体现。男人只要有才，便是好男儿，一俊遮百丑，其肥瘦高矮眉眼五官皆可模糊看待，忽略不计。说到女人则大不同了，外貌上升到首要位置。五官是否端正，眉眼是否清秀，皮肤是否白皙，身材是否苗条，这些还只是基本条件，其他种种讲究还数不胜数，举不胜举。从古代君王的选妃，到今日盛行的大众选美，从过去崇尚的柳眉杏眼樱桃小嘴，到时下看重的体态修长三围突出，评价的眼光无不是围绕着女人的外表本身在打转，且是持着放大镜在从头到脚周身细看。

至于以地方论呢，若说哪儿了不得，男子不是出了名臣骁将，便是才子巨匠，所谓各种雄杰。

而于女人则只有一种，盖世倾国之美人。川鄂交界之深山峡谷穷乡僻壤小小香溪，便以千年以前出过号称中国古代四大美人之一的王昭君而举世闻名。故而各地皆把此事看得要紧，似乎事关地方脸面荣誉似的。于是历来便流传了好些说法，比如"东山的谷子西山的汉，河套婆姨最好看"，"桂林山水甲天下，天下美女数苏杭"，等等。各自都有端得上席桌光耀门庭的盖面菜。

比较而言，成都姑娘过去并不闻名。外面通称川妹子，那是不分成渝不论城乡，笼统的说法。在外地人心目中，这川妹子无非是麻辣烫，厉害如火锅一般，其口碑较情热似火的湘妹子还要逊色一点。而对其外表的印象呢，大致就像电视台播映的肥皂喜剧《我爱我家》中，那个京城大户人家雇请的小保姆那般模样，矮墩墩身躯圆盘子脸，眉眼儿不俊轮廓儿不挺，憨厚老实，勤快肯干，嘴巴有时也乖巧，但整个儿一股子乡巴佬气。总之，川妹子最适合的角色就是这号小保姆，再不然就是更糟糕更降格、被拐卖到四面八方异地他乡的傻女子。

有这种印象，持这等看法，当然要令骄傲万般的成都女娇娃们气炸肚皮。那些外地人，瞎了眼么？居然有眼不识泰山，连我们成都女娃的美名都不晓得，简直太黑暗了！不信比比看，北方女子多粗糙，南方女子多黑蛮，哪有我们成都妹子白净滋润水灵秀气呢？一个个就跟汤圆粉子捏就似的。

的确，成都是块福地，福地除盛产五谷瓜果菜蛋肉禽之外，就该当盛出人才。可惜受环境影响，本土男儿多不争气，一般个头较瘦小，体态欠雄健，难与北方大汉争短长，无缘英姿冠天下。幸得天道公平，有弊即有利，阳弱必阴强，那于男儿不利的因素，恰好正适宜养育娇花女。骨架不壮，偏落得蜀女体态多娟秀；日照太少，护理出成都姑娘一身白净皮肤；湿润水土，丰饶菜蔬，更滋养得女儿们一个个水灵灵的。这白净媚秀水灵，正是成都妹子的特点，也正是她们的魅力，成都人的骄傲。

何况除了天生丽质之外，成都姑娘之讲究穿戴打扮，也是出了名的。若问街头什么商店最多，回答一定是时装店。商店多如牛毛本来就是这座传统商业都会的特点，而近年来各式时装店如雨后春笋般地兴起，遍布于大街小巷，货源丰富，款式繁多，领新标异，长盛不衰，则可谓特中之特，一大新奇景观。商家的兴旺，绝对需要的是顾客的众多。由此即可看出成都姑娘之好打扮。除此而外，美容院的大量出现，化妆品的畅销，也无一不说明这一问题。甚至可以说，成都的商业服务业，多半是为女同胞而设置，因女同胞而兴旺发达的，此话绝不为过。

俗话说，人是桩桩，全靠衣裳。雅一点又有诗云，月想衣裳花想容。成都姑娘二者兼具，天生丽质装扮出来，确实叫人赏心悦目。外地人来蓉，一定会为满街花枝招展丽人如云而惊异。事实上，近年随着省市间交流的增多，成都姑娘的出众漂亮已是公认的事实，这自然令成都人气顺了许多，仿佛讨回了天下公道一般。

不过恕我泼一点冷水，其实也不是冷水，只是客观一点说，成都姑娘之美，多半还是村姑之美，市井小家碧玉之美，不似北京姑娘的大气，江浙姑娘的清雅。就说穿着打扮吧，追求新潮，讲究时髦，然而衣裳偏艳，化妆过浓，丽则丽矣，但失之艳俗，使人联想起喜好大红大绿的乡野村姑之风气。而最令人难堪的是，成都妹子特爱出口成"脏"。尖利刻薄倒还在其次，当你看着这些花容月貌婀娜多姿的丽人，竟会随时随地自称老子，随口骂人龟儿子，以致随便说出种种脏话怪话时，定会瞠目结舌，感到与她们的外表是那么不协调。她们说粗话不一定是刻意在骂人，只是随口说习惯了。但正是这习惯，又使人想起村野之风。

这一点细想起来并不奇怪，历史上成都的大环境就是农业社会，小环境就是商业都会，老成都人的身上就集中体现了农民性与市民性的糅合。现代的成都女郎，也并未能完全摆脱这风习的影响。而且现代的成都，阴盛阳衰的现象更加突出，女人颇受男人的宠爱，她们的个性便更加张扬，一张巧嘴就更加没遮没拦。所以，不要说外地人，就是成都男人，一般也惧怕那樱桃小口三分。用外地人的话说，叫作敢与成都小伙子打架，不敢与成都妹子斗嘴。

当然，事情总有两面性，村姑自有村姑之美，乡野之风亦有其佳处。这一方面的优点尤其体现在成都姑娘的神态上。比较起大气庄重却有些矜持呆板的京城女子，典雅柔媚又有点哆眉哆眼的上海姑娘，她们更多了几分爽朗活泼，随时都嘻嘻哈哈乐乐呵呵，一脸妩媚活泛讨人喜欢，给人一种接近自然的清新爽快之感。也许，这种活泼明快的个性才是成都姑娘身上最有价值的特点。

不管怎么说吧，无论一地也好，个人也好，总不能只满足于有盖面菜。常言说，秀外而慧中，此为真美。天生丽质的成都女子，当不以为非吧。

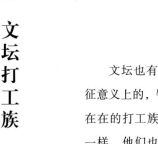

文坛打工族

　　文坛也有打工族？有，不稀奇，并且不是象征意义上的，譬如泛指业余作者什么的，而是实实在在的打工族。与当小工当女佣的打工仔打工妹一样，他们也来自乡里县上，只是前者靠卖苦力为生，他们是卖文为生。一般打工族都只是为了挣钱，而文坛打工族呢，除了希望能在城市谋生立足之外，还渴求着能够出名，取得事业的成功。

　　成都文坛，这些年就很杀进来了一批打工族。这与北京的情形相类而不相同。拥向北京的，大都是搞艺术的，学画的拉琴的唱歌的之类。他们背一个画板夹一把琴带一副嗓子就上北京了，或投亲靠友或租一间小屋住下来了，一边投师学艺一边就开始卖画卖唱。对这些人来说北京是全国的文化中心，要想有大出息，就得到那里去闯荡闯荡。

　　成都的情形有些不同，来的主要是耍笔杆弄文学的，所谓的文学青年吧。成都本地过去也有不少文学青年，痴迷得很，激奋得很，但那是在八十年代初期。那时的文学杂志报纸副刊，一天不知要收到多少来稿。而倘若有名诗人名作家什么的开讲座做报告，那会场都会挤爆！做作家梦的青年男女太多了。这些年改革开放搞活，钱财的实惠吸引了大众的眼光，生活的路子也拓宽了许多，于是，大部分文学青年调整转移了方向，不再痴情地在文学那艰难狭窄的小道上挤来拥去。数年过去，成都本地一如既往执着于文学，痴情不改者，已寥若晨星。就是当年曾借助时代浪潮登上文学殿堂的成功者，也发生了很大的分化、变化。有的以文做官了，有的弃文从商了，有的虽然还在作家位置上坐着，但已无心写作了。埋头爬格子，毕竟不是一件轻松好玩的事。

伴随冷清的是空旷，挤的人少了便无形中增加了机会。于是小县城上乡村里的文学青年便趁势杀向成都文坛了。他们何以会看中成都？自然因为成都历来是一座文化名城，出现过不少名家大师，古代且不论，诗仙诗圣以至放翁东坡都在此留下过辉煌胜迹传世绝唱，只现代文学史上的郭沫若、巴金、沙汀、艾芜以及李劼人等巨匠，哪一个不与成都有千丝万缕的姻缘？直至十几年前的周克芹，也是在这里一炮打响，名标天下的。毋庸置疑，成都是块弄文学的宝地！

除此之外，当然也因为较之京沪等地，成都对他们更现实也更亲近。俗话说，四川人疙蔸亲，老俵的老俵，舅子的舅子，朋友的朋友，盘根错节，绵延交织，他们总能在这大都会的茫茫人海里找到一点关系。况且他们过去或多或少都与成都文坛有过一些联系，有的投过稿，有的拜过师。总之，到成都文坛闯荡，他们感到踏实一些。

文学青年闯成都，不像一般打工族那么显眼，更不会形成一股浪潮。他们人数本来就不多，又是单个或顶多三两相约先后而来，投入大都会，就似几滴雨点，很快就消失在茫茫人海中。从外表你也很难看出他们与城里人有多大区别，他们本来就是乡间的秀才，县里的才子，穿着打扮，举止言谈自是与下苦力的打工仔们不同。鼻梁上的眼镜，衣兜里的钢笔，一副文质彬彬模样与城里的小职员小知识分子无异。事实上他们中有好些人原本在县上、乡里有一份工作，教师、职员、工人、干部都有，只有极个别的人是地地道道的农民。

当他们才踏上这座城市坚硬的水泥路面的时候，眼光里难免都有些浪漫的梦幻色彩，因为他们是学文学的。他们不像其他打工仔那样犹疑畏缩，而是充满理想与自信，因为他们心里装着一幅少年李白"仗剑去国，辞亲远游"的壮观图画。当受到城里人的白眼时，他们不会自卑自怜，而是投还以冷峻高傲的目光，心里发出沉闷的雷鸣：成都，让我们来较量一下吧！

别以为他们是文弱书生、迂呆秀才，不能像其他那些打工仔那般吃苦。不，错了，他们一样秉承了乡里父老吃苦耐劳的天性，只不过不体现在做粗笨活儿上。他们也不屑于干那些只需要蛮力气的杂活，不会听命工头老板的使唤。他们把自己视为未来的大作家名诗人，视为当年只身闯荡中国文人荟萃的上海滩的蜀中青年沙汀、艾芜！有这样的精神支柱，他们就更能吃苦。他们租一间窄小、简陋的房屋，将自己安顿下来，有了起码的生活和写作空间。

吃更简单，在房东或是朋友、邻居那里搭个伙，随便吃点什么都行。忙时，干脆泡方便面了事。所以这些年轻人，虽然穿着比其他打工仔整齐像样，脸色和身坯却是差多了，几乎清一色的苍白瘦弱。只有那眼里的神采，永远充满自信。他们觉得自己有的是精力，有的是本钱，有乡里粗人缺乏的才华知识，有城里文人缺乏的勤奋坚忍。改革开放造成了今日城乡大交融的潮流，他们要抓住这时机，拼力一搏，杀开通向神圣文坛的大门。

但不久他们就明白了，事情并不像想象的那么简单，文坛的形势已大大地改变了。开初他们把自己关在小屋里，夜以继日地炮制小说诗歌，然后亲自送到杂志社出版社去。结果自然可想而知。如今纯文学作品的出版很困难，好些纯文学刊物也已改头换面。编辑们也无可奈何，似乎对这些东西也不大感兴趣了，随手将文稿一放，颇为诧异地说：哟，你还在写这些东西？之后便连意见也懒得提了。

一盆冷水！晕头转向迷惘痛苦之后便是清醒。他们这才惊觉文坛的剧变，醒悟到自己其实还是打工一族的身份，无非自己在前面加了"文学"二字。空做文学梦不行了，必须面对现实，先得挣钱，吃饭，交房租，在这大城市生存下去。如鲁迅所说，一要生存，二要温饱，然后才谈得上发展。面对市场经济的大潮，他们在这方面与其他的打工族们并无二致。

幸好天无绝人之路，东方不亮西方亮，文学衰落了，新闻兴盛了，期刊不行了，报纸发达。于是这批文坛打工族很快调整了方向，通过各种关系向报纸进军，跑新闻，搞报道，写纪实文学，编花絮故事……凭着素有训练的一支笔他们很快就杀开了一条新的出路。城市的小报太多，需要大量的稿件，他们正好源源不断地输送。他们没有坐办公室泡一杯茶慢慢喝的习性，没有做一天和尚撞一天钟，不干活不出成果也照样拿工资的待遇，他们只有一个字：肯——肯到处跑，肯拼命写。正是这个城里文人少有的肯字，给了他们许多机会，促成了成功。他们的小文章开始不断在多家报纸上出现，甚至一些畅销杂志也来约他们写纪实作品连载故事了。日子一长，有的还被一些报社聘用了，做特约记者，当专栏主持。文坛打工仔们终于笑了：天生我材必有用！

其实他们还应该补充一句，上成都来打工是选择得太对了。俗话说好苗需要沃土，对文坛打工族来说，成都正是这样的一方沃土。成都人爱说又爱看，最关心天下大事，各方奇闻，读报成瘾成癖，因之成都的报业也就特别发达兴旺，这便为文坛打工族们提供了广阔天地。不知外省其他大城市的情形怎样，反正你到成都各报社一打听，几乎每一家都聘有几位这样外地来的文坛打工仔，尤其是一些小报社，还基本上是以他们做主力。有人笑道，要不了几年，成都的报业就是县上老俵们的天下了！这话也许夸大了一些，但确也道出了一种态势。县老俵又怎么样？人家肯干能干，舍得干，干得好，当然就该在一方天地里占有一席之地。这正应了四川人那句名言，不管白猫黑猫，逮到耗子就是好猫。物竞天择的规律，不正好在这里得到体现了吗？

当然，事物都不总是一成不变的，往往会随着发展的进程而出现各种演化，变异。成都老百姓有一句口头禅便说得意味深长：饱懒饿新鲜。一个人当他一无所有的时候，反倒特别有精神有干劲，肯努力拼争；而一旦成功，一切都很满足，往往会神经松弛，不思作为了。现在面对头角的崭露，事业的初成，有的文坛打工仔也同样如此，刚刚取得一点成果，便开始疏懒下来。倒也不是什么都疏懒了，只是不再像以往那样勤读勤写，而把工夫花在了文章之外。经过一连数载的闯荡，他们发现成都的天地还很宽广，他们的触角

已经伸向四面八方，勾连起了一张关系网，何必一天到晚爬格子辛辛苦苦挣微薄的稿酬呢？要挣钱，挣大钱，可以利用种种关系，和有钱的企业家阔老板们去搞搞所谓"勾兑"（拉关系，讲价钱），或者参加到哪个书商组织的畅销书生产加工作坊中，换取高稿酬。还有的呢，不满足于在小报馆当打工仔了，目光瞄向了更高层的文化宣传单位，那些部门的官员头儿本来就是成都人少，外县人多，他们都能挤上去，安居高位，我们又何尝不可呢？于是拉关系，走后门，写吹拍文章，效犬马之劳，开始了新一轮的胜利大进军……

在这些方面，文坛打工族们又展现了他们特别肯下功夫善下功夫的特长，比书呆子气十足懒于钻营疏于钻营的成都本土文人强多了。功夫不负苦心人，果然，这才几年工夫，他们中的本事奇大的佼佼者，已经更上一层楼，令人刮目相看了。有的发了财，有的做了官，自然就没什么可奇怪的。

十年前，当文坛还华光四照时，就曾有一位县上的作者，也算是早期的文坛打工仔吧，因一篇作品获奖而被正式调到成都。当时他曾踌躇满志气宇轩昂地用土音亢声宣称：我要征服成都！文人多爱美人，他当时所谓的征服成都，就是要拥有成都漂亮女子的热吻。可惜晚了一点，风已经开始往另一个方向刮，文坛的华光已经在经济大潮冲击下黯然失色，成都妹子的媚眼纷纷投向款爷老板们去了。这位文坛打工仔的雄心也就泡了汤。

当然，并不是所有的文坛打工族都在追求文学以外的东西。大部分人还是在埋头苦干，孜孜追循着沙汀、艾芜等前辈们的脚印。有时你会在公园茶馆里看到他们的身影，一伙人围聚一起，滔滔不绝地仍在谈论文学……这情形，已跟成都本土的文人无有二致了。或者应该说，这些文坛打工族，已经成为成都文人圈中的一部分了。也许，未来的沙汀、艾芜就坐在他们中间呢。

成都的『泡菜坛』酸文人

　　成都的土肥，成都的人腻，于是成都的文化也冒着一股特别的味儿。

　　什么味？且慢忙——电灯杆子是需要与泡菜坛子配在一起，才足以彰显出谁高谁矮谁胖谁瘦的，味道也须得比较才好辨别。无臭哪来香，无土何谓洋？譬如通体而言，人称上海散发着洋味，广州则透着港味。山西有人说是泥巴做的窝头，土得掉渣；说我们四川也土，但味儿略有不同，是电视剧里常见的川妹子小保姆那个样，土里巴叽。而单就文化说，常称北方大气或糙气，南方柔气或灵气，那只是笼统而言。具体说，则有道是北京文化圈始终透着一股傲慢而油滑的京油子气，南京却反倒显得厚重典雅，一股古朴之气……这里不必一一"点杀"，详说分明了，心中一快，先把一块与我们成都同样属西部的地方拉扯进来——

　　又是秋凉马肥时节，好思念大西北！那里的姑娘辫子长，两个眼睛明亮亮，叫一声大哥哥脆铮铮地响。云太腻雾太香，你在成都仕女群中，真是难见到那样的爽。但事情往往怪异，反差正合互补相吸。正如好些中国人仰脖踮脚看西洋文明，羡慕得不得了；而有的西方人又瞪眼伸颈看东方文明，称道得不得。不知这是不是就是俗语所谓"这山望着那山高"，或者成都大人爱拿来骂娃娃的一句话——"隔锅香"？反正我在思念西北，而黄土高坡上却走马入川来了一个疲惫墨客，一见润滋滋一片平畴绿野，立马就瞪圆了眼珠，惊乍乍吐出老陕腔：娘耶！你们这旯兄的土好肥，随便弯指头掏个洞，也能冒出白花花的水来！他说的当然是事实，他说得也绝对很真诚。只是，娘耶，呼吸惯了西北风的干爽，你老兄咋就嗅不出肥腻过了头生出来的那种怪味呢？

知道四川老百姓最离不得嘴的那种泡菜吗？萝卜青菜生姜辣椒七古八杂通通一股脑儿塞在大肚坛子里，泡在特制的盐水中。那泡菜坛子很特别，颈上有盛水的沿子，帽儿样的盖子盖上去，下面一溜便浸在清水中，很科学地隔绝了空气的流通，防腐保鲜无虞。但倘若主人忘了不时给坛沿里注水，那坛里的泡菜不出三天就笃定会变味了，发出一种特有的闷人呛鼻的酸味。哪点特别？不是一般的酸，而是臭酸臭酸，烘烘的臭酸。

这里要说的正是这种特别的川味臭酸。成都的文化，在好些方面，就正像那塞在大泡菜坛里变味发酵的萝卜青菜劳什子，通体散发着这种气息。尤其是一些打着市民文化市井文化，或大众文化俗文化旗号的玩意儿，臭酸得格外呛鼻。

有个道理很明了：河因水生，文以人成。而人上一百，形形色色，以群分，以类聚，个个是大不相同的，文也就自然是千差万别，如睿智者一针见血所说：从血管里出来的都是血，从水管里出来的都是水。成都的酸文化如何生成，且如此昌盛？就因为这块肥土堆上聚集着一群小家子气文人，他们的嗜好和特长就是酸。他们本身就是成都这个大泡菜坛里呛变了味的萝卜青菜，浑身浸透了酸味。且又特别酷爱那特殊气息，就跟有的人最爱把自己的脚扳起来，鼻子凑拢去深呼吸那烂脚丫味一般。

这帮人似有一个约定俗成的习惯：出口必酸，不酸就懒得出口，也找不到话说；行文必酸，不酸就羞于出手，也找不到感觉。他们成天东游西窜绞尽脑汁要做的事儿，就是找酸的感觉，发酸的"瘪言"。然后就是互相之间较着劲儿比谁更酸。有酸味才配称文人，出口成酸方可叫才子，最擅酸者自然是大王。比来比去，赛来赛去，互相学习，共同提高，这成都文化的酸味，自然也就水涨船高，愈来愈浓了。

不过你要弄明白了，正如"人与人不同，花有几样红"，酸也是各有不同的。此酸非彼酸，今酸非古酸，他们的酸可是富有时代气息现代感的。过去老百姓讪笑的所谓"酸秀才"，那是专指迂生腐儒，迂得一本正经，酸得正南其北的，譬如穷酸，就还不失三分可爱。而现代成都文人的这种酸法，最大的区别恰恰就在于不要沾一点点正经气，而要千方百计，刻意嬉皮。愈吊儿郎当，愈鄙俗邋遢，愈显街娃儿泼皮相，愈尖酸刻薄，愈油腔滑调，愈做出一副认不到爹也认不到妈的二混子的模样，愈好。不管是说啥事儿，也不论好歹黑白，先通通泼一桶粪水，泼得个乌猫皂狗花鼓淋当再说。美其名曰，寓庄于谐，大雅返俗。或胡乱搬些洋名词来吓唬小老百姓，给自己的没名堂正名鼓劲，号称什么消解，什么解构，什么颠覆等等（其实，与成都一批真正的先锋诗人前卫作家的努力，毫不相沾）。反正师出有名，功莫大焉。

这与北方的调侃还有些不同。若京都侃爷之类，虽然也要做出一副"痞子"、"顽主"模样，也要尽量显得没正经，吊儿郎当，但那文面却绝对不是成都这帮子胡闹的小兄弟可以相比的，人家要干净得多，大气得多，也有文气得多，只能说是调侃幽默而失之于油滑而已。成都的则不然，只要是自己觉得油滑好笑的话语就一股脑儿往文章里塞，而且也只认得到一些鄙俗玩意儿，除此而外，基本是白丁。所以花里胡哨涂半天稿纸，效果是只有一堆油滑鄙俗，而丝毫无幽默机趣可言，比人家差之远矣。俗谓"画虎不成反类犬"，似此类也。

更厉害的是，人家的好些作品，表面上也有些鸡零狗碎，但底里仍然是厚实的，视野要开阔得多，眼光要深沉得多，一句话，骨子里有底气。而成都的这帮子假"顽主"，却大都是小家子气十足，如小蝇蚁似的只知在草棵子间乱爬乱飞，而根本不知草原的深邃广袤。说鸡毛就只是鸡毛，说零碎就只是零碎，仅此而已，别无它哉。

眼光如此，胆魄如此，所以即使是有些自我标榜为针砭时弊嘲讽权贵之作，其实也仅是触及皮毛，挠小痒痒而已。在这方面，简直不能与也写些戏谑文字的成都真文人流沙河、贺星寒等同日而语。当然也不用说成都的一批实力不俗的小说家诗人了。流、贺等的文章，才真正是大家气派，且很好地体现了成都文化人的智慧机趣，幽默辛辣，深刻锐利，这又是那班京都游侠不可比的。那等功夫，同城这批文坛混混儿更是想学也学不了，因为缺乏起码必需的三气：骨气、大气和才气。

但是也许他们根本就不想学，不屑于学。因为在他们眼里，

"万般皆下品，唯有'酸'最高"，百味千味，只有臭酸味最可爱。人说无毒不丈夫，我谓不酸非文人，文人必当酸，会酸是大哥。酸才是智慧的显示，酸才是最符合时代潮流的先驱文化。不是说披头染发的嬉皮士之类代表了西方现代文化的先锋吗？那是洋枪洋炮。我们也有"义和拳"土玩艺儿——"泡菜坛酸文化"。不管是洋是土，反正都该算是时代先驱。洋玩意儿花花的叫人狂乱，而我们的"泡菜坛"则酸酸的让你打战。异曲而同工，咱们都是时代骄子，一路英雄。

英雄开路，豪杰蜂拥。你不要以为这帮大军里尽是些小文痞，其实也不乏大贵人和自命的大文豪。只是，身架子太庞然了，骨架子太僵硬了，跳跳老式交际舞还可以，硬要赶新潮往迪厅里去蹦，想跟青春娇娃狂扭一通，但可怜自己的腰身屁股却跟不上趟了。这等附庸风雅角色，做文章当然再怎么刻意也酸不到哪里去，只好在广告词——自吹自擂的小诗、题记、自述之类里，摆弄一些老掉牙的古董，卖卖"老陈醋"，譬如：

明明活得上好八好，也要自称"不才老朽"；

明明城中发财，也要标号"村夫野老"；

明明当官坐轿，也要谦称"一介草民"；

明明一路青云，也要长叹"人生坎坷"；

明明居若宫殿，也要落款"寒斋夜读"；

明明钻营有道，也要自诩"冷眼仕途"；

明明贪名图利，也要自命"心境淡泊"；

明明情场老手，偏要说"闲来只喜清茶一杯"；

明明商界巨奸，偏要称"平生长好冷月清风"；

明明自诩文豪，偏要逊言"无事闲涂几个字而已"；

明明敝帚自珍，偏要戏言"无非换两个酒钱罢了"；

……

罢了，罢了，这等假打广告，酸也酸不到哪里去，雅也雅不出名堂来，至多只配叫二酸二酸罢了。古人长大懂事后还知道老打老实自嘲：少年不识愁滋味，为赋新词强说愁。这帮当今权贵，眉毛胡子都一大把了，却还在装莽扮老顽童，真是可怜，该叫"贵人本不知酸味，为附风雅强冒酸"了。

这些大人物的加盟冒酸大军，就好比成都人的泡菜坛子里，除了惯常的萝卜青菜之外，近年又时兴加一些"凤爪"（其实就是鸭掌鸡足）之类了。虽酸味不够，但档次却高。越高越害人，远远胜过萝卜青菜。因为小文痞好多还可说是少年不更事，嘻哈闹着玩，把庸俗当通俗，把肉麻当有趣。而"凤爪"们却纯粹是装疯卖傻，装模作样，骗人哄人，欺世盗名了。老百姓如果偶然读到他们的大作小传，说不定便会顿生怜悯之心：嗨，平常都说他们如何贪婪荒淫，专横跋扈，不学无术，原来其实人家也顶穷酸清贫，很平民化也很有文化的呀。

酸就是文化，酸气即才气，这种观念还真的在成都拥有相当大的市场。泡萝卜，泡凤爪，成都真的像是变成一个盛产酸菜的泡菜坛子了。也许就是我开篇提到的那位老陕作家说的那个道理吧："你们成都真是太肥了。"也许肥腻吃得太多了，就是得吃点酸的来开开胃才行。所以，我想纠正他老兄后面的话，不应该说随便弯指头在地上掏个洞，都会冒出白花花的水来。不对，不是白花花的水，而是臭烘烘的酸水；不是黑泥地上冒出来的，而是变了味的泡菜坛子里冒出来的。外来和尚，哪里念得来成都的经；外地墨客，哪里喝得出成都墨水的味呢？

成都新移民

人类其实自生成以来，就或被迫或自发地处于不断的辗转流徙之中。原因和目的都大体一致：趋利避祸，追寻乐土，构建理想家园。

成都，以其得天独厚的自然地理条件，当然就成为人们心目中这样一块上佳的乐土。它的滋润、安宁、富饶、祥和，总是吸引着人们的向往，也就不断地有外地人加入。所以，有人说，成都也是一个移民城市，此话并非毫无道理。从古至今，可以说这种情形从未断过，甚至还出现过几次大的移民潮。远古且不说，至少在秦王朝统一天下时，随着兼并战争的进行，不少北人随军入了蜀地，镇守一方，可谓是历史上最早的"南下干部"吧。太守李冰便是最有代表性的一位。甚至传说赫赫大名的秦相李斯也曾避宫廷之祸而隐居蜀中郫县古城。在以后的几多中原征战、南北对峙局面中，更有不少外地人先后拥入。名声最大的便是唐时的杜甫、宋代的陆游。而规模最大者，自然当属明末清初"张献忠剿四川"之后（实际上清兵的杀戮也是重要因素），整个四川一片荒凉，十室九空，因之而产生了有名的"湖广填四川"。现今的四川人，当然包括成都人，其实好多都是斯次移民的后代子孙。至于近代，20世纪三四十年代，抗日战争期间，更有不少沦陷区的北人、南人甚至"下江客"（泛指上海及江浙一带的人）流落迁徙入川。其中不乏一些文化名宿，如朱自清、叶圣陶、老舍等等，他们写下的关于成都的文章，便是印证。

以上那些都是离我们这代人较远的历史了。稍近的、我们亲眼见到的，便是新中国成立后的几次。成都解放时，"南下干部"（当然不只是干部）就来了不少，后来许多都扎根下来。尔后随着建设事业的发展，又有一些外省的厂矿企业援建四川，来了不少的外省职工。如量具刃具厂的东北人，制药厂的华北人，标件厂的上海人。稍后一点的成都新兴工业重地"东郊"各军工厂以及一三二、四二〇等飞机制造厂，更是外地人云集。此种情形，一直延续到后来六十年代初搞战备建"三线"时期。除此而外，还因城市建设和发展需要，不少四川农民被招入成都，当了工人。如成都供电局的职工中，就有不少南充等地人。至于这期间，常规配置来的干部、分配来的大学毕业生，以及慢慢"浸"入城市的乡镇商贩小工等，也是源源不断。成都市的人口，从新中国成立初期的七十余万人，膨胀到20世纪70年代的二百万人左右，便是一方面的说明。

当然，20世纪后半叶的那些成规模成建制移民，大都是按计划有控制地进行的，时间也相对久远，我们姑且统称之为成都的老移民。而近年来情形则大不同了，随着改革开放形势的不断发展，人口流动的自由度不断增大，成都这块宝地更是吸引了不少外地人来此打工、创业、发展和安居。城市的血液不断充沛，规模不断扩大，人口构成也更加复杂。各种来路，各个层面，各等人物，林林总总，不能备述，这里且信手选取几位新移民，不叫代表，只是实例，略作简介。他们都不是赫赫有名的大人物，诸如大老板、大干部、大明星之类，而是就在我们身边的普通人，成都的新市民。

海客来瀛洲

大约是十年前了，地处内陆的成都尚未开始兴起酒吧热的时候，犹若一枝夜来香独自静悄悄地开，在成都西门当时还不算热闹的一环路侧，出现了一家名字怪怪的酒吧。那名字颇长，而今我已记不太清楚了，只听说取自台湾一家电视台的娱乐节目名称。老板是位台湾人。也许因为当时酒吧对成都人来说还算新鲜，加之又是台湾同胞开的，于是，便有一批追求时尚的年轻文化人和白领成了那里的常客。我便是在一次圣诞节时，被几位年轻朋友邀约去的。

比起今天的一些酒吧来，那酒吧不算太大，也不算豪华，但门面和店堂都布置得相当别致，除了带有宝岛风情的色彩和饰物之外，桌椅摆放不讲整齐匀称可算是一大特点。这样，反而给人一种自在随意的感觉。再加上淡淡的灯光烛光，映照着一些叶片油绿肥大的热带植物，再加上喜庆的圣诞树，悠悠的钢琴曲，人便如回到了温馨的家园，神经彻底地放松了。

那老板也跟我们惯见的那些酒店老板不同。那些老板通常都在幕后，偶尔露面也是西装革履，一本正经。这位老板姓章，四十开外的人了，还是牛仔打扮，皮肤黝黑粗糙，倒也相宜。不仅穿着随

便，人也十分随和，自己给客人配酒，随意和客人交谈，文化品位颇高，而且风趣健谈。我听他普通话讲得蛮地道，不像惯常听到的港台腔，便问他是不是地道的台湾人。他笑了笑，答曰：是，也不是；不是，也是。满玄的。他这才告诉我们，他的父辈是北方人，抗战时期到了四川，待了好几年，以后又从这里去了台湾。他们家里一直都是讲普通话的。大学毕业后，他在台湾也工作过，但他的性格情趣不太适合那里过于紧张过于商业化的气息。现在到成都来，这里的闲适，这里的文化氛围，这里的人的随和平易，让他乐得其所。几十年了，他算是代表他们家族重返故里了……

说到这里，他双手托腮，凝对桌上的烛光，眼里也恍惚跳荡着润润的光亮。

这酒吧在成都领新标异了几年，不知什么时候又消失了。但斯人却并未在成都消失，听说他此后到高新区一家合资企业搞管理去了。这么些年，想来这位给人印象深刻的章先生，也早把家安在这块他颇喜欢的土地上了吧。

碧梧栖凤

常言说得好："嘉树下成蹊，东园桃与李。"花树缤纷，自然吸引游人。只是有一种鸟儿，最难归林，"非醴泉不饮，非梧桐不栖"，那便是传说中的凤凰。而现实生活中，有一种以高士自居的人也是如此，对落脚处挑拣得很，所以注定流浪命运。

画家凯兄算是个中角色了。此人一看便知是非常之辈。敦实身板，俨若岩石，宽脸似朗月，浓眉透剑气，双眼却凝静若水，隐含一丝凛然。常着黑色唐装，团花纽襟的暗红又鲜亮又沉着，似沉夜崖壁上静放的花。我常想，此非燕赵慷慨士乎？抑或盛装兵马俑欤？

我这联想自有来历，因为他生于津门，确系燕赵人士。后又负笈西安，学画多年。此后便仗笔周游，浪迹天涯，很少有个安顿时候。其画也，画界评曰："胸襟浩荡汉唐风。"狂放而内敛，大器而凝重，个性鲜明而不失雍容气度。其名赫然列入"中国当代百杰画家"之列。然而，画名定，其窝却一直未定，仍是到处采风，到处漂泊。

不期然间，以画会友，这北方汉子、游侠，竟漂到我们蜀地来了。斯时正当上世纪末，他已年过不惑。而成都也正开始新一轮的城市大建设。他这一来，便突生歇云落脚之意了。先是在新都桂湖之侧置了一个窝，潜心作画。几年后，又干脆搬到城中心来住了。此时他在全国已画名大噪，而他也乐呵呵自称四川画家了。

南北画友皆惊讶，这画坛游侠怎么一下就在成都安顿下来了呢？他操四川腔笑答之曰：这儿天气安逸，生活安逸，吃安逸，住安逸，人也安逸，我咋不在这儿安家呢？

我知道，他说的人也安逸，一是指成都历史积淀丰厚，人文气息浓郁，这于艺术家是十分相宜的；二则是指这里画界朋友众多且热诚，人情味十足。但还有一点，他老兄却是不好意思地回避了，那就是成都的美女安逸。其实，他早已金屋藏娇，买了成都的漂亮房子，也娶了成都的漂亮妹子了。

巴　女

巴女非吧女，重庆女子之谓也。二十年前我写过一篇小说，名字就叫《巴女》。那个女主人公是有原型的，当时只十六七岁，漂亮得惊人，也燥辣得吓人，挤公共汽车，两只衣角在小蛮腰前一拧，"噌"一下就从窗口翻进去了。到我们成都来，遇到瓢泼大雨，不惊不诧，趿一双梭跟凉鞋"吧嗒吧嗒"自顾走，任牛仔裤脚在泥水地上扫来扫去。还笑踮起脚、小心翼翼、把裤脚挽起老高的成都妹子：嘻嘻，显不出腿儿白！

二十年过去了，她早已在蜀地"安营扎寨"，安了家，带了崽，成都南门开了个小酒吧。但巴女性格依然难改。笑我喝酒：你那也算喝酒么？一瓶瓶儿都那么艰难，喝毒药嗦？我们重庆崽儿喝啤酒，不抬一箱两箱来不算意思！我抵她：那你咋不回你们重庆去开店？她学我们成都妹儿的嗲声说：哪个，要赶我走嗦？哪个喊你们成都这么巴适哩，"一座来了就不想离开的城市"。跟你说，我们老乡在这儿的多得很，我这个店有的是重庆客，生意火得很！

　　的确，这酒吧内外一片重庆口音嘈杂，又喝喝又放肆，当然好多客人都是冲着漂亮少奶奶老板兼老乡来的。一打听，多是近年来西进成都的，白领、商人、公务员、媒体人，啥人都有。有的已在这儿安了家，有的已套上了心仪的成都妹儿。我说：重庆妹子好哟，又健美又火辣。重庆崽儿笑：火？火得你遭不住，跳到嘉陵江里头都要起泡泡！还是你们成都妹儿巴适，又温柔又乖咪咪，说话细声细气才叫好听惨了哟！说着在我肩上重重一拍：哥子，我也算是半个成都人了，来，扯一口！举起酒瓶，咕咚咕咚一气灌了个底朝天。我也破例干了自己手中的一杯。老板娘"嘿"开心：要得，要得，我们重庆崽儿找你们成都妹儿，你们成都伙子找我们重庆妹子，川渝一家亲嘛，安逸惨了！

我心中当然"安逸惨了"，毕竟，近年来西进成都的重庆人，乃至温州等东南地区的人居多嘛，这不正说明我们成都愈来愈有吸引力了么？过去我们老说成都的移民都是四邻八乡的农村或小县份来的，现在看来，随着成都的发展日益迅猛，声誉日高，新移民的成分也有巨大变化了。

好，为成都的发展，也为这些可爱的新移民，再干一杯！

从"朋友"到"经典记忆"

成都近年的发展确实快，如今二三环路内已经叫黄金地段了，而八年前我搬到邻近衣冠庙的小天公寓时，虽地处一环路内侧，但周边还颇破败荒凉，路也是泥巴路，去哪儿也不方便。我要理发，就只得去小区门侧一小店。店很简陋，就小夫妻俩经营着，带着一两个小伙计，都是川北南充乡下来的，很朴实殷勤，脸上总是挂着谦卑的笑。店名直白得有点意思，就叫"朋友"，大约是希望和城里人交个朋友，城里人也能把他们当朋友看待的意思吧。

小两口人好，又灵醒勤快，活做得好，生意自然日渐兴隆起来，后来便盘下了附近一家更大的店堂，装饰一新，颇有点现代时尚气息了。伙计也增加了好几位，仍然清一色乡下来的，年轻淳朴，勤快谦和。老板娘小曹不仅是健康漂亮的村姑，而且还擅长管理。她老公小张更是聪明好学，先是不时进培训班学艺，后来竟一跃拿了好几个专业比赛的大奖，成了业内小有名气的人物。现在，连电视台一些栏目的主持人都专聘他做发型设计了。而这小夫妻俩，这几年在不断努力，追逐时尚潮流，给别人设计形象的同时，也不知不觉地自然改变了自己的形象，除了老顾客们能依然感觉到他们作为乡下人的淳朴殷勤本色外，外人晃眼一看，绝对会以为是两个时尚新锐的都市小艺术家。最有趣的是，那店名也改了，惊你一跳，叫作"经典记忆"。

"经典记忆"，这名儿够时尚响亮吧，看来，这伙南充来的乡下人，已不满足于仅仅和城里人交朋友，而是信心十足、堂而皇之地要用自己的聪明才智、精湛技艺给这座城市留下经典记忆了。而他们自己，经过这几年的不断努力，也早已融入这个城市，扎了根，成了当然的主人了。

这不由让我想起在老成都画册上看到的那些挑着担子的老剃头匠，他们大都也是来城里挣一口饭吃的乡下手艺人，辛辛苦苦，走街串巷，慢慢积攒了点小钱，再开个小店，落脚下来，成了成都的老移民。当然，他们没有小张夫妻俩幸运，短短几年便成就了"经典记忆"这般的辉煌。而我们这座城市，便正是在这些新移民的不断充实下而日益发展着，增加着新的活力。

庙子里打麻将，"农家乐"吃新鲜，成都人讲求的是既要好耍，又要随便。老同学老朋友来了怎么欢会？茶馆自然是成都最有特色的地方，边品茗边聊天叙旧本是家常。但如今这茶也变味了，茶坊也更新了，少不了就要同时铺开麻将摊子。老摆龙门阵有什么意思，还是旧朋友一块儿围坐，作方城之战吧，手打卦，嘴说话，那才有味道。

Chapter 4

"耍"的名堂

成都人的夜生活

　　现代都市人愈来愈讲究过夜生活了，都市的繁荣和文明（当然也裹挟着邪恶和污秽），正向时日的纵深推演。这无疑是社会相对稳定发展、经济长足进步的结果。当过去兵荒马乱血雨腥风的时代，或是政治斗争风急浪高的岁月，白日尚且人心惶惶，夜里更有谁敢出门玩乐呢？几十年前的成都，晚来只有几盏昏黄的路灯照着窄街小巷。在老成都人的印象中，夜生活的场景只出现在黑白电影片中大上海的租界洋场里。那似乎是另一遥远世界的事，可望而不可即。

　　还可以深一层说，夜生活的出现是社会发展的驱动，而对夜生活的追求，又体现了人对自身价值和生命意识的注重。古人尚有主张性灵张扬的君子，秉烛以夜游，何况现代都市，夜来灯火辉煌，更可以放纵生命的节奏。过去有个笑话，嘲笑某些乡里人晚间只知男女之事，吃完夜饭嘴一抹就早早上床了，对方振振有词答曰：有什么办法呢？我们这旮旯里晚上又没得啥子文化生活，娱乐活动。故事俗一点，但也反过来说明，现今的夜生活，也是一种文化现象，不能简单笼统予以褒贬评论。

不过有一点可以肯定，当代大部分人的夜生活主要是娱乐活动，绝非古人学子秉烛夜读那般端正严肃。成都人本性就是好玩好乐的，故而与这样的夜生活一拍即合，于是，近年来成都一些与夜生活相关的娱乐场所十分兴旺火爆。

兴旺火爆到何种程度？倒真是难以说清。假如我告诉你成都如今有大中小高低档各种各类娱乐场所数千家，你未必会吃惊，因为缺乏比较，其他城市又如何呢？的确比较是个好办法，那我们就用闯荡南北的外来客的话来评判吧，说成都的夜生活：远比北京热闹，不亚广州繁荣，直似夜巴黎小东京。

这话你一定觉得太夸张，要得证实，只有亲自出马。不过，如果用五步一酒吧十步一舞厅来形容其密集众多，可说是甚合成都街市情形。其实岂止市区如此，就连郊外也不例外，只不过那里多是档次较低的歌舞厅录像放映室。有的简直就是一个竹片泥壁的窝棚，但生意仍然好得出奇。那里招徕的多半是外地民工。正儿八经的城里人是不屑一顾的，他们要玩就多花几倍的钱，去那些装修豪华的高中档场所去。跳舞，唱卡拉OK，喝名酒饮料，一玩就是夜深不归，一玩就是大把钞票出手。难道成都人特别有钱？也不是，大款在哪儿都是少数，只不过成都人为了吃喝玩乐而舍得花钱，为了高兴尽兴而出手大方。这就是成都人的德行。

也许正是这德行，促成了成都娱乐业的迅速发展，而且一直保持着强劲的势头。常听说哪座城市哪个地区的娱乐业不行了，下滑了，但在成都，却很少听说哪家歌舞厅生意不好，关门歇业了，相反只看到一天天多起来。有时在街上走着走着，不经意一抬头，就

会眼睛一亮，咦，怎么几天工夫，这儿又有一座楼堂装修一新，要开业了？

这德行也推动着商家业主不断追风逐潮，花样翻新。外面世界一有什么动静，这里便会立即起风涌云，且声势有时比来源地更闹热。

当然，准确一点说，舍得大把花钱玩现代追新潮的，主要还是年轻一代。在那些豪华场所，你会品出一个具有普遍性而又耐人寻味的现象：愈年轻的人愈舍得花钱。其实谁都明白，很多年轻人自己并没有多少钱，尤其是一些少男少女。他们的高消费，大量来源于其父辈的腰包。

成都多数的中老年人夜晚一般是待在家里的，他们主要的娱乐方式是看电视，守着电视机消磨时间。这大概是当今最普遍的消夜方式。此外便是打麻将，三五亲朋或是邻居邀约一起，边海北天南闲聊，边白板红中打牌，几个时辰不知不觉就混过去了。成都人自称这叫打"平面太极拳"，有益老年人身心。其风之盛，可谓达到了普及化的程度，夜来串街走巷，只要稍稍把耳朵竖起来一点，便随处可闻哗哗啦啦的洗牌打牌之声。

晚上看电视和打麻将，当然不能算成都特色，大约全国许多城市都如此，不是有"十亿人民九亿麻"之新民谚么？而且打麻将往往和赌博这一社会毒瘤联姻，危害颇烈。成都也不例外。小赌大赌以至上万元的豪赌，常导致各种罪恶和悲剧的发生。近年在成都，公安干警深夜出击，已抓获不少赌徒，多系年轻人。一般中老年人确实是在操练"平面太极拳"，以消长夜。

要说成都有特色的夜生活，既非唱歌跳舞，也非打麻将看电视，而是泡戏园子听川戏，或坐茶馆听讲评书。这一般也是老年人的传统专利，成都夜生活的一道独特风景线。正儿八经的剧院受体制制约，经济左右，不似早年的戏班子灵活，所以演出已很少了。便有一帮帮老戏迷们自发聚集起来，寻一茶舍，你拉弦我敲锣，咿咿呀呀自唱自娱。老翁老妇，仿佛借此抒发了历史沧桑人生感慨，也在热闹锣鼓声中唤回了自己青春年少时的感觉，故而十分投入，十分尽兴。昏昏灯光中，简陋茶堂内，面对着这样一群群苍颜白发翁妪，你会感到一种古老，也会感到一种年轻。比之于晨光熹微之江滨花园里，一群群中老年人合着现代音乐节拍跳健身舞交谊舞的情景，会觉得那弦锣哼唱，更显得谐调自然亲切，更透着地道的老成都味。

听评书也是老年人夜生活中的传统节目。一般也是在茶堂之内，各人买一碗茶，斜靠竹椅背上，听人讲书。那讲书老师端坐于一张条桌后，一手轻摇折扇，一手不时执书板啪啪击打出关节、高潮，前汉后汉张飞岳飞地说个精彩纷呈，活灵活现。与外地评书不同的是，庄不足，谐有余，除按本演绎历史之外，还不时将当代生活随心所欲地抓糅其中，更具地方性市井味亲近感，更见松快幽默机智谐趣的川味风格。讲者于即兴发挥中得创造之乐，听者亦常听常新，百听不厌，回味悠长。

过去电视等现代传媒手段尚未普及之时，听讲评书可说是老成都人主要的夜生活方式，开眼界，长见识，得乐趣。电视普及，听讲评书的自然少了许多，过去那种凡有茶馆便有评书的盛景自然早已不复存在。但是眼下，人们似乎开始不满那小小电视荧屏便统治了整个家庭夜生活的格局，又走出房门，寻找古风老味的评书了。

仿佛腻了鱼肉荤腥，又重新想嚼干胡豆下杯酒才觉得有滋有味一样，于书场中去细斟慢品老感觉。先是老年人，不少年轻人也紧随其后，茶馆书场又热闹了许多。前一阵子成都出现满城争夸评书，满街市都播放评书段子音带的盛况。其势头之大之猛之热烈火爆，竟将风行了好几年的港台流行歌曲压了下去。这简直可以说是一个奇迹。

夜色深沉，华灯璀璨，这时你穿行于成都街巷，于喧哗沸扬的现代歌舞声浪之外，时不时可听到悠扬激越的川戏锣鼓，亦庄亦谐幽默风趣的川味评书，你心中会油然生出这样的感触：古老与现代，传统与新异，成都人的夜生活真是一首奇妙的复调混响乐曲。

成都太阳

这说法肯定有些令人起疑，太阳头上冠地名，有这样说的吗？听说过关东的人参黄山的松，漳州的水仙胶东的葱，可那些玩意本身就长在土里地上，因水土异而大名具呀。这太阳怎么说来着，光芒万丈，普照大地，亮了东方亮西方，黑了北方有南方，老公公他在地球之上十万八千里，万国亿众头顶上悬着，与你一个小小弹丸之地有什么特别关系？抓屎糊脸也罢，拉大旗做虎皮也罢，要扬名也不至于如此瞎扯吧，风马牛不相及。

我说，别急，先歇歇火听听唱太阳的歌儿吧。"北京的太阳放光芒"之类我们不提，那是象征手法，政治寓意，扯太远了。只说眼下颇流行的一首歌，谁都会唱的那句词儿："天上有个太阳，水中有个月亮……"北京汉子在台上扯直了嗓子涨红了关爷脸腔，一副深沉劲吼得震山撼梁，应该说够味儿了吧，可成都人觉得不行，沉是沉，但太平板单调，也就乏味少兴了。北方人么，外省人，大约天天见太阳，蓝天白云红日头，太阳跟着人影走，寻常了，看惯了，也就麻木呆板感觉迟钝起不了兴了。可四川人不同了，你听听，同样是扯开了嗓门吼喊，声音多么亮堂："太阳出来哟喂，喜洋洋哟，郎喔！挑起扁担郎郎扯，咣扯，上山冈哟，哟嗬……"这是啥味儿？天也红闪闪了，脸也红亮亮了，真叫作喜煞人也么哥！

这差异不奇怪，首先是地理环境导致的。四川盆地四周环山，尤其是地处盆底的成都平原更是潮润阴湿，因之终年多云雾，天空老是灰蒙蒙的，鲜有晴空丽日。小学地理课本上便有宣示，成都是全国日照时数最少的地区。有句成语叫作"蜀犬吠日"，本是讽刺愚妄呆傻之徒，翻成白话却是，成都坝子的狗爱朝着太阳狂叫，或是看见太阳就要乱叫。缘何如此？就是因为这地方少见太阳，一当老公公探出头来，连狗见了也觉陌生惊怕，禁不住便要汪汪怪叫了。这也就应了一句俗话：少见多怪。

人当然与狗不同，成都人看见太阳穿出云头，不但不会惊怕，反倒会倍感亲热，真正是顿然感到眼前一阵明亮，浑身涌起一股暖流。这时不能用少见多怪这词儿了，该换成"物以稀为贵"才贴切。正因为日照少，所以才更显其金贵。正如沙漠戈壁地方的人，视雨水如甘霖一般。

还有一句看似风马牛不相及的俗话，用在这里其实最合适，那就是"久别胜新婚"。外地人时常与太阳为伴，便不以为奇不以为贵，犹若日日和老婆厮守相对，历久难免失却新鲜感。成都人呢，常年在灰蒙蒙天宇下生活，隔三岔五好容易才能有拨开云雾见青天的日子，那时眯缝了眼儿望着金晃晃的太阳，望着豁然明丽了的田园沟渠山川房舍，便真似有一种重逢久别的喜悦冲动。在成都人的眼里，太阳不该叫笑容可掬的慈祥老公公了，她就是满面娇羞鲜丽无比的新嫁娘！

这新嫁娘只要一光临，整座成都城立即就倍加光鲜美丽了，所有的成都人就像过节一般喜悦了。女人们都抹腕捋袖，抱着大盆小盆到院坝里来，洗衣晒被，太阳地上到处晾起"万国旗"。男人们呢，更不消说了，难得有这样的好日子晒晒肚皮去去霉气，正好邀三约四呼朋唤友逛公园泡茶馆去。这时辰的成都可就更是热闹非凡了，满街都是散悠晃荡的人不说了，大小茶馆里座无虚席也不用说了，就连街沿边上也散散乱乱坐满了人，喝着茶水，嗑着瓜子，个个容光焕发喜气洋洋眉飞色舞神采奕奕闲聊个没边没际没日没黑，或者干脆嘴皮也不想动弹了，眼皮也不想睁开了，就那么靠着椅背儿树干儿墙壁儿仰起面尽情地享受阳光浴。最有趣的是在市中心天府广场，主席像台四周的阶梯上，会密密麻麻地坐满了男女老少，老伴相扶，情侣相偎，母女相依，面向太阳通通不吭声地静坐在那儿，仿佛在参加一个庄严神圣的大会。且一坐就是半天，直到昏暮将至，或是阴云又起，方才依依不舍地缓缓散去。

这时候你要找人谈工作吧，他多半会说，算了吧，改个时间再说，我要喝茶晒太阳去。这时候你要召集会议吧，大伙准会争相坐在会议室门外的太阳坝里。更不要在这时去乘坐三轮车，那师傅兀自躺在自家的车椅上，恐怕懒得哼一声睁一下眼皮。这时候你最好就是随便跨进哪家茶馆的院坝里，那冲茶的老师傅这会儿也特别腿勤手快吆喝得欢，满脸光辉灿烂笑成金丝菊。

倘若恰遇周末周日是太阳天，那更不得了，用上"倾巢出动""倾城出动"这样的词绝不是夸大其词。只要早上睁开眼发觉天光明亮，有出太阳的征兆，向来懒散的成都人便连休假日也不思睡懒觉了，会一骨碌翻起身，像报告喜讯似的招呼家中大小，快快起床洗漱吃饭，换上漂亮衣服，趁这好时光，早早出门去。在这出太阳的日子，城市也提前清醒了，一大早就进入兴奋期。市郊的人一大早匆匆进城逛街购物走亲访友，而更多的是家居城中的人偕妻带子邀朋约友成群结队往郊外奔。那儿有田野公园游乐场度假村，空气更清新，视野更开阔，可以随意躺在草坪上，让阳光照透全身。这时你看这座城市的几条通衢大道吧，来来往往的人流牵着线儿般络绎不绝，恍若一串串的鱼儿遨游穿梭在一个澄明的玻璃大鱼缸里。这一天，你要相信，即便是平常最爱吵架的成都人，也绝少会发生争吵相骂的事情。难得的好天气么，便会有难得的好心情。

阳光灿烂的日子，这在外地人心中，或者在文学作品里，往往只是一种象征性的语汇，而对于成都人来说，却是太实在太宝贵的东西，是上苍难得的赐予。恐怕除了盛夏酷暑，无论是多云多雾的春季，还是阴雨绵绵的秋天，尤其是在阴冷晦涩的冬季，成都人都对太阳怀着这样的心情，只要她一露脸，便会不顾一切地扑进她的怀抱，尽享她的亲昵。

也只有在这一点上，向来自尊自负自认为生在天府什么都不稀缺的成都人，心中有一丝对本土宝地的埋怨，和对外面天地的艳羡。对此，最维护自己女同胞形象的成都人，也只有自嘲地说，好在我们这儿太阳少，所以我们的成都女子才长得那么白净细腻。但心中，谁都知道，遗憾得要命。就是有人从北方回来，除了几乎无一例外地要讥刺嘲笑那些地方的吃食衣着等等之外，也几乎要众口一词地赞叹那里的天气，天空多晴朗，太阳多明亮，哪像我们成都，一年到头霉不兮兮的。

　　好一个霉不兮兮，概括了成都的天地，点中了致命的缺陷，表达了成都人最大的不满。命中注定，天生此地，有什么办法呢？骄傲的成都人在这一点上却是无论如何也昂不起骄傲的头颅。他们恨不得一把将地理课本上那关于成都日照最少的一页哗地撕去，连同长年覆盖在盆地上空的灰色云层一并撕开，亮出蓝湛湛的天金灿灿的太阳来！

　　按如此说，成都人既然对太阳有这么深的感情和向往，那么要是遇上天公作美，接连出现几个大晴天，岂不是要叫成都人乐疯了吗？这却又是一句话说不清楚的了，成都人的心理微妙复杂着呢。

就说那年冬天吧，恰恰就分外暖和，所谓世界性的暖冬。成都人倒不特别注意气温的冷暖，他们看重的是太阳出得多。自打元旦钟声在朔风冷雨中颤颤响过之后，天老爷便一直放晴，接连好太阳。一天两天，三日五日……天天冬阳朗朗，日日暖气融融。成都人晒舒服了，安逸了，有人便开始眯缝着眼对着太阳公公眨巴眨巴了：咦，咋个搞起的，会天天出太阳呢？这个冬天咋会这么好过呢？不对呀！于是院坝茶馆里便开始流传不安的讯息：莫不是今年要发生地震吧？嗯，是像有点不对劲，今年闰八月，俗话说，闰七不闰八，闰八刀兵发，咦，天象有异，今年怕是要出点啥子大事哇……

你看，由太阳就引发了这么一连串问题。成都人就这样，太阳出少了，不安逸，觉得天地寰宇周身上下都霉不兮兮的。太阳出多了呢，心头又不踏实了，弄得疑神疑鬼栖栖惶惶的。你说，这成都的太阳，要咋个出才合适呢？

当然，天行有常，人活有方。说归说，疑心归疑心，只要太阳还在头顶，成都人就照样拥在太阳坝里喝茶水嗑瓜子摆聊斋吹壳子，尽兴儿晒他的肚皮。因为他知道，成都太阳再咋个也维持不了几天的，说不定明天天气就陡然转阴了，北风那个吹，冷雨那个飘，成都人又要缩脖袖手灰着一张脸臭骂一声了：龟儿子太阳又躲到哪座阴山背后去了嘛？我们成都这个地方就是霉不兮兮的！

成都公园

　　说到都市，必然会提及公园。犹若提及海洋，就会说到岛屿一样。公园正是灰色城堡中令人神清气爽的绿岛。几十上百万之众成年累月被关闭在密集的水泥碉堡群里，是太需要有一方绿色园林让人能喘息透气了。可以大胆断言，没有公园的城市，世上绝无。

　　以国中而论，北京的颐和园，广州的植物园，西安的雁塔，杭州的西湖……都是举世闻名的胜地。甚至处于世界屋脊的西藏拉萨，也有风景优美的罗布林卡。可见，愈是名都大会，愈是有堪做自身徽记标志的名园胜景，公园昭示着城市的历史和文明，是城市的一部分。

　　作为古都，成都自然也不例外，不说周邻的都江堰二王庙，新都桂湖宝光寺之类，仅市区就有不下十余处大公园。最有名的当数武侯祠、草堂寺和薛涛井所在之望江楼公园。此外如文殊院、昭觉寺、青羊宫等等，以寺庙道观宗教文化辅以园林清幽，是观光客的必到之处，亦是本地百姓游玩休憩佳处。以上景点多有千百年历史，特色卓具，风骚独领，在全国都很有名气。年代稍近兴建的则有人民公园、南郊公园、文化公园、动物园、植物园、游乐园等等，虽属大众化园林，但细细考去，也多有些来由，有些讲究，折射出或历史或民俗的辉光。

一般或以为，有一片空地，有一些林木花草，山石池塘，或者加一些玩乐器具，可供人们走走玩玩，就是公园了。现今有些城市也的确是按此标准建造公园的。这当然也叫公园，而且确也能起到公园的一般作用。然而总让人觉得缺点什么，千篇一律不说，主要的恐怕在于这样的公园少了历史的厚重和文化的韵味。

成都人不同了，无论建公园还是逛公园，都恰恰十分看重这一点。成都的公园可称得上是无一处无来由，无一处无胜迹，个个园林都有自己独特的历史渊源和文化蕴含。这，也可说是成都公园的突出特点。由此可看出成都人，尤其是知识型市民心中深潜的文化历史情结。

在这方面，武侯祠的资格最老，倒不一定是指它建成的年代有多久远，关键在于它标示的那段蜀汉历史，留给后人的印象最为辉煌灿烂。用成都人直白的话说，千年华夏史，令成都人真正自豪的，唯有天下三分那么一段。虽然短暂，虽然是三足之一足，亦足够令后世景仰了。蜀人自然以此为荣，以之为魂魄。"诸葛大名垂宇宙，宗臣遗像肃清高"，武侯祠中这副楹联便道出了世代蜀人之心声。

说来也怪，武侯祠原本并非敬奉武乡侯诸葛亮而是纪念蜀汉皇帝刘玄德的。祠侧有一土封，传为刘备的衣冠冢，至今圆丘浑然，草木森然，凝苍翠之色，肃穆之气，然而观者只是顺带看看，已成陪衬之物。成都人去此，主要还是冲着诸葛武侯。由此亦可看出成都人意识性格中的一个特点，既不以成败论英雄，也不凭尊卑定敬仰。在他们心目中，往往失败的英雄更是英雄，位卑的人杰更是人杰。诸葛亮是以其大智大慧和忠诚坚毅而令蜀人折服倾倒，凭借人品和才具的完美结合使其成为深得人心的偶像。崇尚忠义和智慧，这可说是成都人一种根深蒂固的观念，由此也使成都人在日常生活中，注重义气，讲求机智。

如果说武侯祠体现了成都人对本土历史荣光的看重，对忠义智慧的崇尚，那么与之相距不远的草堂寺，则集中显示了成都人对优秀文化的看重和景仰。况且成都历来是出文人雅士之地。远且不论，只说近代中国文坛数得上的巨匠：巴金、郭沫若、李劼人、沙汀、艾芜等等前辈大师，以至今日号称"蜀中大将"的流沙河及一批年轻的文坛怪才实力作家，哪一个不曾在草堂留下足迹，哪一个不曾饱吸那清幽园林中的寒梅清芳？草堂寺之于成都人，特别是成都文人，关系大且深矣！

武侯祠肃穆森然而略显宗教气息，草堂寺则不同了，滨流沿溪，地处郊野，衣带楠木林，襟蕴花草香，无森严之崇阁，有素雅之散厅，更具园林特色，更呈自然风光，也因此更合散淡的成都人的习性心意。更兼那满园梅树，掩映着诗圣遗像，千秋佳句，漫步其间，或是品茗林下，这清宁悠然之中，心旷神怡之际，或许你会神思悠悠，产生一种沉迷：文化与自然，诗词与花木，是不是原本就是交融一体？

唯其如此，一般稍具文化修养的成都人，都把这草堂寺看作成都文化的象征之地，更是成都文人的必游之处，会聚佳所。平时不说了，凡有客自远方来，必邀之赴草堂。每年旧历正月初七，是乃习谓之人日，几乎所有成都文人以及众多市民皆要游草堂，成了成都人每年一度的盛典。人日游草堂，全因为杜公祠前一副对联。那是清人何绍基所撰书，字体清秀，气韵峭峻。何氏时为四川学政史，对杜公向来崇敬，节假闲时常来此瞻仰参拜。偏那一年公务在外，春节未能赶回成都。到回来时，已是初七，即前往，抚今追昔，感念万端，遂提笔作联道：

　　锦水春风公占却
　　草堂人日我归来

　　不想直白道来，却情真意也切，甚得世人之共鸣，遂而由个人之心声演化为万众之盛举。

　　凡事都要有由头，行事每当寻契机。可以说，何氏此联，正好为成都人表达对诗圣的景仰，对文化的推崇，提供了一个绝佳由头，美好契机，表达了万众的共同心声情义。故而今世到草堂之人，每每都要在此联下拍照留念。我年轻时逢"文革"，因文罹祸，身陷囹圄，出狱后也立即赶往草堂，选此"草堂人日我归来"一联为背景，拍下了获自由后的第一张照片。成都人，成都文人，对杜甫草堂确是有极深沉的感情的。在成都人心目中，这绝不只是一座供人玩乐休憩的园林，更是能给人以人格参照和文化滋养的圣地。

　　遥想杜公当年，一生忧国忧民，命运坎坷，以致终生颠沛流离，穷困潦倒，恐怕只是在亡命蜀地，流寓成都，筑室草堂期间，

才稍稍得到一些安宁和快慰。蜀地相对富饶宁静的生活，淳朴的民风，四时长绿一片明丽的田园风光，不仅大大改换了他忧伤的心境，也使他的诗风于惯常的沉郁之外，平添了许多清新明丽。"细雨鱼儿出，微风燕子斜"，"两个黄鹂鸣翠柳，一行白鹭上青天"，"好雨知时节，当春乃发生。随风潜入夜，润物细无声"，"锦江春色来天地，玉垒浮云动古今"……不少名篇佳句都是出自这个时期。诗圣心底，自然感念蜀人蜀地。而后世之成都人，亦自然以之为荣为慰。

有此情愫，成都人对杜甫的崇敬，对杜诗的厚爱，以至于世世代代对草堂的向往，就不难揣想了。也正因如此，"文革"中期还发生过一段小插曲，也可以说是一场风波。当时有一位大名人，著书《李白与杜甫》，以阶级斗争为纲，极力扬李贬杜，说杜甫是地主阶级孝子贤孙，在成都过着豪奢生活，仇视贫下中农云云。成都人终是气愤不过，来了个通不认，公开怒骂他是放狗屁，为了献媚求荣，竟不惜出卖良心。一怒之下，成都市民竟拥至草堂，要将那名人过去所撰颂杜匾联摘了砸了烧了，出口恶气。当时情势下，事虽未成，但成都人爱憎分明、疾恶如仇的一面，却是围绕着杜甫草堂，表现得十分鲜明强烈，痛快淋漓。

此种事情，围绕着武侯祠也发生过，且更早。当时全国一片"破四旧"风潮，凡菩萨神像皆被掀翻砸毁，连著名的乐山乌尤寺五百阿罗汉堂也未能幸免于难。成都的武侯祠亦有很多泥塑，除诸葛亮刘关张之外，还有相对两条文臣武将长廊。说来都属封建帝王将相之列，该当"砸烂狗头"，然而成都人却想方设法把它们保存了下来。偶有红卫兵前去动手，也立即被众多市民劝阻、轰开。还有有心者，连忙偷着为塑像一一拍照，怕万一被毁，日后好依样重塑。蜀风重忠义，蜀人不畏险，此亦可见一斑。

发掘这些陈事，确实可以加深对成都人的认识。有句评古人的话道是"诸葛一生唯谨慎，吕端大事不糊涂"，借之于成都人，可叫作成都人平时散垮垮，每遇大事显英雄。谁说成都人只有懒散悠闲的一面，只知吃喝玩乐过过小日子呢？

从林田舍皆乐土

　　近年来，有一首歌首先由清纯女歌手陈红唱红于春节舞台，然后很快传遍大江南北，塞内塞外，那就是《常回家看看》。就歌本身而言，确实不错，唱得许多人不禁牵肠挂肚，情热于中。而倘若我们要探究一下它的"弦外之音"的话，可以说它至少透露了两点信息，包括国情与人情。一是国情，中国社会的确是发展了，千百年来沿袭不变的祖孙三代以至四代同居一顶老屋檐下，大家庭乃至大家族聚居一处的情形，正在迅速变化、消亡，而代之以三口乃至两口之家的小家庭单元，这也许是社会进步的表现。另一点可就不太妙了，那就是人情亲情的逐渐淡化，甚至冷漠。随着家庭单元的细分，经济关系的变化，社会风潮的冲击，生活节奏的紧张，人们已开始只关注和牵挂自己的小家庭。据说这种情形在西方世界非常普遍，司空见惯，谁也不会惊叹。但我们中国就是中国，几千年的东方文明始终包含着强烈的忧患意识和浓浓的人情味，它不希望看到人情的冷漠，人性的异变，所以才有有心人制出了这么一首歌来，提醒、呼唤人们"常回家看看……"相信人们，特别是老年人听了，会有隆冬寒天，儿女奉上一盏热茶的感觉，心里暖烘烘的。

但这首歌对成都人来说是没有那么重的意思的，因为成都从骨子里来说还是由农耕文化积淀发展起来的一座市民味重人情味浓的古城，不像奠基于政治的北京，或者发迹于商业的上海、广州，更不用说金钱垒起来的深圳、香港之类了。即便是近年来家庭单元也呈细分之势，但人情亲情味仍然很浓，加之城市坦平，交通快捷，彼此随时都来往方便，根本用不着大年三十才想起唱一曲"常回家看看……"

后院安宁，日子祥和，过得有些发腻的成都人现在倒是爱唱另一首歌："常出城转转……"（当然没有这首歌，无非借用个意思而已）

都知道成都人是爱热闹的，但事情总有个度，物极必反。现今的成都也是热闹过头了，人太多，光是外来人口就有上百万，到处都是密密麻麻的人头，到处都是熙熙攘攘的人流，大街小巷，茶馆酒楼，以至公园广场，河滨空坝，到处都拥挤不堪。特别是到了节假日，稍微清静一点的地方，恐怕只有自己的家中了。热闹到了这份上，再是爱热闹的成都人也有点耐不住了，人山人海里伸长了脖子向城外望去，想在那里寻一方自在天地，畅畅快快透一口气。

又说成都人是最贪玩好耍的，不错，岂止好耍，还要耍得新鲜稀奇。可是天天困在这老城堡里，年年守着那几尊"千看终厌"的老菩萨，在城圈里溜达过来转悠过去，什么旮旯角落都钻遍了，还有什么可看可玩，新鲜稀奇的？用成都资格市民的话来说，叫作：

望江楼喝茶？茶早喝白了。

武侯祠看三国神像？像早看老了。

青羊宫摸羊？羊早摸玉了。

文殊院拜菩萨？菩萨早不想开金口了。

动物园逗猴子耍？猴早不想逗人了。

……

就这么大座城，天天看着，日日逛着，还真没啥可玩之处了。

于是，出城去，便成了当今成都人新的追求，时尚潮流。

你或许会说，这叫旅游热嘛，全国皆然，有啥稀奇？的确，全国皆然，但成都自有成都的特点。首先，这旅游热的兴起，除了与经济生活提高，人们兜里的钱多起来了，交通状况也改善了等等，这些"全国皆然"的基础条件有关以外，最根本的，还在于成都人好耍贪玩的天性使然。没有这一条，就好比木头飞机，你给它插上翅膀它也飞不起来的；就好比圈养的猪，你打开门它也只哼哼几声，懒得跑出去的。

这一点，你在节假日，便可以特别明显地感觉到。一大早，成都的四门，就人潮如涌，车流如龙，汽车喇叭声不绝，欢声笑语不断，或举家，或偕友，或成群，或结伙，浩浩荡荡向城外涌去，其情状之壮观，可说是倾巢出动了。

不错，旅游是要花钱的，要有经济基础做保证。一般的成都市民收入并不算太高，但有一点，他们舍得花钱买快活。钱与快活，在他们心中的天平上，无疑是快活的分量重得多。成都人绝不会像有的地方——包括一些经济发达的大都市和穷乡僻壤小城镇——的人那样,把钱看得那么重,一个子儿一个子儿地盘算计较,每花一笔钱都要当作资本投入来衡量,看值不值。什么叫值?花钱买快活就最叫值。人生,就是图个快活,成都人这么认为。钱嘛,生不带来,死不带去,说白了就是几张纸嘛,有啥不得了的。只要泡菜稀饭钱留够了,多出的就放心地花吧,有钱不会花,纯粹是傻瓜!

当然,成都的有钱人、大富翁大富婆并不多,一般市民手中的钱也不太多,还有不少下岗工人之类家庭日子过得紧巴巴的。但这不要紧,各人量体裁衣罢了。有钱的东西南北飞,去三亚,去泰国,甚至去澳洲欧洲,这几年在成都都很时髦而火爆。而大量的、最寻常的,却是到郊外寻乐,总之是有办法有去处的。这就好比是喝酒上了瘾的人,再没有钱,喝不起"五粮液",也要打二两廉价"跟斗酒",要一碟干胡豆,慢慢地吮味,喝他个一醉方休。

这就构成了成都人度假旅游的又一个特点:花钱不多,照样要够。哪里去寻这等好事呢?不拘一格的成都人自然有办法——

要游山玩水,避暑纳凉么?不要去那些名气太大的热门景区了,什么青城山、峨眉山、乐山大佛,尽管它们比起九寨黄龙之类来,近便许多,但现今门票涨得太高了,何苦花这个冤枉钱呢,除非是陪外地朋友。何况,那青城,青幽倒是青幽,可是山只有那么大一堆,时常爬满了蚂蚁一样的人群,还有什么风景、青幽可言?峨眉山倒是大,可又太累人,只能送它八个字:不可不上,不可再上。这些地方,曾经过一趟也就行了。反正,再好的风景,一出名,成热门,人一多,也就没什么风景可言了,等于在城里一般,尽是人看人,没意思。

哪里去?只要出了城,就是放敞马,天高地又阔,可去之处太多了。老龙门阵说：从前有座山，山上有座庙，庙里有个老和尚给小和尚讲故事……这庙子就从来都是出故事好看好玩的地方。那峨眉、青城，不也因为是"佛教名山"、"道家圣地"，寺观多多而增光增辉，名声大噪的么？这就好办了，现而今，成都周边，大庙小庙多得很，几乎沾山就有庙，凡山皆有寺，不愁没去处。有名无名没关系，老庙新庙没关系，因为只要是庙，一般都是占却山水风光，拥有园林风貌的，你去耍，又不是老学究，要去探史访源，也不是真正的善男信女，居士婆婆，诚心去烧香拜佛，念经吃素。你就是成都小老百姓，是去游山玩水看风景的，庙子里歇歇脚，喝喝茶，跟老和尚摆点老龙门阵，给小尼姑说点小玩笑话，透透气，开开心，这就足矣。

这些周边无名小庙，过去窝在山林里，是很清寒冷寂的。平常除了几个贫僧老尼，便是一些居士婆婆朝夕相伴，晨钟暮鼓，一片凄清。即使到了菩萨生日，庙会时节，也不过是远近来些穷乡僻壤的善男信女。现在却大不同了，来的都是客，贵客，城里"有钱人"，真心烧香拜佛，诚意磕头作揖者少，喝茶聊天打麻将者众。门庭倒是兴旺了，香火旺香火钱也旺，经济效益大大提高了。只是看着菩萨院内，到处铺着桌桌麻将，稀里哗啦浪压经声，你会不会觉得有点滑稽？

这有什么可滑稽的？成都人一定会这样不屑地反问你。到这些庙宇丛林来，也无非就是散淡散淡，轻松轻松，玩耍玩耍，舒心透气嘛。谁叫这儿有这么个庙，有这么个好环境？麻将搬到这儿来打，手气也顺溜得多哩！

至于说佛家圣地，也没什么大碍吧，圣地并非禁地，你看人家和尚掺茶倒水，迎来送往，都是笑嘻嘻的，想那神像菩萨也不会横眉冷眼吧。有见识的成都人说不定还会搬出成都当代大文人的诗碑来作证。诗云："山外红尘，山中古寺，两不相扰，各行其志。"瞧瞧，这说得多么清楚，多么有道理。这诗碑就在青城外山一座庙门立着呢，不信，你可亲眼去看一看。

周遭小庙成了度假游玩好去处，这是成都新特色之一。而另一富有成都特色的便当是"农家乐"的兴起。现在在成都，你时常可以听到这样的问答：

喂，这个周末到哪儿去耍？

农家乐嘛。

你老爸过生，准备在哪儿过呀？

农家乐嘛。

这一回同学会到哪儿去办喃？

农家乐嘛。

喂，荷花开了，是不是到新都桂湖去看看？

算了，还不如去一家农家乐。

……

问话不一，但答案一致：农家乐。

这"农家乐"是何许玩意儿，何种去处？其实顾名思义，明白得很，就是寻常农家院子。这又是成都得天独厚之处了。成都这座城市，窝在盆地之沿，四围不是平原绿畴，就是浅山小丘，处处林盘院落，风光可人，随便打整打整，置办点餐饮茶具，便可供游客玩乐了。最先想到这一点的，据称是紧邻的郫县友爱乡科技村，极为富庶的粮油花木之乡。大约先是一些成都人来这里参观或是购买花木，感觉十分舒服，如临世外桃源一般。下一次便携家带口、邀朋约友来此一度假日。都觉眼目一新，别有风味，便一传十，十传百，竟至形成了一股新浪潮。

哪里好玩？这种消息城里人传得快。

哪样赚钱？这种情报乡下人传得快。

于是，很自然地，相辅相成，"农家乐"便势若雨后春笋很快遍布周遭农村了。农民庆幸开辟了新的生财之道，而成都人也庆幸又有了游玩的新天地，可谓皆大欢喜。

成都人特别青睐"农家乐"，自然不无道理。除了价格低廉，还可吃到真正新鲜的菜蔬鸡兔之外，最重要的还是小憩农家院落，既可观赏田园风光，品味农家生活，又甚为方便随意。不要忘了，成都本来就是一个农耕文化积淀深厚的城市，甚至好多当代成都人的父辈祖辈，都是从四近乡村渐次迁徙进城的，他们的血脉里保留着农人的因子，对乡村田园有一种天生的亲近感，亲和力。这一点，从老成都人面对日益扩张的城市水泥堡垒，常常忆及当年城郊田园之美林木之盛，慨叹而今良田之迅速消失，不难看出。他们不仅是担忧农业生产的问题，更是体现了一种潜埋于心底的对田园风光之美的向往和眷恋。

而方便随意又是成都人评判此类事物的一个标准。天生散淡的成都人，是最不喜欢繁文缛节、刻板规矩的。他们之所以特别爱泡老式茶馆，就是因为在那简陋环境、竹林桌椅之间，可以随便坐躺，随意谈笑，把脚跷到茶桌上也无所谓，把壳子冲得山响也自然。若是上了高档茶楼，俨若进了豪华会议厅，正襟危坐，低声轻息，那就太叫他们难受了，再好的茶喝着也浑身不自在。他们要的就是自在。而"农家乐"就相当于农家林盘大茶园，鸡叫鸭叫鹅也叫，你尽可以随心所欲，谈笑风生，牛跑羊跑猪也跑，你尽可以随意而安，起坐自便。犹如在自己家中，而又不需忙碌操劳，只管尽兴玩耍，这不就如神仙一般！

"农家乐"的兴盛，由此可见也自有它的深层根源。

而从成都人的这种玩乐观、旅游观里，你是不是也可以看出成都人特有的一种人生观：达观，乐天，追求自在，崇尚自然。

花会

成都人贪玩好耍，且喜欢很多人凑在一块儿热闹游乐，于是一年到头总要想方设法编排出许多名目来聚会喜庆。春节过了，连着吃喝玩乐，按说也足够了，乡下人该备耕了，城里人该上班了，生活又复归正常运行。但成都人不行，心愈耍愈野，收不住缰。大热闹下来，突然归于沉寂，特别难受，耐不住。想一想，春天来了，百花盛开，好，就以这个名目，办花会！

成都地处内陆盆地，气候温暖，四季温差不大，土壤又湿润肥沃，黑油油松软软的，随便刨个坑儿，插上枝条，树就活了，撒下籽儿，草就长了，一年四季都绿油油的，真是块宝地。宝地盛产五谷，也茂生百花，春兰秋菊，夏荷冬梅，奇草异卉，四时不断，锦簇花团，香被蓉城。

说来连这蓉城的得名，也来源于花。蓉本木芙蓉，一种花树，干不高大，而枝繁叶茂，阔叶凝翠，冠盖亭亭，每到秋日开花，大朵复瓣，状若芍药牡丹，粉红淡黄玉白，一树繁丽，满身锦绣，于秋阳朗照中显得十分娇艳动人。自五代时后蜀主孟昶倡令遍植于成都城墙，遂蔚为壮观，蔚然成风，秋日登高赏芙蓉成了成都人的一项习俗，而蓉城之名也以此成立。由此亦可见成都人与花的情缘之深长。

唐代诗圣杜甫，一生命途多舛，颠沛流离，也只在这"锦城丝管乐纷纷，九天开出一成都"之地，获得过生活上相对的安宁，心境的舒展，咏唱出了与之一贯沉郁风格迥异的清词丽句。其中随处可见花木草卉的姿影。千古名篇《春夜喜雨》中，一句"晓看红湿处，花重锦官城"，便极尽其盛况。而"黄四娘家花满蹊，千朵万朵压枝低"，更是如繁管急弦一般奏出了其热烈明丽。成都人真是生活在花的海洋里！

有如此得天独厚的风水宝地，有如此美好的风习源远流长，今日成都人自然仍是对荟萃大自然精华神奇的花草一往情深。走遍成都大街小巷，凡有人家之处，几乎都可见花草踪影。幢幢宿舍楼上，家家阳台都摆满了花盆，俨若一个个空中小花园。即便身居陋巷破宅，也要用破脸盆旧瓦罐栽些闲花野草，增加些许色彩。近年生活安宁，经济繁荣，成都于小吃一条街、时装一条街、家电一条街之外，出现了花市一条街，荟萃了各种名花异卉，供人挑选。每当晨昏，尤其是节假日，人流拥塞，其热闹兴旺不亚于农贸市场。成都人爱花养花之风，于此可见一斑。

有道是醉翁之意不在酒，成都人爱花也不止于自养自赏，他们还要借赏花之名，行游乐之道，获热闹之趣。于是，春日里，人们或去南郊公园赏杜鹃，或往龙泉山漫步桃花林；夏日里奔郊外水塘看荷花；秋日里新都桂湖满园金桂飘香，人民公园菊花灿烂，都是游人的好去处；寒冬腊月呢，万木萧疏，梅花独俏，更是值得看的，其集萃之处便是流芳千古的杜甫草堂。放翁诗云："当年走马锦城西，曾为梅花醉似泥，二十里中香不断，青羊宫到浣花溪。"也是指这一带。

四时皆有名花盛开，四时皆有名目赏花游乐，按说也该够了，然而成都人还不满足，他们偏要在春节刚过之际，元宵灯会之后，紧接着搞一次盛典：逛花会。地点就选在陆放翁当年走马赏花的锦城西了，集中于青羊宫一地。其时，各单位各花主都将自家的好花搬移到那里，争奇斗妍。说来时当早春二月，尚是料峭微寒之时，但花农花匠们已以各种手段催生了各种花草，红梅白梅绿梅，桃花李花梨花，瓜叶菊紫罗兰，蝴蝶花满天星、红山茶白玉兰……或洋或土，或贵或贱，当令不当令，奇迹般荟萃一处，会聚一时，真个是花团锦簇。人行其间，满目明艳，香浓似海，即便不饮酒人也自醉了。

人说广州花市很有名，成都人听了则摇头，那花市咋能与我们花会比？市者买卖也，人再多花再集中又怎么样，无非是个买卖集市，有多少味道？花会则不同了，固然也买，但主要是供观赏。而且成都花会还有一个最大特色，不仅赏花，更是借花献佛，借赏花之名大家聚会游乐。花会，花会，一是百花来会，二是万众借花来会，这才叫成都花会。

所以在花会里，就不只是百花荟萃争奇斗妍了，成都乃至附近县份的各种名小吃也在这儿摆开了摊档。满园之中，临时搭就的竹棚布棚鳞次栉比，蓝底白字的店招布幡古色古香。大邑黄醪糟，郫县唐昌板鸭，双流白家肥肠粉，怀远叶儿粑，新都桂花糕，灌县丁丁糖，还有三大炮、拌凉粉、卤肉夹锅盔、芥末凉春卷，等等等等，数不胜数，吃不胜吃。一路赏花一路吃食，满园花香杂油香。花醉人，食饱肚，真个叫贪玩好吃的成都人大饱眼福，大饱口福，大过其瘾，心满意足。

除此而外，花会还有一妙处，它同时是各种手工艺品小玩具的展销会，各路能工巧匠都到这里来炫示自己的手艺。值得看值得买的东西有很多，盆栽根雕，花种草籽，竹编泥塑，糖画面人……那薄得透明的青竹片编成的小青蛙都要跳起来呱呱叫了，那彩色面泥捏做的关云长都要舞动青龙偃月刀催动赤兔马狂奔了……在这早春的阳光下，在这芬芳满园的天地里，样样都逗人爱引人喜。而有一样玩意儿，更是几乎人人都要买一个带回去，作为逛花会的标志的，那就是风车车。细竹做的框架，彩色纸条做的车辐，轻巧灵巧，人拿着它一走动，它便呼呼地转，红红蓝蓝，黄黄白白，旋转出一片艳丽。看见满街风车车转了，成都人便确信春天真的来了。

我看成都人的很多盛会，总觉得这赶花会是最祥和最富有民间情趣和诗意的一种，难怪唐宋至今，它始终保持着旺盛的生命力。

而比较成都人的新春两大盛会，灯会和花会，其近年状况之反差，亦有一些意思。若说过去，两会都很热闹。而今呢，灯会是愈办愈冷清，花会是愈办愈红火。按说灯会是充分利用了现代声光电子技术，档次更高了，制作更精致了，花样更多了，除了游龙飞凤、仙女书生外，机器人打枪战，火箭上天，列车穿山，以至一出出小戏都可以活灵活现演出来。但你猜成都人怎么说？他们说，那还不如在家里看电视看录像片。话虽简单，却很有一点道理，成都人需要的不只是看看而已，他们亲近自然，要边看边吃边游边玩，将自身融入其中。灯会的灯火再辉煌，他们也只觉得那是黑夜中一个闭塞而单调的空间。

花会则不同了，绿色世界，花的海洋，有和风仿佛从田野吹来，有泥土香味沁人心脾，愈是散漫凌乱，愈是接近自然。

成都人喜欢都市的热闹，也留恋乡野的清新，花会恰恰将这相悖的两方面融成了一片。自然能恒久地讨人喜欢。随着时光推移，时代变迁，许多玩意儿都将淘汰更新，但花会，恐将会伴成都人到永远。

民风嗜麻

览地方志，常被那"民风"二字触得眼跳心热，仿佛一潭死水中，突兀跃起鱼龙，砰然有声，溅活一方天地。什么民风柔弱、民风奢靡、民风淳朴、民风敦厚，或者民风刁顽、民风强悍、民风好淫、民风尚勇以及民风崇文、民风喜武、民风嗜赌等等。每一读及，眼前便活脱脱浮现出带古典意味的民俗画来。这种四言短句，有抽象，有具象，言简意明，随便好说，用之于一地，当标签贴，却是寻常不易提炼的。生民万千，习性上百，何轻何重，孰伙孰稀，非有深知断难辨识。而欲名副其实，一语中的，更是非得有狠毒之眼超凡之见不可。想那些地方志县籍的作者，多是无名老学究，真不知哪的来的慧眼神力大胆气魄，竟敢如此自信地在那毛边粗纸上挥洒下铿然锵然的"民风"二字，实实令人心惊，令人佩服。我常想，民风习俗香烟袅袅，一方老土浓缩起来便是一座庙，这庙门上的匾额岂是随便好挂轻易好题的！

成都假若是座庙，门额该挂什么匾？

说实话，我在这座城池里也生活几十年了，搅在一潭浑水中，赶着日月窜游，伙着人众蹦跶，满眼水花，万千气象，竟然就说不出一个"子曰"来。倘要勉强给个说法，似乎彼亦似之，此亦似之，好吃麻辣烫也可以，好嚼嘴巴劲也凑合……说来说去皆似之，也就自然没有一个准了。

只是近来，不知如何便突然有一组词如飞来石一般砸入我心，如鱼刺般卡住我喉，更似大榕树根一般盘踞于我脑，挥之不去，那便是我欲挂在成都门楼上的横匾了，四个字——民风嗜麻。

话说清了，此麻非彼麻，我这里指的不是川人爱吃的麻辣味之麻。嗜酸嗜甜，喜麻喜辣，那无非是各地人口味之不同而已，小矣哉，难涉民风。

欲解此字，无须明眼人，但凡是成都老乡，哪怕是成都傻瓜，或老或少，或男或女，无论是已如活化石般稀有的小脚老太，抑或是遍街彩色波浪般流淌的妙龄女郎，也无论公干如何，是官员老总贵妇教授，还是贩夫走卒野老闲民，以至蹬三轮的，擦皮鞋的，下岗大嫂，青皮街娃儿，还有那三陪小姐，偷儿扒手……只要他（她）是成都人，恐怕谁都会毫不犹豫地脱口而出：

当然是麻将的麻嘛！

或轻笑，或嬉皮，但肯定都应答得十分轻松，胸有成竹，底气十足乃至豪气吞云。这个看似玄奥的四言古意，对他们来说，简直就等于是一道小儿科题，如同幼儿园的阿姨老师问小朋友：我们吃的苹果是圆的还是方的呀？大家便会举起胖嘟嘟的小手鼓起胖嘟嘟的小嘴，一齐蹦起来说：圆的！

事情就这么简单。

道理或曰缘由也很简单，他们——成都人本来就是在麻将声里出生、成长、泡大的嘛——连他们死的时候，去见马克思或者上帝或者地藏王菩萨的时候，也是一路哀乐哭嚎鞭炮声夹杂着稀里哗啦麻将声哩。

李白当年怀念帝京时，曾有诗云："长安一片月，万户捣衣声。"若借用于今日成都，则可以叫作"锦里少明月，满城麻将声"了。

这不是夸张，老实说，其实那样讲还远远不足以显示蓉城麻风之盛大。在成都这方肥得流油、香得腻人的土地上，麻将哪里只是夜晚才打呢？白日明昼照样搓得稀里哗啦。哪里只是在家里铺摊子呢？公园市场宾馆茶馆酒楼饭店乃至街边地角到处都在打。除了公共厕所之内以外，恐怕厕边空地上也铺开得有战场。真是屋里屋外，白天黑夜，到处杀得昏天黑地，时时可闻牌声沸腾，由不得你不叹一声：好一座麻将之城！

过去都说成都茶馆多，茶客多，其实茶桌哪有牌桌多？那牌局，岂止七七八八铺开在大茶楼小茶坊里，酒楼包间宾馆大厅，露天院坝河畔林荫，乃至办公室会议室，到处可见它的踪影。玩牌之人，岂止茶荫，你看那牌桌四周，目不斜视端然肃坐的"斗士"们，男女老少齐全，三教九流尽有，根本不喝茶者有之，现代时髦只喝可乐橙汁凉白开的也有之，茶客哪有麻客多呢？

现今都说成都球迷多，球市旺，这倒也不假，金牌球市的美誉在全国都闻名嘛。但若以球迷比麻迷，那纯粹是小巫见大巫。球迷们最多每周日有比赛时，集聚在体育场敲锣打鼓嘶声呐喊闹腾一回，麻迷们可是时时刻刻都散聚在整座城市的每一角落，忘我地"战斗不息"。可以一整天固守"长城"不挪身，一整夜盯住骨牌不移神。饭可以不吃，水可以不喝，甚至尿都可以憋住不屙，传呼响了懒得去回，朋友来了懒得点头，只一门心思扑在错综复杂变幻莫测的"方城大战"的浓雾硝烟中。哪怕杀得脸青面黑，熬得形销骨立，也矢志不渝，有味津津，其迷也如此，其乐也无穷，纯粹球迷睹此惨烈壮观，恐怕也只有俯首称臣，效三国周郎，仰天长叹：既生牌，何生球！？

成都生就小家子气——要说大家子气也可，反正是一座垒在黑土平坝农业文化深层积淀之上的大村落式的都会，居家过日子的"梁园"。无高山，无大河，只有一条水沟似的府南河静静地流，慢慢地蠕，没有刚烈的风，没有澎湃的涛，香腻氤氲，但绝无大气磅礴的贯穿，倒是多亏了那哗啦不息的麻将声，伴着一窝蚁似的成都人，贯穿日月，送走春秋。若写《成都演义》，便可仿罗氏《三国演义》，卷首题词曰：白发麻翁牌桌上，惯看秋月春风……

说来也怪也疑，这麻将本非成都人的创造，更非成都人的专利——若说国宝熊猫或者麻辣烫火锅之类，好歹还算巴谱一些——据称古已有之，肇始沿海为盛，故而百余年前，外国强盗由海路破门而入，掠走财宝以外，带回去广为传播的便是三足鼎式的华人的扭曲形象。哪三足？说来可怜，一曰鸦片，一曰小脚，再一样就是这哗哗响个不停的麻将了。这就是凶悍的西方强盗放肆嘲笑着为没落腐朽的东方古国画的肖像，也是病态的中华文化的写照，其耻辱的程度，不亚于被人拍裸体照。强盗自有歹意，别有用心，他们无视这个民族的尊严和辉煌一面，而如窥阴癖者一样，专门窥视渲染这些病态的东西，但你不能不承认他们的眼力颇准，恰好选中了这三样"活宝"作为代表。鸦片、小脚不用说了，分别代表着自我毒害、自我束缚的堕落。而那麻将呢？还真有点不好说，也许只有叫作自甘沉溺的堕落吧。反正都是让这个民族丧失血性丧失斗志，丧失创造力也丧失生命力的尤物。"软刀子割头不觉疼"，百年前的中国就是这样日渐沉迷，病入膏肓，险些乎就亡了国灭了种。

这当然都是历史了。现在令我感兴趣的只有两点，想那鸦片，本是外国强盗送来的特殊"礼品"，一来赚走大量财富，二来害我国人身心，抽干我国库，也吸尽我人血，狠毒阴险之至，但这可以说是外人强加给我们的。而小脚呢，则明摆着是在吃人的封建礼教驱使下，昏聩而蛮横的大男人强加给弱小的女人的枷锁。问题在于，这两样强加于人的怪物，经过20世纪上半叶的剧烈社会变革，先后于民国时期和共和国成立后就被很快扫荡铲除了，独有这土生土长自然兴起的麻将，却起起伏伏始终绵延着其子孙，近年更有狂涨蔓延之势，它哪来如此之强的生命力呢？此其一。

其二就在于，成都并非麻将的祖宗发祥之地，却为何到了现在，成就了其"中兴之业"，独领风骚于全国呢？这个国中第一的标牌，且不管它是荣是辱吧，反正是第一，可不是成都人自封的。这正如古人所云，久处芝兰之室，不闻其香；常居粪厕之所，不辨其臭。长年泡在麻将声浪中的成都人，自己是并不以为特别的，所谓"不识庐山真面目，只缘身在此山中"是也。倒是外地人来了，感觉异常强烈，有如吃了成都特有的麻辣烫火锅一样，眼睛都瞪大了放出惊异的光来——

他们来谈商务，怎么谈？当然首先是酒席桌上谈，大鱼大肉，火锅小吃，昏天黑地狂吃狂饮一通。酒足饭饱，然后干什么？坐下来正儿八经摊开协议本？NO！坐什么，先消饱胀再说，于是进歌舞厅，唱卡拉OK，左嗓子也唱，醉醺醺摇头晃脑地狂唱；跳舞，小姐陪伴，黑灯瞎火脸贴脸地乱摇，骨头酥了算是。这一下来，夜深了，该睡觉了吧？笑话！成都主人说，夜生活才开始哩，打麻将吧。于是铺开摊子，稀里哗啦打到天明……

开会么，上级来检查工作么，那议事日程上更少不了这一项重头戏。当然不印在会议日程表上。白天开会时，照样在台上讲得一本正经，慷慨激昂，晚上可就得转移战场，移到麻将桌上嘻嘻哈哈继续"开会"了。当头儿的尽管放心，兜里不带钱两袖清风也照样可以放肆地打，自有人会给你"放马"，给你"点炮"的，换句话说，让你赢，送你财，让你玩得放心、开心，收益大大的。这叫"业务麻将"，或者"公务麻将"，四川人的话说，"勾兑麻将"吧。

老同学老朋友来了怎么欢会？茶馆自然是成都最有特色的地方，边品茗边聊天叙旧本是家常。但如今这茶也变味了，茶坊也更新了，少不了就要同时铺开麻将摊子。老摆龙门阵有什么意思，还是旧朋新友一块儿围坐，作方城之战吧，手打卦，嘴说话，那才有味道。在这方面，成都女娃少奶奶特别厉害。男人们聚会见面还免不了先喝喝茶，聊聊天，然后再上牌桌。而她们则一副迫不及待的神情，坐拢来，话不多说，茶不顾喝，立即就开始和牌手谈，眉飞色舞，谈笑风生，好似吃了兴奋剂一样。若是哪位婉称不会打，那会立马招来一片叹惋之声：哎呀，不懂生活！而那扫向你的惊诧眼光，仿佛你就是一个残疾人怪物一般，弄得你反转觉得自惭形秽，不好意思。

成都人又是天性喜欢热闹，喜好聚会的。现今日子好过了，手头小闲钱多了，节假日也多了，各种名目的聚会也就陡增倍涨了。大家子自然是常要聚会的，老少三代要会，兄弟姊妹也少不了要聚，朋友同事自然也时时要会一会，而什么老同学会，老知青会，老战友会等等，更是名目繁多，活动频仍。这些欢会，也少不了麻将当家做主菜，一切牌桌上慢慢摆，麻将声中相互沟通，增加情谊。所以，只要是到了节假日，无论是远山近水，舍内舍外，公园名胜，"农家乐"度假村，乃至大庙小寺菩萨面前，到处都是一拨一拨聚会休闲的人群，名目各异，而共同节目却绝对有一个：打麻将。到处都是牌局，到处都是痴迷迷笑呵呵的麻老麻少麻男麻女们，一片麻文明的欢乐祥和！

当然也免不了时有悲剧闹剧夹杂其中。或因为过于投入麻将，计较输赢而忘却人情，因而闹得面红耳赤，不欢而散，甚至兄弟反目，好友成仇。在这些不快中，输钱倒还在其次，输面子却是主因，误会别人联合做了手脚更是导火索。这些人打的一般是所谓小麻将，一局输赢只在几元至多几十元之间，还不至于杀得"血浸"的。但因此而冷了血缘，断了友情，也实在叫人惋惜。

大麻将则不得了，既有起花八十，更有上不封顶的，几盘下来，输赢便可上千上万，这自然可谓豪赌了。参与此种麻局的，当然多是富婆大款之类，也有瘾大犯亡命徒，且多是资格赌徒，而非一般麻哥麻妹爱好者。麻将便是他们一生的最爱，既是生产工具造票机器，也是其精神、生命赖以支撑的大柱。古人有云：宁可一日食无肉，不可一日居无竹。而在这班赌徒麻客心中，则应改为：宁可一生无人情，不可一日无输赢。由此，他们之间生发起事来，可就不是一般的纠纷情怨了，而往往都是利害攸关生死大仇。有当场拳脚相向、拔刀火拼者，有事后偷盗抢劫者，更有拉帮结伙敲诈勒索者，反正酿成一桩桩血案、命案、抢案、盗案，让公安机关忙个不停，百姓大众鸡犬不宁。

道至此，你也许会说，那前面所题额匾不是该改为"民风嗜赌"更合适吗？是的，我知道有民风嗜赌的地方，世界上不是有好些个闻名的赌城以至赌国吗？我国不也是有好些处赌风炽盛的地区吗？虽然它们大都不是玩古老的麻将赌，而是纯洋味或现代味的轮盘赌电脑赌以至赌马赌球之类，但那种赌法赌资赌态才更该叫"民风嗜赌"。成都呢？虽然也有，如前所述及者，但毕竟更多的人并非以赌为业，以赌为生。喜欢打麻将而并非喜欢赌，输赢只是作为一种刺激而已，犹如五六十年代的人打扑克牌，往输家头上贴纸条一般，好玩添乐凑趣而已。特别是一般退休工人或下岗职工，他们百无聊赖，要混日子，也常打麻将，但那输赢几乎可以叫作零，五角一元起花，八元十元封顶。还有一种发明，不叫十元封顶，而叫保顶，玩法是这样的：一桌四人，各摸十元以为资本，一局几角几元的输赢，若某位手气不顺，连战连败，则输完十元便再不需计较，继续打就是，再输不掏钱，而赢了照收不误，他人亦如此。这样一天打下来，再不走运也只在十元——成都人俗称一张"杠子"以内。你说，这能叫赌吗？平民老头老太会笑眯眯对你说：年轻人，你不懂，这叫作打"平面太极拳"，又活动脑又活动手，免得像美国里根总统一样，害老年痴呆症，对我们老人来说，好得很哩！

还有一位资格的成都当代智叟见地更妙，他以为诸般娱乐体育活动中，麻将其实是最文明最进步的一项。道理很简单，其他运动譬如足球吧，都是一心想搞乱对方，打垮对方，乱中取胜，把球踢入别人的球门里去。而麻将相反，各做各的牌，千方百计把稀烂一副牌理顺，做好。别的项目都是在搞破坏，还要争得你死我活，打得头破血流，只有打麻将是在安安心心和和平平搞建设——开玩笑，符合时代潮流。这话当然带点调侃味道，且有趣的是，他老先生本人，这几十年是从不摸牌的。大约神会过老庄及辛大诗人，心下明白"物无好恶，过则为灾"之道吧。

所以我说，这事也真还不好一棍子打死，更不能说成都就是"民风嗜赌"。要赐匾，还是"民风嗜麻"贴切客观些。你说呢？

末了，我便该将独家珍藏的一幅绝妙照片奉送大家，公之于世了——

一九九八年，夏天，共和国历史上有名的洪水肆虐之年。在这场几乎席卷大江南北整个山河的世纪末大洪水面前，涌现了多少感天地惊鬼神可歌可泣的悲壮故事英雄豪杰，有目共睹，举世盛赞，这不待说了。这里只说我们成都，是年也不例外地遭遇了洪灾。安坐城中楼房，虽无水患近身，但城郊洪水照样在电视荧屏上翻滚得令人心惊。但见有名的成都消防支队和公安武警官兵在激流中劈波斩浪，勇救妇孺百姓，这时电视台的摄像机镜头不经意间扫过一角，便带出这一幅稀世珍照来：路边，一排小商店，洪水患漫，四周一片汪洋。远处是战士们在水中救人，惊险万状，而这里一间店堂门口，四位"豪杰"，三男一女，却照样端坐在小方桌前，把麻将搓得哗哗响。只是那脚都高高跷了起来，因为水都快漫齐桌沿了！任那桌下洪水滔滔，桌上"长城"依然不倒，真是蔚为壮观，奇观。更绝的是，当那电视镜头扫过时，四人一齐掉过头来，冲镜头只匆匆一笑，就又掉头俯身，忙手中活路去了。

这一幕，这一瞬，电视无意带过，我却觉得倘若定格拍成照片，恐怕足以惊世骇俗，可以上世界吉尼斯大全哩。你说这叫作什么？叫"泰山崩于前而色不变"的壮士风采吗？好像送与那些水中救民的公安武警战士更贴切些。那么，或许是蜀人天性乐观的写照？我看也不尽然。究竟该叫什么，反映了什么，实在一言难以蔽之，我只能就事言事，感叹再感叹了：

成都啊成都，你真是该当得"民风嗜麻"之区！

热盆景

　　山水风光，皆宜白日观赏，夜来景致，还须人间灯火。夜色和灯光使一些名城大都更加扬名耀目。如那法兰西的夜巴黎，东方的夜上海，只城市名号头上冠一夜字，便平添了多少华彩，增加了多少神秘魅力。就是与成都毗邻的重庆，也以山城夜景闻名于世。

　　成都的夜景又如何呢？不说惭愧，也叫平常，实在没有什么值得骄傲炫耀的。固然也是一片灯火通明，也有五彩霓虹闪耀，灯红酒绿，歌舞升平，但看看当今的城市，哪一个又不是如此呢？普通景象，显不出特别风情。

　　宏观不行，微观又如何呢？可以说，只要深入街头巷尾，那特色风光便扑面而来了。成都，毕竟是一个传统悠远自有其风格的都市，其个性无时无处不在显示其光彩。如果说歌厅舞厅流于一般，戏院茶座囿于传统，那么可以说，有一种极其别致的新景观堪称是成都一绝，世所罕见。那就是本地妇孺皆知人所共好的"热盆景"。

　　盆景岂有热的？小小盆景又焉能构成一个大都

市的景观？这问题看似好生费解，其实只消出门逛上一圈，便可一目了然，顿释悬疑。譬如前些年，从锦江宾馆出来，沿滨江路行至新南门大桥，远远你便可以看见一处灯光特别明亮，喧哗之声隐隐入耳。循声而去，见到傍桥临江一字溜儿排开的店堂，堂内堂外都摆满了鲜艳的火锅桌儿，黑压压一片坐满了男女老少顾客。那桌儿不下百张，每天夜里聚集于此的人数以千计，论声势，只此一处便胜过了任何一家歌舞厅夜总会大剧院。那桌儿自是特制专用，或四方或椭圆，当中开一圆孔，下置煤气炉，上放一口明光锃亮的盆形锅儿，满满一锅色浓味辣的汤烧得滚开翻腾了，食客们便于摆满桌沿的盘碟内，拣那自己喜好的菜肴投入锅中，烫熟了便热腾腾油淋淋挟将起来，入口大嚼。只见一张张汗涔涔红亮亮面孔，只闻一片片喧哗声浪，整个夜空里都弥漫着浓浓的辣香味。

你会说，这不就是火锅么，怎么与风景扯得上边？说这话的人肯定不曾身临其境，难怪品不出其中的妙趣。你看那明光锃亮的圆盆腾腾冒着白烟热气，红鲜鲜一锅料汤内，翻涌着各色菜肴美味，鱼片雪白，青笋碧翠，粉丝银亮，土豆金黄，香菇浮漾其间，香气四溢一堂，如此花色荟萃，喻之为盆景亦不失当。对此，你还该佩服成都人的善于享受善于联想，他们不仅要吃出味道吃个闹热，还要吃出点文化品出点诗意来。不仅将火锅誉之为热盆景，连每一样菜都赋予了稀奇古怪的名儿：上下浮漾的金针菇豆芽菜么，那叫水中芭蕾；浮动在面上的蘑菇则叫作流浪者；粉丝是爱情的琴弦；毛肚则有些不雅，叫爱情的抹桌布……如此等等，不一而足，反正一边随意取着名儿一边吃，吃进肚皮去的已经不只是菜肴本身，更多了一层美滋滋的乐趣。

　　你想，将火锅称之为热盆景，而这盆景又于灯光璀璨中，遍布了成都的街头巷尾，那是不是一种蔚为壮观的特别风景？

　　说起来成都人吃火锅吃上了瘾吃成了风也还是近十来年的事。其源盖出于乡间，冬日天寒，一家人围炉而坐，煮一锅杂菜热腾腾吃了暖胃暖身驱寒发汗。北方的涮羊肉或湖南的汤锅也有些类似，但菜类品种较单调，远不能跟川味火锅相比。这里人是什么都可以朝火锅里放的，包括过去很少吃甚至根本不吃的鸭肠鸡血泥鳅喉管之类，用四川人的话说，火锅好，什么死猫烂耗子都可以烫了来吃。这风习原来在重庆最盛，山城火锅亦最有名气，但如今一到好吃会吃的成都人手里，边吃边改造，边吃边丰富，便发扬光大吃出许多花色品种来，只其中以主菜命名的便不下数十种，什么酸菜鱼火锅，啤酒鸭火锅，羊肉火锅，海鲜火锅，药膳火锅，鸡肉火锅，黄辣丁火锅，花江狗肉火锅等等，品味繁多，花样百出，真是叫人眼花缭乱，目不暇接，恨不能多长出几张嘴来，将它们一一尝遍。

　　如今成都的火锅店究竟有多少家，恐怕谁也说不清，但这样形容大致不会错：几乎所有大街小巷都有，凡是有人群的地方都有。火锅发展之快，普及之迅速，令人瞠目。前面提到的新南门大桥只是一例，数家火锅店连成一片，入夜灯火辉煌，热气腾腾，热盆景这个美名最早就是由此传扬开来的。后因市政建设，拆店迁铺，此地已风光不再。而现在，这在成都已是司空见惯的景象，东西南北已形成好几条名声显赫的火锅一条街了，几十家大小火锅店鳞次栉比，紧紧相连，俨然构成了一个火锅的王国。而各家的招牌也愈来愈耐人寻味：古典味的有"秦王"火锅、"琴台"火锅之类；现代味的有"白天鹅"火锅、"红珊瑚"火锅等等；"吞之乎"火锅显示着文化味，"皇城老妈"火锅又透出民俗气；还有大名鼎鼎的"狮子楼"、"蜀王宫"、"台北石头城"等等，均气度不凡，各有深意；至于遍布各处的什么"红辣椒"、"一招鲜"、"好又来"、"火焰山"之类，更是举不胜举。种种店名往往也和火锅一样，热烈刺激怪异，透示着成都的民俗风习。

　　一个城市拥有如此众多的火锅店，能有那么多人常去光顾吗？按说这是生意场中值得忧虑的问题，但怪就怪在这里，在成都这却根本不成其为一个问题，火锅热已经好几年了，至今还呈有增无衰之势。究其原委，恐怕又是成都人天性之使然。他们生性好快乐好热闹，天生一张巧嘴，又爱吃又爱说，火锅这玩意儿恰好能同时满足这些需求，一锅滚烫，任你边吃边说，热热闹闹，快快活活，不论阴晴风雨，春夏秋冬，都可以让你舒舒服服欢度良宵。所以在今日成都人的生活中，吃火锅已成了最受欢迎也最为寻常的节目。有客人来了，请吃火锅；闲暇工余，合家去吃火锅；商务洽谈，吃火锅；甚至单位聚会、企业庆典，也吃火锅。如此情势，那火锅业能不兴旺发达？

成都，真成了一座火锅城了。

倘夜晚飞升太空，低头俯瞰，成都恐怕真像一个热气腾腾的大盆景了。

　　大汉开疆，晋隋以降，历史风云更加浩荡，唐宋六百年，可谓翻开了中华盛世最斑斓辉煌的篇章。这时的成都，更是飞速升华，其繁华富丽，已博得公认的"扬一益二"之美誉。而特别引人瞩目的是其在文学艺术方面焕发的异彩奇光。尽人皆知，唐诗宋词，代表了中国古代文学艺术成就的最高峰，而这与蜀地与成都，竟有着不能不令人啧啧称奇的关系。简言之，可说是：出入皆大师，吞吐尽霓虹。

Chapter 5

江湖"斯文"

超女：邻家小妹妹

　　美国出超人，中国出超女。超人是好莱坞魔幻打造的巨人，超女是电视舞台唱唱跳跳推出的尤物。超人阳刚威猛，飞天掠宇，无所不能，只可惜是假场合，只能在荧屏上耍威风。而超女虽然并无十分了不得的功夫，却是真真切切、活活泼泼就在我们身边。

　　我们身边？当然。成都人尤其可以这么说。

　　二〇〇五年，轰动中国的这道超女大餐，规模之大，持续时间之长，真是创了大众娱乐节目之最，让国人，尤其是少男少女们品尝了各种味道，与台上的超女们一起火了一把。从若干万做梦都想当明星的痴迷女娃参加海选，到一轮又一轮故意折磨人的慢慢推进的筛选，一番又一番残酷催泪的PK，最终登上了金字塔顶的十强中，成都女儿就有四个，占了几乎半壁江山。

　　然后，三甲中，成都地区又占了两席。

　　再然后，冠军也是成都女。

　　成都成了这场狂热大赛的最大赢家。

　　成都咋会不疯狂？成都人咋能不骄傲？

成都人从来就有骄傲的习惯——用老百姓的话说：老子天下第一！至少在成都人心目中，以下这些都可算是天下第一：

古蜀文明，三星堆也罢，金沙遗址也罢，美轮美奂，惊艳绝世，中原文化，也难匹敌；

都江堰，更不用说了，两千多年前的伟大建树，成就天府之国，且至今滋养几千万人民，这绝对是盖世无双；

杀伐征战历史虽多，然家喻户晓的当然首推《三国演义》，而蜀国将相，在国人心目中，肯定是印象分第一；

文的方面，古代且不说，流寓者且不论，只土生土长的巴金老人，至今也是大众公认的当代文坛第一号泰斗；

……

总之，数英雄，论成败，成都人完全有本钱扳着指头给你数出一个又一个货真价实、响当当的第一。当然，可以原谅，数家珍的时候往往会暂时忘了人家的所有第一。

所以，这也从一个层面上看出，成都超女这次能在歌舞和人气方面力压群芳，大出风头，也并非纯属偶然，而有其一定的必然性：这一方水土就是格外养人。历史悠久，积淀丰厚，崇尚文化，艺术空气浓郁，大众性情开朗、兴趣良多，自然出人才出奇迹。

还有一点不要忘了，成都人有一种天性很是宝贵，那就是厌恶刻板正经，崇尚自在随意，因而特喜欢也最善于自娱自乐。超女比赛就恰好契合了成都人的这个特点，它不是正规严格的声乐比赛，而是一场"想唱就唱"的大众娱乐，多才多艺、活泼可爱而又自在随意"不睬事"的成都妹子正好碰上了这符合她们性情的发挥天地。人气最旺、拿了冠军的是最潇洒自在的李宇春，季军是饶有个性的张靓颖，殿军是青春活力四射的小何洁，正好说明了这个问题。

　　总之，成都这次的确是拿够了脸了。这当然不是什么坏事。但是，热得发烧也大可不必。就音乐本身而论，"超女大赛"有点像美国盛行的女子拳击游戏比赛，追求的是另类、刺激、热闹、好玩，而并非职业拳王争霸赛。如果说我们可以从中悟到一点什么的话，那就是更应该保持成都人固有的天性，尊重自我，尊重个性，千万不要崇拜偶像，因为这个社会随时可以批量炒作、制造出各种明星。你今天烧这个的香，明天拜那个的佛，就成了迷信婆婆了，会完全丧失了自己。而这与成都超女的成功，恰恰是相悖的。

　　有人说，这场超女大赛的成功，就是大众反偶像情绪的胜利。这话不无道理。中国历来就是一个盛行崇拜之风的国度，各个方面各种各样的偶像层出不穷，走马灯似的轮番登台，崇拜得好些人都疯疯癫癫或是瓜兮兮的了，早已忘记了自己的肩膀上还有一颗自己的脑袋。当今社会，暖风熏得游人醉，更是一个娱乐时代，明星时代。尤其是借助现代科技，通过电视荧屏得以火极一时、红遍全国的歌舞明星，数不胜数，让人眼花缭乱。而其中，假字号确也不少。在他们背后，支撑着的是说不清道不明的各种背景和商业考虑，以及世俗的盲目性。这批或浅薄或僵化的明星顽固地霸占着舞台，自然会渐渐引发大众的反偶像情绪。从这个角度看，超女的成功确是反偶像的胜利。因为超女，说起来名字吓人，但实际上呢，就像成都人说的：她们就像是我们的邻家小妹妹。她们登台表演，我们当然要给她们扎起。她们给我们成都拿了脸，我们当然要给她们拍巴巴掌。

邻家小妹妹。这话说得太好了。可爱的成都人！这说法最朴实最自然最亲切，也最接近真理。用这样的心态和眼光去看超女，你就可以姑且抛开那些笼罩其上或隐藏其后的种种阴云迷雾了：某些方面借机大肆赚钱营利的花招啦，主持人有时机趣得恶俗的表演啦，评委有时装模作样故弄玄虚或千篇一律空洞无物的评点啦，以及超女成功之后商业机器的一些诡秘运作啦，等等。抛开这些，你才能看到邻家小妹妹的相对清纯的形象。

邻家小妹妹是永远的，她大了，老了，也是你的邻家妹妹。明星却往往是暂时的。世界上昙花一现的事情太多了。成都人不是爱热闹吗，动不动隔三岔五就要搞出些惊天动地的大热闹来。远的不说，别的不论，就说足球热吧，前些年不是猛刮过一阵"黄旋风"吗？万人空巷为一票，满城沸反为一球，那劲仗，不知超过超女热多少倍。结果如何呢？早已是旋风无影，球场冷落观者稀了。还有更近一点的李伯清散打热，热得来不少摩登少女都直想扑上去亲一亲李老师胡子拉碴的老脸。李伯清倒也确实是个很能体现成都市民百姓个性特色的性情人物，一个颇有些江湖义气且又极其聪敏伶俐的角色，作为民间艺人堪称是一流的，称之为西南散打王也不为过。只可惜有些媒体把他当成金矿一样乱炒滥挖，甚至弄到中央电视台去讲椒盐普通话，特别是让他规规矩矩表演说书，那就等于抽了他之所以受大众百姓喜欢的精髓，结果差点毁了一个本色自在、谈笑自若、戏谑风生的民间艺人的金身。好在他不是不谙世事的超级小女生，阅历和性情会帮助他"浪子回头"，走自己的路，做自己的人。

若说超女，确实就悬了。今天是你的邻家小妹妹，说不定明天就被有形无形的手私藏包装为又一批"天王巨星"大贵人了，只存在于高高在上的舞台上，而不再生活于民间了。那时你也认不到她，她也认不到你了——巨星太多，她几颗小小的混杂其中，当然也就不打眼了；星星远在高天，当然她也不会像今天这样和大众亲近了。

那么，怎么办呢？很简单，跟她挥一挥手就是了，说声：拜拜，过去的邻家小妹妹！

成都人嘛，诸事喜欢个自在，好玩的东西多着呢，谁知道明年又是啥子热呢？

超女，让中国又热闹了一盘，让成都又拿了一次脸，够了。

读报风景

　　有一首流传甚广的打油诗，道是："一杯茶，一支烟，一张报纸混半天。"简单而形象地画出了一幅百无聊赖的混世图景。这本来是专门讽刺某些机关干部的，但用之于成都，却可说是普遍皆然全民皆宜。当然，你不能简单地将之视作一种时弊了，联系到成都市民文化的构成，乃至成都人的某些特质，报纸这玩意儿，在成都人的生活中，分量重着哩，薄薄一张纸，对成都人的滋养，作用大着哩！

　　成都人之爱看报，确实全国少找。每天一早，店铺尚未开门，上班人流尚未在马路上汹涌，那各大报馆门外的阅报栏前，已里三层外三层围满了人，一个个探头伸颈，专注凝神，将那一张张报纸逐版细览。晨兴出来遛腿儿的老者，赶早去过茶瘾的茶客，以及那出门买早点的，买菜的，一过这阅报栏，便如被磁铁吸附住了一般。说来报纸早晚得见，并不在乎一时，但成都人心里总觉着愈早读到愈新鲜。且清早最闲空，空气又清新，神清目爽，最是读报好时机。兼之成都报社的报栏有个特点，不只本家报馆所出之报，本地外省几十种报纸都一溜儿张贴在那上边，供人阅览。这样，既可以先睹为快，又能够尽览各报，所以成都人总爱一早就凑到阅报栏前，构成了成都的一道晨景。

看报人各寻所好静静地围在报廊前。晨光熹微，背后远远望去，如一列肃穆的剪影。但倘若哪天报上有什么重大新闻，或者逸闻怪事，则这列剪影便会拥之成团，且嘈杂喧闹起来。一时间，报廊前便成了一个会场，活跃热闹非凡。随便举个例：本地报载，"郎家军"赴蓉参加国际女排四强争霸赛。这本是小小一桩体坛讯息，你猜怎么着？它在成都这读报栏前，却马上引发了一场论战，话题延伸之广，非身临其境不易想见。首先有人说，没得看头，现今的女排比老女排差多了，郎平回来也救不了国。旁边便有人道：老弟，话不能这样说，人家郎平这种时候敢回来挑担子就不简单。另有人马上附和：就是哇，人家在国外一年挣十几万美元，现在回来才拿几个钱？那天有张报纸登了的，加起来一个月才五六百块钱，妈哟，还当不到龟儿守厕所的老太婆！就冲这一点，我就要去给她扎起（鼓劲支持之意）。本来按说这话题说到这分上也就够意思了，没啥可扯了。可这群读报人还不罢休，由郎平的工资扯到了当今社会贫富悬殊，分配不合理的现象，有骂某些歌星影星大款大腕及其他暴发户的，有深入分析机制体制问题的，还有就教练升迁问题而抨击官本位意识的，说既然当初袁教头那么能干，抓出个女排五连冠，干吗一有了成绩出了名就要弄去做官，害得女排一落千丈，如今又要到处去找教练？马上又有人结合本地实际，指斥头儿不懂用人之道，引来又一阵呼应慨叹……话题一个接一个，雪球就这么越滚越大了。路过此处闻声而至的人也越来越多，场面愈见闹

热。如果不是谁的婆娘气咻咻寻来，骂一声自己男人：咦，你龟儿又在过嘴瘾打精神牙祭呀？二娃子可是还空起肚皮在等你买的包子，你安心要他去迟到在校门口立起好看哇！大家这才惊觉，该回去吃饭准备上班了，遂一哄而散。

报没看完话没摆够没关系，上班路上随处都可以买到各种报纸，上了班随时都还可以继续聊天。犹如成都人爱吃麻辣，所以火锅业特别兴旺一样的道理，正因为成都人特爱看报，故而报业也十分发达。只本地大报小报、机关报行业报、日报周报晨报晚报，林林总总就有好几十家报社。市民普遍通读的《成都晚报》《成都商报》《家庭生活报》《华西都市报》《广播电视报》等大报老报名报以外，还有专供球迷的《雄起》报，专供女士的《美容时装报》，专供学生的《百科知识报》等等等等。各有各的读者群，各有稳定的覆盖面，且重合交叉，汇总起来其数量真是洋洋大观！

只读本地报当然不够，外地各报成都人也十分爱看。据有调查材料见之于报端，成都报摊上外地报纸之多，在全国各大城市中首屈一指，而上海等地则迥然不同，当地人很少读外地报纸。看来这材料不虚，在成都街头报摊邮亭，确实随处可见各地报纸，尤以上海的《新民晚报》《文汇报》，北京的《北京青年报》《中国青年报》，广州的《羊城晚报》《南方周末》报等等老牌名报最多。而有些专业性极强的如《中国体育报》《足球》《文汇读书周报》之类，也极热销。至于法制报文摘报类更是长盛不衰，很有市场。近年来上述好些家报纸，均纷纷在成都开办航空版就地投入印刷，也正表明了成都是各大报业看好的广阔市场。

与之相呼应的，便是成都卖报业的兴旺。邮亭报摊可以说遍布大街小巷桥头路口，摊子都不小，摆满各种报纸，琳琅满目，生意极好。除此而外，还有为数甚众的小报贩，或骑车沿街叫卖，或步行向人兜售。就连马路中心汽车往来穿梭之处，也常有报贩身影，手扬报纸，追逐车流，场面煞是惊险。有时你放眼成都街头，便会生发一种感慨：成都，真是一个报纸满天飞的世界！

有人还给成都总结了个三多——不是一般城市均有的人多车多商店多，而是颇具成都特色的三多：小吃店多时装店多报摊多。细细琢磨这三多，很寓含些道理。说起来，吃、穿、看，都属于消费范畴，这倒正符合成都历来是个商业消费都会的实际。但前二者皆是纯物质享受，后者却是文化消费。如果说好吃好穿体现了成都作为消费城市的传统，那么酷爱读报则又表明了其富于文化传统的一面。此三多之说，正好画出了一个立体的成都人：既耽于物质享受，又酷好精神生活。二者在成都人身上，完美地结合于一体。

更令人思之深长的是，缘何号称长江龙头的老大哥城市，现代文明引进最早，而又是处于改革开放前沿的老牌大都会上海，其读报之风尚不及位于龙尾的内陆古城成都呢？上海人的情形，我们不必费心揣测了，当然也不宜仅以读报论得失。但反观成都人，却完全可以说，正是因为地处内陆，陷于盆地，交通历来艰难，信息相对不灵，而又心存高远，不甘沉沦，故而格外踮高了脚，伸长了脖颈，放大了眼光去向外面的世界搜寻，捕捉各种信息，观览世界风云，滋养自己的文化知识精神风貌。读报，广泛而又认真地读报，正是这种追求的一种方式，一种体现。

不是说成都人能说会道擅长摆龙门阵吗？细品一下今日成都人所摆的新龙门阵，你便会发现内中不少知识即来源于各家报纸，再加上成都人善于联想，长于表述，几经渲染便铺排成精彩故事。前些年一位北京大腕作家入川，在此大侃其访欧观感，高谈所谓"地球村意识"，自以为十分新鲜，内地小民定会洗耳恭听，为之倾倒折服，却不料听众早已耳熟，并不揣冒昧当场与之论争，除指出其报告中几处常识性错误外，还绘声绘色摆了一个该作家代表团中的某些人在国外出的洋相，请问这位老师是否真的如此？弄得那京都大腕脸红脸白，十分尴尬。他绝对没有料到，刊在北京一家专业报纸上的有关报道，成都人早已看到了，且几乎家喻户晓。当然，成都人最关心的还是国内外大事，每当有什么事件发生，他们大都能道出个一二三四，摆出个来龙去脉，仿佛人人是政治历史地理教师。你从广州来，开出租车的小伙子可以跟你大谈近日沿海缉私大案。西安客坐在三轮车上，那蹬车的老师傅会跟你摆起关于秦陵探秘的龙门阵。看看车里摆着的、车夫们兜里揣着的报纸，你或许就不会惊异他们何以知道这么多天远地远的旧闻新闻了。甚至连成都街上无所事事闲荡鬼混的所谓街娃儿们，骂人说闲话时，经常也是口口声声夹带着报上流行的政治用语。海湾战争打得火热的时候，他与人吵架会说：你娃不要歪（凶恶之意），你有"飞毛腿"，老子有"爱国者"，谨防打你个萨达姆钻地洞！今天他坐在公共汽车上想混票，售票员多看了他几眼，他会眼一瞪：盯到我干啥子？老子又不是"奥姆真理教"，你以为我要放毒气嗉？街娃儿的行为腔调绝对令人讨厌，但知识还算新鲜。

读报之风盛，固然是好事，但任何事物皆有其两面性，在成都人特别偏爱报纸的背面，又正掩盖着成都人阅读求知方面的一个缺陷。书报刊三种读物中，相对而言，他们冷落了最重要最有分量的书，尤其是知识性较强较有深度的理论类书籍。看这类书既费时间又耗脑子，而成都人偏是天性好玩好闹热，哪静得下心来费时费神慢慢地读，细细地想？他们多满足于泛泛浏览，浅尝辄止，只要在日常生活中，聊天吹牛摆龙门阵时，做一个上知天文下晓地理的"万金油博士"，人家说上句他就能接下句，应对如流能凑热闹就行了。而这，正好是报纸之所长，它满足了成都人的这种市民习性，自然受到偏爱。

这习性的结果，自然影响着成都人的思维深度。"万金油博士"们凑在一起，聊天吹牛，甚至正经八百开会研讨问题，总是表面极其闹热，人人口若悬河，由东说到西，由天扯到地，说得个天花乱坠，云飞雾罩，但终究不能就一个问题深入下去，钻出一口知识的井来。这或者也可解释成都学术界的一大不足：聪明人不少，论家不少，奇谈怪论新观点新见地也均不少，但就是缺乏大家大著，深刻且厚重的学术成果。借用水来打个比方，成都这地方本是冲积平原，水源充足异常，有人夸张地说，只消用手指头在黑土地上随便掏一个洞，便会汩汩冒出白花花的清水来。但遗憾的是，在这儿到处可见沟渠纵横，密如蛛网，涓涓细流，淙淙长淌，可就是看不到一条波翻浪涌浩荡奔流的大江，寻不到一处烟波浩渺宽广无垠的水面。这大江大湖的缺少，是成都山水风光难称壮丽的悲哀，对此，凡出过夔门见过长江大河洞庭鄱阳南海东海的成都人，都早已有了共识同感了。而阅读求知上的这种偏废不足，成都人还少有警觉，人们一天的闲暇时光，主要还是在报纸和电视、闲谈和吹牛中闹闹热热地消磨，轻松惬意地度过。

又回到开篇所述老话了：一杯茶，一支烟，一张报纸混半天。成都人才真正是普遍在过着这样的生活，打发着日子。你看那公园茶馆里，他们斜靠在竹椅上，面前一杯清茶，嘴上一支烟，手捧一张报纸，一面品茗啜香，吞云吐雾，一面就报上新闻与同桌隔邻大吹神聊。热闹过了，乏了困了，便将那报纸随手往头上一蒙，靠着椅背迷糊睡去，悠然进入梦乡……此情此景，也许会令你感叹：成都人真是过的神仙日子！头上蒙着报纸呼呼大睡的茶客，也许正是成都人的一种缩影。

红白喜事

　　红为喜色，这自不待说。结婚乃人生大喜，自然更为红色覆盖包裹。请柬、礼封、门窗上贴的喜字、新房中挂的纸链彩球，细微到给客人点烟用的火柴头的颜色，主色调都是红色。新人本身就更不用说了，新郎即便穿笔挺的黑西装，胸前也绝不会忽略了戴一朵大红花。新娘呢，更是周身着红，一身喜气袭人。

　　而白呢，用以指代物事，原本却是丧典。亲人故去，披麻戴孝，从头到脚一身白，灵堂纸条臂上纸花也尽是白色。

　　如此看来，红为喜，白为丧，泾渭分明，各标人生一极。可是，在我们国家却有将婚与丧连在一起的说法，统称之为红白喜事。

　　称丧事为白喜事也许源于一种宗教的释义，人世轮回，生命涅槃，灵魂归天，转世投胎，生即是死，死即是生，生生死死永无止息，何言其丧，何悲之有？

　　凡人百姓，可能不懂那么多玄奥神秘，他们如此说，恐怕主要还是为了宽慰死者亲人的心，稍解其悲痛。生死有命，寿数在天，人既然已经去了，再怎样也无法挽回，再悲伤也无济于事。着眼于未亡人，他们当然希望其能节哀自珍。而称之为白喜事，自然是最好的慰勉之词。

但是，不管哪种解释，均只说说而已，真能将丧事作为喜事来办的，恐怕还不多。

成都人近年来将丧事喜办化哀为乐之风，却是很突出很普遍的。是好是歹，不宜一概而论，妄自断言。但作为一种现象，作为了解成都人的一个方面，倒是很值得录下来，供人慢慢品酌。

丧事喜办到了啥分上？简单说吧，比红喜事有过之而无不及。无论从时间从声势，从规格从排场，从热闹程度看，都是如此。尤其是分别对照既往情形，比较变化之幅度，丧仪更是远胜婚礼。

你说那红喜事吧，现今当然也是越办越闹热了，但无非就是排场更大，花费更高，更见阔绰洋气而已。装修新房，置办家具、电器，花数百数千元拍结婚照，办上几桌十几桌酒席……如此场景，全国许多城市大致相同。只不过成都人更着重吃，婚宴酒席几桌不算数，少说也得十数桌，且档次也不能低。与其他地方比，差别并不大，并无多大特色可言。

真正有特色的还是办白喜事，这才是成都人的拿手好戏！

你在成都，时常并非盛大节日，有时甚至是半夜三更，突然噼噼啪啪就听见惊天动地一串鞭炮声。响亮炸耳，声震四方。怎么回事呢？有人死了。人命关天，生死为大，人死了鸣鞭炮以示。

几年前，成都市区已禁放烟花爆竹了，有政府公安局的明令文告，违者当重罚。此举还挺奏效，春节之夜很少听到鞭炮声了。但死了人放鞭炮的情形却更加突出，盛行。你要来罚款吗？罚就罚吧，一百两百，给你，就当先给死者烧的纸钱。我家的人都死了，还怕你来罚款？你好意思收死人钱，你就伸手拿去吧！

鞭炮响了，惊天动地，直冲云霄，这在如今的成都，就等于是在明确宣告，又有一个人闭眼落气，撒手归天了，又一盏生命之灯熄灭了，大幕在鞭炮声中落下。

而同时，这又意味着未亡人的一幕人生重场戏——悼亡治丧的开始。鞭炮声，便是一场丧事的前奏曲。鞭炮声淹没了一切悲喊哭泣，白喜事遂也拉开帷幕。

然后便是搭盖灵堂。自然也少不了黑纱白花垂挂的死者遗像，黄纸黑字的上下挽联，几案上点香燃烛，再置上瓜果供品，肃穆庄重，如此之类，与其他地方也大致相同，但这只是室内。成都人办任何事都爱把场子扯到露天坝来，喝茶爱在院坝里，做生意爱把摊子摆到街沿上，同样，办丧事搭灵堂也一定要延展到露天坝里。平房当街的，扯开篷布搭到街沿上，住楼房的，下面院坝里再支一个棚。不会有人提意见，也不会有公事人来干涉。笑话，摆摊占道要取缔，这可是灵堂！放心，只管搭。

把灵堂搭到露天坝干啥子？这就是你外地人不懂窍了。肃穆庄重是在房内小灵堂里，这外面摆个大场子，自然是图热闹图排场呀。姑且叫外面这个为灵棚吧，它的用处大着哩！亲朋好友、街坊邻居、单位同事送的花圈祭幛摆哪里？当然要摆在这外面当门显眼处才风光。花圈两边儿排开去，祭幛一溜儿挂起来，还有现今都时兴送比祭幛更实惠的毛毯箱包鸭绒被甚至电饭锅电热水瓶什么的，自然也要在外面挂起来码起来，这才有气氛嘛。

说到气氛，当然要放音乐，不然就太冷清寂寞了。电线拉出来，收录机音响拿出来，有好带子好碟子尽管拿来。邓丽君小虎队四大天王，不管谁的。东北风西北风摇滚乐新民歌，不拘一格。花儿朵朵月儿羞羞情呀爱呀，尽都可以。逮着什么就放什么，想听什么就放什么，反正都是凑气氛，解寂寞，让这灵堂一天到黑音乐缠绕。哀乐当然也会放一段，国际歌之类也凑合，多几种风格的曲子没什么不好。如果不是瞅见有花圈，你只凭耳朵听，千歌万曲轮番上，你不定会以为这里是大众歌舞厅，或者草台班子在里面演把戏。

里面确实也够热闹，不是谁在哭丧吊孝，而是摆开几张麻将桌，方城大战正上演得分外火爆。摸红中，打白板，杠上花呀，清一色呀，福满贯呀。行家又割牌，瘟症又点炮，输家照样喊，赢家照样笑。一切的一切，都跟平时没啥两样，要说有呢，那就是牌桌更集中，场面更热闹，打的人更多，打的时间也更长，守灵吊孝要熬通宵么。

所以，成都办丧事，自愿来守灵的人最多最踊跃，而且尽职尽责，一守就是半夜通宵，这麻将牌可谓劳苦功高。你想，倘若不时兴这一套，人家来吊丧，就是心再诚，情再深，把该说的哀悼之词都说了，把该流的悲伤之泪都流了，半个钟头一个钟头，也就差不多了，还能一直说下去哭下去，熬它长长一夜么？有麻将搓着，大群人聚着，热气腾腾，兴高采烈，这就把难题给解决了。吊丧者坐得住，不感到时间难过，主人家也心里高兴，瞧瞧，我家的丧事有多热闹！这与结婚办喜事的心理一样，人越来得多，场面越红火，就越说明主人——结婚时是新人及新人全家，治丧时是死者及死者遗属——的人缘好，朋友多，威望高，这样面子上多光彩呢！

成都人好的就是面子。平时再穷，拜客时也得穿身漂亮衣服。日子过得再紧，哪怕一日三餐尽捞泡菜炒豆芽下饭吧，逢年过节请客吃饭也得摆上鸡鸭鱼肉。何况这治丧，一个人一辈子就只能死一回，一家人多少年也才轮得到一次，哪能不抓住机会，大办特办，热热闹闹风光一番呢？

按照成都人的习俗心理，一切活动最终都要落实到吃席上，死了人尽管是悲痛事，但再悲痛也还得照此办理，大置酒席，大宴宾朋。成都人爱请客吃饭——当然也吃请，大家彼此彼此，人情有往来，盛筵之风也才得以如绵绵之水，长盛不衰，长流下去。一般常设的宴请日是逢年过节以及做寿之时，此外就是这办红白喜事的日子。比较而言，后者更盛于前者。前者也可不请客，至少不一定每次都请，一家人自己就过了，而后者却是铁定的不可不请，或者说凡沾喜带丧是必请无疑。更重要的是，前者一般设一桌两桌就够了，而后者却要多出若干倍，十几二十桌是常事。故而若要看成都请客风之盛，还是得看红白二事，它们是并列冠军。

办婚事请客吃饭倒也不稀奇，不是词条里都有婚宴一说么，可见名正言顺，天经地义。宾朋满座，觥筹交错，大家共贺新人喜结连理，祝新人美满幸福，白头偕老，早生贵子，这也确实在情在理，无可非议。可是，有丧宴这一说法么？有些地方倒是有吃豆腐饭的习俗，但那也是一般吃几桌而已，好像不能叫丧宴。不管它，老百姓办事又不像秀才，先要查字典翻经书然后才照章办理。办丧事吃酒席，大家都这么办的，我们怎么能破了先例。约定俗成，对老百姓来说，就是最大的规矩。

不仅办，而且规格排场绝不会亚于婚宴。也不可能亚于婚宴，道理很简单，亲朋大体还是那些亲朋，人数差不离还是那个数，席桌还得那么多席桌。酒还喝不喝？当然得喝，咋能不喝！大家都辛苦了不说，关键是，没有酒的席还配叫席么？不设酒能算是请客吃饭吗？酒席，酒席，酒字当头，无酒就不成席！于是，这场合就绝对与婚宴没啥区别了，一样的频频举杯，一样的劝酒敬酒，一样的划拳行令，吆五喝六，一样的说说笑笑，闹闹腾腾，一样的酒气熏天，一样的喜气洋洋——真正可以体会到白喜事之说言之有据，绝非妄语了。

实在要找出点与婚宴的不同，也有，那就是婚宴一般是在婚礼的中间，送新人入洞房之前举行，而丧宴却是在丧仪的结尾进行，送死者入墓穴之后。观此情景，或许正应了陶渊明老先生的一句诗：死者长已矣，他人亦已歌。

这他人是不是只指其他悼亡宾朋，而不包括丧家本身在内呢？死者的亲人总该悲痛万分，不至于也在那麻将桌旁宴席桌上一块儿热热闹闹吃喝玩乐吧？否。悲痛固然不假，但你想想，像如此这般地治办丧事，大搭灵棚，大置酒席，人来人往，招呼应酬，比平时还要繁忙操劳十分，死者家人就是想坐下来独自悄悄地哭泣悲哀，恐怕也没这个可能。何况，成都人素来重交往，顾面子，来者都是客，他们又怎么可能顾自悲哀，而冷落怠慢了蜂拥而来吊丧守灵的各方友好呢？人家可都是冲着你这家人的面子，满腔热忱而来的，来了是给你添声望添光彩，你怎么能冷淡待之呢？当然得大伙一起尽兴热闹，你玩我也玩，你喝我也喝，我还得陪着你玩，劝着你喝，我是主人家么。

除了规模排场，丧事的时间之长也是绝对超过婚礼的。婚礼再怎么热闹，再有什么花样，大体也就是一天两日的事。闹完洞房就完事了，没人会赖着脸皮留在那儿不走，陪人家小两口过夜嗦？

而办白喜事则不同了，少则三日，多可一周，倘有等候外地游子归来奔丧尽孝道的，尤其是如遇还有因死因质疑或责任待究，以及与公家为赡养补助等等后事扯皮纠葛的，拖上十天半月不发丧的也不是偶然。至少也得停丧三天，这是最起码的数，这规矩不知从何而来，也更不会有明文规定，但正如前面所说，约定俗成就是最大的规矩，百姓大众没有不照此办理的。从好的角度来看，这大约是一种极美善的心理吧，死者与家人一起生活了几十年，朝朝夕夕尽在一处，如今一朝永诀，要永远地走了，也让他走得从容些，慢慢上路吧！自此死者将独自在漫漫冥夜中孤单前行了。

这样一来，丧事时间之长，也就可想而知，可以理解了。当然，与守灵治丧相伴相随的各种喧闹，也就自然要延续几日了。直到最后发丧火化，骨灰落墓，这一场盛大的白喜事也才正式落下它的大幕。

所以，无论从哪个方面看，成都人办丧事都胜过办婚事。

所以，红白二事中，真正有些特色的，在成都人还是得数丧事，那真是名副其实名不虚传的白喜事！

如此说来，那成都人是不是太绝情寡义了？人生之悲，莫过于亲亡。人情之极，莫过于哭丧。死亡之于人，本是最终也是最大的悲剧，怎么成都人竟把它涂抹上那么浓重的喜剧闹剧色彩呢？他们的良知心性悲伤痛苦到哪里去了呢？泯灭了吗？当然不是这样。一切亲情怀念悲伤痛苦都在他们的心底郁积着，它要倾泻要爆发的。待几天几夜的辛苦操劳忙碌闹腾过后，那一个清晨，你陪伴他们到火葬场去吧，那时你就会看到了听到了，当亲人遗体被冰冷铁床送进火光熊熊的炉口那一瞬间，当一个实实在在的躯体就要从人们眼中从这个世界上永远消失的时候，在这揪心挂肠的最后一眼最后一面之际，那突然爆发的哭喊是何等惊心动魄，撕肝裂肺！那伸出双手猛扑上去，想要抱住死者遗体却只抓住了铁栏的未亡人，是如何的凄怆欲绝，痛不欲生！

而当他们手捧冰冷的骨灰盒，如同捧着千斤重负，面容呆滞，步履沉重地缓缓走向黄土墓穴的时候，简直会令你惊疑，这是一贯乐乐呵呵散散漫漫爱说爱闹的成都人吗？

他们当然是成都人。标准地道的成都人。

成都人也是普通的人啊，只不过他们的言谈举止行为方式，尤其是表达情感的方式，有些特别罢了。

关云长与『8：00』

标题似乎很莫名其妙，有点猴扯楼，楼扯猴的味道，比张飞杀岳飞，关公战秦琼还要荒诞。而且，他二位——姑且把"8：00"也当作一位吧，好比电影中的超级特工"007"——与成都人有个啥关系呢？

先说历史人物关公，关羽关云长。

说来此公并非成都本土人氏，生地远在山西沁县，仪表堂堂，美髯飘飘，身高八尺，声若洪钟，是乃标准的关西汉子，与身量瘦弱气度温文的古蜀人是毫无亲情血缘可言的。固然他曾是三国蜀汉五虎将之首，但似乎自古以来，蜀人更为推崇更爱提及的是他的义弟，那豹头环眼，生性刚烈，"长坂坡，一声吼，吼断了桥梁水倒流"的燕人张益德，和那银枪银甲，"于万人丛中，取上将之首，如探囊取物耳"的常山赵子龙。更不用说于文武二道之中，蜀人向来更偏重于文，十分崇尚机谋智慧，所以连皇帝老儿也不在话下，本为祭奉刘备的汉忠烈祠名存实亡，演化为纪念大智者诸葛孔明的武侯祠，名彰千秋，至今仍为成都最古老也最具代表性的名胜古迹。而号称"忠义薄云天，英名冠九州"的关云长，只不过持一柄青龙偃月刀，按礼陪侍在侧而已。这与全国许多地方不同，在那些地方，许多商家店铺都特意辟出席位，专门供奉关爷神像，许多人家还把其画像作为门神张贴，祈求他老人家保佑自己发财平安。更有些城镇乡村，于佛道寺观之外，还建有关帝庙，一派香火兴盛。而此种景观，在成都却几无迹象可寻。

成都人是不是太不把关公当回事了呢？其实也不然，表象虽然轻淡，但内在仍然浓厚，只是对他的崇敬潜移默化于心罢了。崇敬什么？并非他温酒斩华雄的旷世武功，也不是他千思走单骑的孤忠，而是落脚生根于他的一句话、一种品性：欺强而不凌弱。

成都人极为称道看重这种品性。他们认为这才是做人之道，君子之风。在爱憎的天平上，他们一般都是把同情倾于弱小者，而把憎恶洒向强横者的。街头吵架，或是邻里纠葛，倘看见是大男人欺侮小女子，或是成人打骂儿童，那他们肯定是向前者一片嘘声斥责，而群起呐喊为后者扎起（撑腰，支持）。倘有泼皮无赖欺凌进城来的老实农民，或者权势富贵者横行霸道，那更会遭到极为激烈的声讨。最为常见的例子，便是街头交通事故引发的纠纷——

一辆豪华轿车穿行小巷，喇叭声声已令众人侧目，忽然它又与一挑担农民的水果筐发生了擦挂，水果滚落一地，而那车窗上却探出头来，厉声责骂吓呆了的农民。这时你看吧，路人肯定"暂息征轮"，骑车者也会"翻身下马"，将那轿车团团围住，唇枪舌剑，齐声呵斥，让那"贵人轿"陷于"人民战争"的汪洋大海之中，半步也动弹不得。当交警赶来处理时，倘那车主不懂事，仗势要横，不服管理，还要摸出手机咿里哇啦找某某大头儿来吓唬百姓，那就更等于在火堆上泼了一桶油，引发万众一词的愤怒斥责，小心被口水淹死！

居民婆婆会给交警扎起：小同志，你不要怕，他就是把省长喊来，都走不倒路！

娃娃们会起哄高叫：把他弄到派出所去，喊他"背书"！

老翁会拈须一笑，总结道：大路不平众人踩，仗势欺人来不倒（行不通）！

……

成都人最反感的就是这种仗势欺人，横行霸道，所以，每当这类事件出现，素常温良的成都人便会爆发出火山一样的激情，天王老子通不认，义愤直冲斗牛。正是在这一点上，他们与"义薄云天"的蜀汉大将关云长十分相像，可谓一脉相承。这与那些外地人只知把关老爷当财神门神供奉，显然高了几个档次。

宝剑双刃，一纸两面。憎恶分明，爱怜也必然分明。成都人既然疾恶如仇，鄙夷权贵，敢于"欺强"，太岁头上动土，老爷门前撒尿，那与之相辅相成的另一面就是同情弱小，关爱无助，在这方面十分慷慨大度，一点也不小家子气。平常居家过日子，他们也许会很节俭计较，在菜市场为一角两分小钱，家庭主妇会和小贩讨价还价争执半天——一方面是节俭，一方面是争争吵吵嚼嘴巴劲好耍，闹热。何况，哪怕是争论半天，最终只占了一分钱便宜，精神上也同大将军打赢了一场战役般舒畅快活——而一当有弱小不幸需要扶助，只要其情状确实可怜，能打动他们的心，让男人的眼角湿润，女人们抹眼掉泪，他们就会一扫小家子气，义无反顾地慷慨伸出援手。这就是成都人令人钦敬感动的另一面。

成都人遇事讲究个真，讲究"眼见为实，耳听为虚"，所以，再庄严隆重的报告，慷慨激昂的讲演，乃至煽情的"义演"之类，都不大可能让他们动容动情，反会被他们嘲笑为"假打"，装腔作势与虚情假意都是他们特别反感的。

他们会说：这些龟儿子，少贪污一点，少吃喝点公款，也可以修好多所希望小学了，何须来抠我们小老百姓的钱？

或者：这些烂明星，自己逃国家的税，还好意思来劝我们出钱，真是死不要脸！

更刻薄的还会说：你以为他们这会儿在台子上说得多好听，唱得来眼泪珠儿直滚，是真的呀？那是把脸皮抹了讲的，眼睛上抹了清凉油唱的！龟儿子几个，转过身还是照样吃黑钱，花天酒地，才不要信他们哩……

那么信什么呢？当然这世上可信的东西毕竟还多，这里就告诉你一"位"吧，成都老百姓无人不晓的"8:00"。

这"8:00"并非一个人，一位勇士兼法官，或者一位美女兼慈善家，而是成都电视台的一个新闻专题栏目，每晚八点正播出，故有此雅名，全称为"今晚8:00"。幕后角色不详，与老百姓面对面的是一男一女两位主持人，都是三十上下年纪吧，既思维敏捷又成熟持重，气度沉稳，火候均匀，演播技艺一点不逊大名鼎鼎的中央电视台"焦点访谈"主持人，而那副真诚、质朴、自然亲切远远超过了什么白岩松、敬一丹、水均益。成都人"眼睛有毒"，口味极高，很讨厌那几位中央台名角儿的华而不实、装腔作势，他们就喜欢本土这几位的真诚面孔。

真诚当然不能只是一种面相表象，它必须建立在内容实质的基础上。对"8∶00"来说，这就是它播出的节目内容了。而它之所以大受市民欢迎，时常引起强烈反响，也就在于它的镜头多半是瞄准着老百姓眼下最关注的热闹问题：

一是反腐倡廉方面。每当它将一些贪官污吏的丑恶嘴脸无情曝光，或是深入"虎穴"，用隐蔽办法摄下一些执法者、权势者违法乱纪，执法犯法，蛮横对待无辜百姓的现场情景，铁证如山、原汤原汁地展示给观众，这都会迅速引起百姓大众的强烈关注和义愤。只要是这种节目，头晚播出，明天一早便会成为街谈巷议的中心话题：

喂，昨晚上的"8∶00"看过没有？太痛快了，那个大贪官终于被推上法庭了！

唉，那帮家伙太不叫话了，随便打人，枉自还是穿制服的！

太黑了！居然这样官官相护，上下勾结，吃黑钱，喝人血！

霸道，硬是霸道！撞死了人，还敢耍横，还敢端起架子吓唬百姓！

稀奇，硬是稀奇！这么大个赌场，公安一去就扑空，不是有内线通风报信才怪了！

……

而末了，总忘不了说这么一句：嘿！这"8∶00"太不简单了，这些镜头都拍下来了，硬是比神探还神了！或者：不错，确实不错，这种事都敢曝光，"8∶00"的确有胆量！

这里说的，还是嫉恶"欺强"的一面。相比之下，怜弱济贫的情景则更为动人。事例多多，仅举最近一例——

二○○○年七八份，正值小学升初中时期，"8：00"记者深入到川南兴文县山乡做了一次采访，做成系列报道在电视上播放。当成都市民从荧屏上看到那里农家的贫寒情景，校园的破败荒芜景象，尤其是不少纯朴的孩子，因为家境贫困，无力交纳几十元的学费，因而面临辍学困境，一个个神情黯淡，眼光迷惘时，他们——远在千里之外的成都人也不禁眼睛酸涩了，心弦又一次震颤起来。

　　是的，又一次，因为他们已不止一次地从"8：00"那里看到过这样的景象了，地区不同，但情景一样：贫穷，失学，瘦小的肩头荷负着沉重的家务，稚嫩的脸庞挂着不相称的忧愁，无助的眼神透露着读书的渴望和对未来的迷惘……

　　这样的情景看多了，也许有的人会渐次麻木，有的人甚至本来就漠不关心，但成都人不会，他们总是感到新鲜而强烈的冲动，他们的眼睛总是为那些贫穷而无助的孩子所潮润，不为别的，只因为他们是善良的成都人，永远同情弱者的成都老百姓。

　　这一次也不例外。当晚，"8：00"的热线电话便响个不停，无数的人表达了他们的关爱和感动。成都人的感动并不会只停留在口头上，从第二天开始，便有不少性急者，络绎不绝地拥向了电视台，以不同的方式表达他们的真心诚意。在后来播出的节目中，我们便看到了那一幕幕动人的情景——

　　一个中年男人掏出几千元钱，要给穷孩子们垫交学费。他坚决不留姓名，只说，他曾经是个知青，他知道农村孩子的艰难。

　　一个中年妇女除了摸出几百元钱外，还告诉记者，她要长期捐助一位女孩读书，因为她是一位教师，她深知读书对一个女孩子格外重要。

一位老先生已是七十开外的人了，走路都颤巍巍的，他拿出两千元钱，说自己开了一个小茶铺，生活能够维持下去。

　　一个下岗女工，也捐了五百元，而她自己的月收入才仅仅三百元！

　　……

　　这才仅仅是开始，不几天，这些有心的成都人，竟然组织了几车人，在成都公交公司的无偿帮助下，浩浩荡荡驱车直奔千里之遥的兴文山乡，给那些穷孩子们带去了大量的衣物、书包和学习用具。当那天上午在一所乡村小学和孩子们见面时，他们甚至把自己早餐的馒头鸡蛋都纷纷塞到了孩子们的手中。紧接着就开始了"一对一"的认捐扶助活动，他们是那么踊跃真情，甚至为此而"争抢"起来……

　　当看到这一幕幕情景时，你不能不为成都老百姓叫好！他们才真正是代表了成都人的良心和爱心。而且你还会进一步沉思：为什么成都人在这方面表现得那么突出呢？

　　也许，这是因为成都本身就是个相当平民化的城市，较之于一些政治经济中心，这里更充满了人情味，这里的人更富有同情心。

　　也许，成都的老百姓们，大多都经历过贫困的煎熬，过过贫穷的生活，他们对此有切身的体验。所以当看到如今仍然艰难挣扎在贫困线上的穷孩子们时，他们不能无动于衷，而要想方设法伸出援手。

　　还也许，他们的血脉中，始终流动着农村先祖的历史因子，这使得他们始终与农民有着一种天然的联系和感应。过去老成都流传一句训育口诀："有儿不用教，酉（阳）秀（山）黔（江）彭

（水）走一遭。"什么意思？就是说要想娃娃懂事，好好读书，成才，只需要让他到那些四川最贫穷荒寒的大山区去走一趟一看就行了，他们就会知道什么叫艰难，什么叫穷困，就会知道那里的孩子多么可怜遭罪，从而珍惜自己的生活，懂得发愤努力。从这训子古方的后面，你不是可以清楚感觉到成都人的一种情结吗？那种身居城市，而与山野乡村深深相连的血缘和抹不掉的历史记忆。正因为如此，他们才特别易于为今天的山区孩子们而感动，激动，很自然地向他们献出爱心。

是的，成都始终是一座农耕文化积淀深厚的古老城市，是一座充满了市井气息的城市，你可以觉得它在有些方面与时代大潮不相协调，有些弊病，或称负面影响，应当逐步革除，但你绝不应当否定一切，倒脏水连同孩子一同倒掉，你应当看到，在这座城市深处，在成都人的心中，有那么多值得永远珍惜的闪光的金子！

人日草堂：成都人的文化洗礼

　　成都是个太温和的地方，天气稍微一凉，人就有些过得不耐烦了。节令小雪大雪之时，也就是公历十一二月吧，北方早已风如刀割，人人袖手缩脖，成都人这才微感寒意，极不情愿地添加衣裳。至于正儿八经的棉衣冬装，年轻人一般是要熬到新年前夕才隆重加身的。而这元旦新年在市井百姓口中只叫作"小年"，"小菜一碟"一般就寻常打发过去了。还是要等到旧历春节，那才是资格的过年，"大年"。一年忙到头，这节气上彻底放松一下，集中享受一下，一天一天品滋品味地过。就如童谣喜气洋洋唱的："大年初一头一天，过了初二是初三……"那是要一口气过到正月十五，闹完元宵才稍微缓口气儿的。而这半个来月的年节日子中，其他习俗，诸如年三十家户户热热闹闹吃团年饭呀，火炮儿放得满天飞呀，半夜赶到文殊院等大小寺庙抢烧头香呀，初一一早吃汤圆，给娃娃们穿新衣呀，以及接下来这些天串门拜客赶热闹呀，等等，我看大都与全国各地差不多情形。唯一让人觉得有些成都特色的，还是初七那一天。

初七雅号"人日"。这一天该干什么，其他地方可能都没有个一定之规。但成都不同了，"人日逛草堂"这几乎是妇孺皆知的习俗，这一天是要当成节中节来过的。晨起梳洗了，收拾打扮齐楚（士人们还要特别穿戴得文雅甚或古雅一些），便会邀朋约友，或者偕家带眷，消消停停往草堂赶了。

这草堂当然指的是杜甫草堂。位于成都西郊，浣花溪畔，万木扶疏之中，一座楼阁亭台古香古色的大庭院，或者说一处烟云深幽饶有野趣的大园林。当年杜公流寓于此，当然无有此等阔气，不过田野林木之中，聊避风雨的数间草屋而已。憔悴当世，盛名身后，直到宋元以降，尤其是明清盛时，这里才备为人重，土木大兴，奠定了如此宏大格局，成了历代文人雅士以至百姓大众拜谒流连的千古胜迹。千百年间，虽屡经战乱人祸，几度败毁，但生命植于人心，根基不灭，随时势的曲折起伏而时废时兴。正如堂中一联云："诗卷长留天地间。"这草堂也长留锦城西了，成了世代成都人心目中的分量至沉的一块胜地。

但为什么要将这草堂和春节挂上钩呢？园林名胜，不是随时皆可踏访游玩的么，缘何大年初七人日这一天，要特别去草堂朝拜呢？个中缘由说来并不玄秘，只是起于一则小故事而已：清时州府道学何绍基素来景仰杜公，每当节时都要抽身前往草堂拜谒致思。独那一年，公务在外，春节时未曾赶回成都，心中悒悒。待完事归来，去草堂已是正月初七。怅然良久，便挥毫写下了如此联句：

锦水春风公占却
草堂人日我归来

　　心底千千结，口中大白话，文内文外，真是情致有加，况味无穷，不期然间，便道出了成都士人大众的心声。于是，自此以后，成都人便把人日这一天定成了游谒草堂的绝佳时日。

　　在春节一片热闹欢庆吃喝玩乐之中，还不忘专抽时日拜谒草堂，且成为一方之俗，倾城之举，由此可见，成都这座城市真称得上是资格的礼仪之邦，敬贤重文的文化名城。

　　当然，一般文人雅士是专为寻访诗踪，拜谒诗魂而来，而大众百姓，包括贩夫走卒、野老妇孺，于瞻仰之外，还兼顾了踏青访幽的野游情趣。要知道，蜀地地气暖，南国春来早，到得大年初七之时，往往立春已过，一个冬天都阴沉沉灰蒙蒙的盆地上空，开始时不时现出金子般宝贵的花花太阳。而河边溪沿的柳条，已迫不及待地鼓浆绽芽，隐透一片嫩绿鹅黄轻烟，林木翁郁的草堂内外，更是蜡梅芳菲未尽，又添红梅绿梅烂漫若云艳丽如锦。在沉闷阴冷的冬天憋了偌长时日，这时节，向来喜欢温暖晴和亮色艳彩的成都人，总算找到了一个释放心气明亮心境的绝佳所在。如织的游人穿梭于花径长廊，沉浸在满园的清新芬芳之中。少男少女更是卸下了厚重的冬装，尽展青春丰采，嬉戏笑闹于林间花丛。陆放翁曾有诗句："当年走马锦城西，曾为梅花醉似泥。二十里中香不断，青羊宫到浣花溪。"实际也描画了此等盛景——想想此时的北国，尚在冰天雪地一片萧索之中，你真不能不慨叹这真是难得的盛景，成都人得天独厚得地独利的福气。

值得格外一提的是，近年来，在这一派春意盎然的氛围之中，成都人又为之增添了一项肃穆的文化内容：人日草堂吟诗会。新时代的"五老七贤"们，也就是成都的一批学者、诗人等文化名流，会于当天齐聚草堂，吟诵杜公的千古名句以及后生新作，以此表达后人们对诗圣的景仰，对诗词的热爱，也借此向大众介绍宣传了一种崇高的文化精神。当你看到年轻的人们专注地聆听着白发苍苍的老先生忘情地吟哦诗句，当你看到年轻的妈妈牵着小儿女的手，一脸崇敬地指点着园中遍布的诗碑塑像……你也许又会对这成都特有的春节盛典——人日游草堂，产生出这样一种感慨：这简直就是成都人的迎春洗礼、文化洗礼！

诗意成都

锦水流日夜　诗意满成都

　　成都与诗，历来缘分不浅。古往今来，不知有多少文人墨客、名士风流，在此驻足流连，为之击节咏叹。

　　满城诗意流淌，源于成都本身就是一座充满诗意的古都名城。本来，天下九州，九州不同方圆；地分南北，南北各有特点。成都呢，说南不南，说北不北，偏于大中华西南一隅。北横岷山秦岭，阻隔霜风雪剑；南流岷江锦水，滋灌沃野平原。得天独厚，得地独利，自是生成一种别样情景。温润天成，风光绮丽，加之历史悠远，遗迹众多，星罗棋布于城池内外，而民风亦称淳和，人情富于机趣，市井里巷，弥漫酒香文气……这一切的一切，都为大众所爱，文人所钟。爱之余，钟之切，不免自然涌动于口中笔端，流淌出千年绵绵不绝的长河诗篇。诗意成都，可谓自然而然，天赐予之，史赋予之。

　　人云：凤栖于桐。又云：嘉树下成蹊。正因

上述种种，成都便成了历代文人荟萃之地，歌咏之所，留下了难以数计的诗词歌赋，其中不乏中国文学史上最光彩夺目的大师泰斗的名篇佳作。如唐之"诗仙"李白、"诗圣"杜甫，宋之"诗翁"陆游、"词魁"苏轼等，或少小生长于蜀，或曾经流寓成都，如椽之笔都在此挥写下了大量华章，其中很有些惊世名篇、千古绝唱。他们的吟咏，往往与成都的历史地理、人文风情浑然融合。如今，倘你初来成都，纵目一望，李白的"九天开出一成都，万门千户入画图"的宏丽景象，自会跃然于眼；而临江登楼，杜甫的"锦江春色来天地，玉垒浮云变古今"便会了然于胸。一出南门，拜谒大名鼎鼎的武侯祠，扑面便是"丞相祠堂何处寻，锦官城外柏森森"的感觉。春游草堂，自然会想起"晓看红湿处，花重锦官城"，想起"黄四娘家花满蹊"的盛景；冬过西城，那"当年走马锦城西，曾为梅花醉似泥"的豪情放翁也会伴你而行……总之，出入皆诗，俯仰皆诗，遍街是诗，满城是诗，景即是诗，诗即是景，诗与景，诗意与成都，已然是交融一体。

既丽且崇　实号成都
——秦砖汉瓦　铮铮其声

　　两千年城不易址，两千年城不更名，遍数华夏大都名城，恐只有这座坐拥千里沃野的西南大都会成都了。自秦兴，自汉旺，其崛起之速，生机之旺，固与其得天独厚的地理形胜自然条件有关，而以神奇的三星堆、金沙遗址为实证代表的古蜀文明，也为之奠定了厚实基础。有道是：云过秦岭，万顷峥嵘倏尔化柔波；月笼锦水，

百代繁华恍然演南柯。正是如此天时地利人和，铸就了天府之国，成就了锦绣成都。

千年美名如此，而当初的形貌又是如何呢？回穿两千年历史隧道，扑面常是漫漫风尘，那时的城市当都是灰头土脸的吧？当时还被中原豪强视为蛮夷之邦的古蜀地，起一座城池大约也就如土疙瘩一般吧？答案是：否！时人的诗赋便是最好的回答，历史的印记至今鲜明如初。汉代大学者、成都本土人士扬雄《蜀都赋》之咏赞姑且不论，晋代大文豪、齐鲁人士左思的名篇《三都赋》，就不仅将成都作为其歌赞的国中三名都之一，且不吝赋予成都"既丽且崇"的美誉。丽与崇，寥寥两字，却道尽了当时成都的绮丽与宏伟，可谓画龙点睛，神来之笔，力透千钧，芳盖千古。两个字，有如两颗光耀夺目的王冠宝石，镶嵌在成都的城楼上。丽与崇，也成了成都千古不易的特色写真。至今，仍有一座以此二字为名号的峻雅高阁，矗立在成都东门锦江河畔，竹林如云、游人如织的望江楼公园，留下无数成都父老的足迹，也留下众多文人骚客的墨宝。唐代蜀中女诗人薛涛之墓为后人迁造于此，而著名的四川大学也在20世纪中叶迁于其旁，足见其名声之大，文气之足。事实上，这座以近两千年前左思的华章丽句命名的"崇丽阁"，一直是成都老市民公认的成都第一"图腾"，城市形象的代表性标志。过去的成都画册，就是以其秀丽影像作为封面"头饰"。

"既丽且崇"，于成都当然不是凭空杜撰，浪得虚名，遗泽后世的蜀地秦汉文明，不仅为历代诗人吟咏不绝，且在成都至今都可以实实在在地触摸：

秦李冰率蜀人创修的都江堰，被称为世界上唯一两千年至今都在发挥巨大作用的大型水利工程。它滋养了千里沃野，也滋润了千年历史，堪称成就天府之国长盛不衰的智慧杰作。

汉文翁兴建石室创立郡学，开中国地方官办学堂之先河，为后世蜀文化的兴盛、蜀文风的浩荡扎下了深厚根基。两千年来，无论历史风云怎样变幻，作为学府的石室始终固若磐石，从未湮灭。曾在百年前集中涌现一批民国文豪，如中国新诗"第一人"郭沫若、长篇小说巨匠李劼人，以及音乐学家王光祈、历史学家蒙文通、数学家魏时珍、生物学家周太玄等大师的石室中学，至今仍是成都教育界的一面旗帜。

而汉末的一段短暂历史，三国纷争，三足鼎立，因明代罗贯中如椽大笔的精妙演绎，竟不仅令这一短暂历史恍然成了中国历史上最壮丽的华章，全体中国人最津津乐道的英雄史诗，而且使蜀汉英杰的忠义智勇形象，深深地影响了后世蜀人的性情，也成了历代成都人引以为荣的资本。曾为杜甫歌赞过的"锦官城外柏森森"的武侯祠，规模冠绝国中，名声远播海外，每日里游人络绎不绝，盖乃蜀人精魄所钟。

其他至若司马相如与卓文君的浪漫爱情故事，更是千百年来，一直沉浸弥漫在成都市井里巷的酒香中……

这一切的一切，确如秦砖汉瓦，铮铮其声，波延晋隋，流风后世，回荡在历代诗人的吟咏中。

九天开出一成都　万户千门入画图
——唐宋风度　锦绣天府

大汉开疆，晋隋以降，历史风云更加浩荡，唐宋六百年，可谓翻开了中华盛世最斑斓辉煌的篇章。这时的成都，更是飞速升华，其繁华富丽，已博得公认的"扬一益二"之美誉。而特别引人瞩目的是其在文学艺术方面焕发的异彩奇光。尽人皆知，唐诗宋词，代表了中国古代文学艺术成就的最高峰，而这与蜀地与成都，竟有着不能不令人啧啧称奇的关系。简言之，可说是：出入皆大师，吞吐尽霓虹。

出者，出蜀之谓也。此中最杰出代表，非唐李白宋苏轼莫属。二人皆为蜀中本土人士，或少年"仗剑去国，辞亲远游"，或负笈北上，浪迹天涯，均得蜀地仙风道骨滋养，才思纵横，豪气吞云。前者成为唐代诗人中的旷世奇才，"无敌"诗仙，后者则公认是宋代豪放词派之魁首，都是中国文学史上的大师泰斗。

而入者，则谓外地入蜀羁旅流寓之士。最负名望的也是唐宋各一领军人物：唐"诗圣"杜甫，宋"诗翁"陆游。杜、陆当然堪与李、苏比肩，此四杰可共称中国诗歌史上光芒万丈的四大泰斗。杜甫、陆游，均在蜀数年，诗情如喷，创作甚丰，分别留下数百首脍炙人口的诗篇。这还不足为奇，令人眼睛一亮的是，细览这二位大师在蜀之作，会惊异发现他们在入蜀前后写作风格的巨大变化和强烈反差。尤其是杜甫，向来以沉郁诗史著称，而中岁颠沛流离，落脚成都浣花溪畔之后，诗风却明显大变，一展其绝世才华的另一面，明快清新优美雅丽之歌咏层出不穷。当代语文教材中所选杜诗，竟有不少出自他此时此地之此类风格作品，如"好雨知时节"，如"两个黄鹂鸣翠柳"……不胜细数，皆是留芳百世的精品佳作。这当然堪称奇迹。而使得一贯沉郁忧戚的"杜陵叟"，能一展愁眉开怀畅咏的个中缘由，自是与秀丽蜀地、淳厚蜀人的影响分不开。"黄四娘家花满蹊，千朵万朵压枝低……"这轻快愉悦的音乐节奏，便充分体现了那时诗人本身的心律。无独有偶，陆游同样，这位曾经"铁马冰河入梦来"的爱国志士，晚年在会稽故土忆怀在蜀地生活情景，竟像唱歌一样咏出了这样优美明快的诗句："当年走马锦城西，曾为梅花醉似泥。二十里中香不断，青羊宫到浣花溪。"谁能料想入川时"细雨骑驴入剑门"心情悒悒的他，一临成都，便会如骑士一般策马穿越花海，焕发出如此活力洋溢的"放翁"神采呢？真是时势造英雄，环境移性情，确有些道理吧。

"九天开出一成都，万户千门入画图"，富饶美丽的蜀地，绮丽繁华的成都，出入皆大师，吞吐尽霓虹，唐宋风度，唐宋气派，千诗万词，描不尽锦绣天府！

锦样西川何处寻　夕阳红到散花楼
——明清余韵　涟漪清清

《三国演义》开篇有句名言：天下大势，分久必合，合久必分。唐宋以后，盛极一时的中国封建社会也开始急剧震荡，一路下坡。民族争战，王朝更迭，更是让整个华夏大地时陷纷飞战火之中，百姓辗转流离铁蹄之下。蜀地虽然偏处西南一隅，也难逃时代厄运。尤其是宋末元初的元军屠城，明末清初的张献忠农民军和清兵的烧杀抢掠，使天府之国遭致灭顶浩劫，生灵涂炭，荒无人烟。千年华姿芳容的成都也未能幸免，几被夷为平地，化作废墟。据称当时，现今最繁华的市中心一带，都常有饿虎出没，成为继"兵患""匪患"之后的第三大患"虎患"。今日说来，这简直令人匪夷所思，不能想象，而斑斑史籍，却记载如实。

但世界没有末日。每次劫难过后，蜀地都能很快恢复葱茏生机，成都也能依然端庄美丽，只不过少了些浓艳，而多了份淡静，神韵不减，活力不衰。这无疑证明了这方热土这方人民生命力的坚忍强大。

同时，应当看到，事情往往都有利弊两面，浩劫带来的不仅有灾难，也有变化。譬如清初，四川因战乱过后百里无人烟，田园尽荒芜，朝廷便颁启大规模移民政策。一时间，俗谓"湖广填四川"的风潮席卷，四面八方都有大量移民入川定居垦田。蜀地本就膏腴，人力一济，生机自然很快恢复。而移民带来的不仅是生产力，还有丰富多彩的习俗风情、精神文化。"杂交"出精品，整合促发展，今日川人引以为豪的好多特色，无论是风格多样的民居建筑、风味独特的川菜小吃，还是丰富滋润的方言土语、多姿多彩的节庆习俗，可以说，都与这一大移民大融合有千丝万缕的联系。而今日成都被誉为一座宜居宜商宜创业的"来了就不想走的城市"，也应该说与此次移民历史形成的包容开放精神密切相关。

如今，细检明清诗人咏成都篇章，虽然，同整个中国同时期文学一样，少了些唐宋大家风度，淡了些唐宋华丽色彩，但余韵依然，如清清涟漪，安静优雅地描画着成都风光，述说着蜀地风情。

"锦样西川何处问，夕阳红到散花楼"，如今，在风光秀丽文气沛然的浣花溪畔，就还聚集着一群同样安静优雅的"散花诗社"的女诗人。成都，就这样永远地流淌着诗情画意。

壁立千仞，万壑争汇，水迢迢，山重重，云缭雾绕便判分了两个世界，以内为西，以外为东。地势西高东低，经济东强西弱，落差巨大，游荡自然。川人一经此峡山川，即野性便如蛟龙入海，会溅起漫天水花……

Chapter 6

成都人出川

环蜀皆山也！不似中原，平洋大坝，可以信马由缰，纵横驰骋，而是举步维艰，千曲万难。但川人执拗，偏是好越险而出，闯荡天下。甚至有一说法甚为谬种流传，道是在川为虫，出川是龙，川人要想有出息，非得出川不可。此话看似有理有据，实则不然，至多只说对了一半。诚然，出川为雄者确实大有可数，古有太白，仗剑去国，浪迹中原，遂成就为一代诗仙，其他如汉扬雄宋东坡等等也皆如此。近代更有大批川籍学子求索异域，逐鹿中原，其中不少成了大政治家、军事家，或科学家、文学家。但这并不能说明川地贫瘠，不育英才，你得看到另一半，事实上也有不少外乡人是在四川这块沃土上大展才华的。仅以诗坛为例，杜甫、陆游等一代魁首，皆在蜀地留下了不少脍炙人口的绝佳诗篇。其实个中道理非常简单，一个人的成才，行万里路，读万卷书，经历风雨，这些只是表象，君不见尚有许多越读越迂，越行越呆者么？在此为虫，在彼仍为虫者也大有人在。关键是不同文化的冲撞，常能迸出非同寻常的大火花，不同人文景观的熏染、比较，有助于扩张视野，激活思维。我们看重的应是这实质性的内涵。

此番，2000年仲秋，我与几位同人赴会东行，便又一次深切感受到了这一点：川人出川，犹如虎落平原，或似飞瀑泻地，总是要撞出火星，或者演出活剧来。

出川·喜剧上演桑家坡

古代的成都人出川，据称只有两条通途，一是旱路，北出剑门；一是水路，东出夔门。其实都非通途，而皆险关。"仗剑去国，辞亲远游"的蜀人李白，仓皇逃命、流寓蜀中的诗圣杜甫，都曾有诗一咏三叹，惊呼连连。太白诗云："噫吁嚱，危乎高哉，蜀道之难，难于上青天！……上有六龙回日之高标，下有冲波逆折之回川……"所谓"峥嵘而崔嵬，一夫当关，万夫莫开"，便是指北道剑门了。我曾走过此途，是走，非行。坐汽车，乘火车，那都是经行而已，风光掠眼过，脚下无坎坷，历程滋味是无法体会的。我走那一程，时光是倒回去三十年，"文革"期间红卫兵徒步长征大串联，实实在在不折不扣是迈脚板在走。记得出成都北门驷马桥，过唐玄宗曾经亡命逃奔的天回镇，经广汉、德阳而至罗江古镇，已远离现今的川陕大道了。林木翁郁，寒气森森中，一条宽约三尺的青石板小道，蜿蜒起伏于冈丘草莽中，当地老人讲，那便是古之北大路了。果然，登上一座小山冈，阴霾天空下，便出现一坝败壁残垣，风雨剥蚀的石廊柱上，依稀可见一些刻画图案和符号，也不知原是佛院还是道观，只觉神秘而阴森。冬天，冷风飕飕地吹过，黄叶飘零，仿佛经过历史的墓穴。而历史也果然就横尸于前——从此冈往北，沿缓坡下行一里许，一片黑树林中，便兀然耸着一个大土馒头，那是圈了石条的一座大坟，名曰庞统墓。原来那被林木隐蔽的缓坡就是历史上有名的落凤坡，三国蜀汉大军师庞统就在此中箭落马，葬身林莽。回看来路，倒也觉得此事在情合理，想那庞统何等精明人也，率师挺进，上坡时一定小心翼翼，上下握刀提盾，张弓搭箭，警觉前行。待得平安登上冈顶，那骄纵之心一下便上扬起来，三军放松下行。却不料对手谋深一层，知晓凤雏庞统欠于伏龙孔明者，就在谨慎不足，而骄纵胜人，于是伏兵于下坡路上，趁其松懈，而乱箭齐放于丛林，将之射下马来，一举断了刘皇叔半条臂膀，也葬了庞军师一世英名。古事已越千年，而今坟墓犹在，森气依然，仍旧让人凉肝寒胆。

这便是北大路了，料想当年是没有多少蜀人敢放胆由此出川的。

东大路则不同，只消翻过小小龙泉山，便可一马平川直奔渝州。古时水源丰沛，也有直接从成都东门或南门外登船乘舟，放流南下嘉州，再折向东行，经金沙江段而抵渝州的。杜甫诗中所绘成都盛景："门泊东吴万里船"，便是当时此况写照。儿时家居成都东门有名的九眼桥附近，我亦曾亲见开阔的锦江水面，缓缓漂浮着大型带桅木船，运载木柴、冈炭、石灰、粮食等货物。而听老辈人讲，他们还曾由此登舟，过下游黄龙溪，经眉山、夹江去嘉州。那一段岷江水路，平缓澄碧，两岸田园特别丰美，终年葱茏翠绿，木船静静划破江心，真有"欸乃一声江南绿"的况味。这等逍遥云游，消停漫行，最合成都人的性情，也最对成都人的口味。他们常津津乐道"南路妹子水色好"，这南路即指眉州、嘉州一带，那里的村姑娇娃确实长得肤白颊红，水灵可人，大约也和那一方水土特别滋润，那一带山川格外秀美有关吧。而再由嘉州折向东去，岷江、大渡河、青衣江三江相汇，咆哮冲击，是为长江上游的金沙江段了，直奔宜宾而赴渝州，水势就大不同了，舟楫颠簸，浪涛逼人，喜好闲适的成都人就颇不习惯了，故而一般出川，还是选择旱路直达渝州，再转水路继续东行。

过去所谓出川，还得由此乘江而下，经万州抵因蜀汉皇帝刘备落葬而得名的奉节白帝城，再破浪击涛，穿过"万水汇一门"的天险夔门，方可算数。而今呢，自1997年起，重庆直辖，四川版图大为龟缩，川人出川就再不是什么惊心动魄的事了。此番去南京赴会，我们一行六人，乘成渝高速路的大巴，不足两小时便到了川渝交界处。此地名号桑家坡，过去并不为人所知，左看右看，也着实看不出有什么特别之处，无非路中横着一道收费关卡，标明川渝两省市划分，仅此而已。而关里关外，都是一色的浅丘，一样的起伏，完全是浑然一体，绝无明显差异。想一般的省区，分界处好像都是有些特别的，或是隔着江河，或是横亘着峻匹，天然形成界线。譬如晋与陕、辽与冀，或者鄂与豫，苏与皖，多有关内关外河东河西或江左江右之谓。而我曾去过一处据称是划分云贵川三省界域之处，在川南一片原始大森林南侧，兀然横亘出一道峻峭山冈，那上面还擎天而起一柱颇似阳具的大圆柱石，一面是林涛似海，一面却云雾穿过混沌，大有划分阴阳之概，站在那冈上，自觉前后左右便是不同天地了。而这最新划定的川渝分界处呢，却实在叫人看不出差异，平庸得很，确实是和平年代的人为划分了。

但你不要小看了这貌似平庸的桑家坡，据闻它不久前才演出了一幕令川人侧目的喜剧，或曰闹剧，但绝非正剧，尽管主演者和炒作者原本是想把它当作一回煞有介事的正剧，甚至是带悲情色彩的正剧来操作的。那主角儿是谁？缘何要把这不知名的桑家坡当作表演舞台？且按成都人的习惯，慢慢道来：

这角儿当然非是等闲常人，而是烧透了的冈炭——此话怎讲？大意是这样：那冈炭是以前四川人冬天烤火盆专用的木炭，用木棒烧制而成，成段成型，方便易燃，取暖甚宜。炽燃时通体红亮，热气烘人，暖意融融。待到烧过，便面上一层白灰，内里逐渐黯淡发黑。当时来桑家坡的角儿便是这样一种情态了。他乃前几年在成都市井文化圈中大红大紫大富大贵的所谓"散打王"李某人。散打，外地人恐不解，得啰唆两句，这不是指武术散打，而是成都摆龙门阵讲评书之一种，即东说南山西说海，天上地下熔一炉，尽管调侃取笑，嘲谑刺讽，杂古杂今，说人说事，扯把子，卖关子，不拘一格，不求一律，不必要像传统评书那样有一个完整的故事，零敲碎打，即兴发挥皆可，故名散打，以别正统。这些年正是另类上扬，正统下抑之期，散打李遂以一张尖酸伶俐油嘴，一副扯客野仙形象，在成都这块酷好新异滋味、酸俗文化的宝地，扎扎实实火红了一把，名噪一城，成了成都这文化古城新时代最火爆的"土特产"大腕儿了。上电视、办专场，出入厅堂，交结名流，还题诗绘画，增加风度，红红火火，风光一时。只是冈炭难以持久，三两年过去，其高门大嗓的尖声咭噪，便渐教人耳腻，而其扯把子形象，似也扯不出什么新名堂来了。旺燃过后，形容灰黑，喜新厌旧的成都人便渐次将其冷落了，而挑剔者更是对之嘲讽有加——其实一个文化底子就是那般的民间艺人，能做到那样已属不易了，何必过誉之后又过于苛求呢？幸得这李先生聪明过人，不待别人将他像冈炭灰烬一般夹出丢弃，便自己学了孙猴子，一个跟头跳了个十万八千里，他突然放话媒体，声称自己要到大重庆新天地去谋发展了。原委呢，是因为尽管他给成都做出了偌大贡献，但仍然流浪江湖，没有正式编制和职称，一句话，成都对不起他这个成都当代杰出的文化名人。所以他只有被迫背井离乡，离开千千万万深爱他的成都听众观众了，转投直辖市重庆，当干部，吃皇粮，争取评上个国家二级演员职称。真是事出有因，哀情动人。于是某月某天，他便乘高级轿车"出走"了。名人出走，当然不似情人私奔，悄悄地干活，而是前呼后拥，车队浩荡，"狗仔"追随，拍照摄像，声势吓人。热热闹闹到得桑家坡，回头告别老成都了，散打李不愧是优秀演员，便在此演出了十分精彩的告别戏：白衣白褂，下得车来，镜头下，人眼中，端然肃立，回望故里，热泪盈眶，酹酒洒地，俯身膜拜，磕头作揖。此景此情，端的十分动人，恍惚电影中曾见的大伟人或者大艺术家，少年壮志凌云，告别故里，远渡重洋去异国他乡求索时情景。只可惜得知这情景时，我脑里立即叠加出另一幅情景，当年挂名李大师的火锅城开业志庆时，大红灯笼高高挂，气球标语飘飘飞，他先生似也是这么一副白衣白褂形象，头发溜光，眼光通明，摇一把大黑折扇，方步矩行，那是何等风采照人，威仪出众。两幅影像一叠加，我便什么也看不清了，大艺术家风度乎，老袍哥做派乎？只觉得五个字：好耍，好笑人！

桑家坡似长坂坡？当年蜀汉五虎将之张益德立马横枪一声吼，"吼断了桥梁水倒流"，从此长坂坡名噪一世。而今演戏的李散打在桑家坡抹涕挂泪，也能让世人肃然么？

而今，我又从此经过了。因川渝分家，便记住了这桑家坡。因有上述一幕喜剧，这平常的桑家坡便在眼前栩栩活了起来。看来我们成都人走到哪里，哪里便会生出戏剧来的。那李大师毕竟还是成都种，但愿他在重庆真能觅到一方重现风采的新天地。

好了，前面就是新概念的大重庆了，且让我们路过一品。

重庆·朝天门上笑乌龟

一到重庆，好客主人便接了去，驱车满城兜风，要让我等成都人开开眼界，看看重庆直辖后的新面貌。这也是重庆人的豪爽做派。说新，倒也不假，原本只夹在两条山沟间的城市，经几年巨资营建，似乎一下子变得开阔多了，楼群成色也新多了，更因为大都依山势而筑，便格外显得高峻宏伟，层次丰富。本来山城多坡坎，但现今却大道坦荡，车若行云，似乎较我们的成都还要通畅一些。这重庆过去我常来，只近几年未曾留迹，不想竟有如此大之变化，看来这直辖还并非只是浪得虚名。

古人尝云：天下大势，分久必合，合久必分。这分分合合大约的确各有各的道理，均因形势发展变化使然。想那重庆，古称巴国，巴与蜀，比邻而独立，无论政治经济，还是文化习俗，都是有同有异，有类亦有别的。单讲行路这寻常事儿，那重庆人就比成都人步履匆匆多了，长年累月爬坡上坎，更练得一副好脚劲，所以过去搞田径或是踢足球的，四川队中的多数名将其实都是重庆人。论说话，成都人绵绵软软，阴阴平平，说得好听，成都娇娃们叫莺声燕语吧，而那重庆人却是放机关枪一样，又快捷，又高亢，火爆爆的炸耳，或是妹子们脆铮铮的好听。虽然，在外省人耳中，他们都是说的川话。这也许就叫作同中有异，异中有同吧。

论地位，两者似乎也从来难分高下伯仲。成都自古是富饶的盆地经济中心，而重庆历来是长江上游最繁荣的水陆大码头。成都有三国蜀汉帝都的荣耀，重庆也在抗日战争中成为世所瞩目的所谓"陪都"。新中国成立后，成都虽然依旧被定为四川省会，而当时的西南军政委员会却是设在重庆，俨然大西南的指挥中心。只是后来大行政区划撤销，重庆才似乎矮了半寸。据闻重庆人对此是一直心中耿耿的，压抑着一股不平之气：我大重庆哪一点比你小成都差了？干吗要归你管领？

好了，现在终于直辖了，该当"扬眉吐气"了。懂吗？直辖，比你成都省会还要高一篓片地位呢！你们电话号码区号是多少？028。格老子我们重庆，嘿嘿，现今是023，比你们排前了五位！不要以为这是笑话，玄龙门阵，有些重庆人就是这么放言称洋的。

按重庆人的性格，这样说还算温柔了，更厉害的是球迷。重庆的火锅有名，重庆的球迷更是火爆得有名。过去川渝未分家前，重庆球迷要看球，只有到成都来，浩浩荡荡，车队成行，锣鼓喧天，彩旗飞扬，崽儿们更爱赤膊上阵，肚皮上涂油彩，脑壳上扎"敢死带"，重庆腔噼啦啦高声呐喊："全兴，雄起！雄起！全兴！"那时他们还是四川全兴队的忠实拥趸。他们的到来，如火上浇油，让成都这个"金牌球市"更显火爆，赢得成都人一片喝彩。然而时移势变，川渝分家，球队如今也是两强并立，相互争雄，虎视眈眈，相逢时甚至比见了其他省市球队更为红眼。这时候，倘若重庆球迷来成都看己队客场作战，温和的成都人至多只投之以讪笑讥刺而已，而成都球迷一到重庆，那就等于赴汤蹈火了，谨防遭火爆的山城球迷用口水、粗话淹死，头上挨几个包来吊起也是常事。为此，好多成都人都感到纳闷不解，何以重庆球迷会格外"仇视"成都球迷呢？难道真是一旦兄弟反目，反较外人不如么？

其实这只是局部现象，特殊情形，一般的重庆人是并不格外心存芥蒂的。尤其是我们交往的重庆文化人，依然还是兄弟朋友般亲近。这次来接我们的王老兄就是如此，不仅事先忙碌为我们办好了船票，还特意安排在一家高档茶楼为我们接风洗尘。那茶楼濒临江边，往窗外望去，不远处便是嘉陵江、长江两江相汇的朝天门码头。但见江岸山势峻拔，山城雄伟，江面宽阔，江风浩荡，使我等蜗居盆地平原的成都人顿觉眼界开阔，心胸舒展，不得不佩服这里的人们自得一种天然的豪爽之气。山城，确实是自有山城的性格！

谈笑中，还不禁使人想起一件有关朝天门，也有关川渝人尊严和机智的趣闻米：话说清代，四川出了一位有名的学者，名叫李调元。此人才高八斗，满腹经纶，但绝不迂腐，而是聪敏过人，讥趣横生，为官深得川人喜爱。一次上面派下一位钦差要员视察川渝学府，此公乃下江人士，朝廷中历来是江浙人居多，很有些瞧不起川人的，以为皆是弱智土民。此公更是骄气纵横，自命非凡，驾到渝州，方步上得高处，俯视江面，突地哈哈一笑，将手一指下面的朝天门，故作惊讶道："嘿嘿，你们看，你们这朝天门码头好像一只乌龟哪！"言罢得意环视，捻须自乐。当地陪侍官员皆闻言失色，心中愤愤而不敢言。因为谁都知道乌龟一语历来都是用来骂人的，乌龟者，王八也。而登高望朝天门，那码头地形呈三角状伸入江中，确也像煞一只乌龟。这下江才子不是分明在以此奚落挖苦川渝人吗？正在众人不知如何应对时，身为土生土长四川人的李调元站了出来，拊掌大笑，道：哎呀，大人好眼力，这果然像一只乌龟，而且脑壳都伸入了江中，朝向下方，还是一只下江乌龟哩！下江乌龟？众人稍一愣，立即反应过来，前仰后合爆出一阵开心大笑。而那下江才子，却是尴尬万分，脸上青一阵红一阵，再也找不出半句话来。

这是历史趣闻了，也许真有其事，也许什么也没有发生过。但故事本身，却透露了一个信息：在整个的地域大格局中，川渝两家无论如何也是靠得最近，关系最紧密的。而性格中的自尊自负以及机敏幽默，也是很一致的。也许因为从地理位置到政治、经济、文化范畴，都一直处于边沿地位，历史上曾被一些豪强繁华之地的贵人们视为蛮夷之地，譬如下江人就曾经很瞧不起四川人。即至现在，也还有人持有种种偏见，典型的例子是东南沿海一厂家，前不久在报纸上打广告招工，就居然公开声称不要四川人。此等语言，简直要使人想起当年上海租界的公园门口，赫然立着"华人与狗不得入内"的警示牌一样，令人不能不感到深深的耻辱和愤怒！

那是历史了，或者耳闻。如今我们又要从朝天门登船东去下江了，且亲眼看看又如何。有道是江流石不转，这人的禀性，究竟是如石般固顽呢，还是江流般随物赋形？

大江流日夜

从重庆到万县，这一段水路其实没有多少风光可言，仅忠县石宝寨、云阳张飞庙耸立江畔，风光掠眼，尚堪一叹。而最令人叫绝的涪陵白鹤梁，那江心勒石，又深埋于沉沉秋水中，根本无从一见。至于名声大得多的丰都鬼城，大约可刺激一下儿童神经，于我等则只是感到恶俗。此程已经行过多次了，更令人不生多大兴趣。倒是因了三峡水库上马，这一段大搬迁的变化引人注目。最扯人眼睛的是两岸山坡上不时出现的新水文标牌，分别标注着一期和二期工程水位。目前它还只是悬空虚浮的一条线，而今后则将是浩渺水面了。看它下面，无论荒坡野林，还是墙色发黑的房屋楼宇，都注定将长期沉埋水中，仿佛一些垂老的生命，在阳光下坚守最后的沉静。而水线之上，则一排排一片片崭新的现代建筑矗立于冈丘之顶，那就是未来的俯视辽阔水面的新城镇了。这一废一立、一旧一新之间，世世代代生息居住于此的巴蜀父老乡亲做出了多大牺牲，付出了多少辛勤，我们当然是最能体会的了。若论得益，当然是中下游地区最受实惠，我们上游，却是实实在在做出重大的贡献和牺牲。

但偏偏就在我们为此而感慨时，二等舱中一位饶舌的下江娘姨，却不知是有意还是无意，自以为很得意地挑起了一场"地域战争"。她当着我们两位女同胞的面，放肆数落川渝之落后：你们成都，还有重庆，我都去过了，治安太差了，到处都是小偷，贼眉贼眼的，哪像我们那儿呀……总论之后，接着"然而"一个大转弯：现在我们那儿也有些问题了，都是因为外来打工的，苏北的、安徽的，素质都太差，最糟糕的是你们四川来打工的，偷东西，抢劫，杀人，都是他们干的，凶得很，坏得很……她半躺在船首休息室的沙发椅上，一条腿舒舒服服地跷到茶几上，一面晒太阳观风景，一面怡然自得地侃侃而谈，气得我们两位女同胞脸色发白。闻听此事，我们立即决定打一场"自卫反击战"。几个人都进了休息室，分头坐定，形成合围之势。成都造的"机关枪"，刷刷刷直扫这位自得的下江娘姨：

嘿嘿，龟儿有些温州佬，跑到我们成都来卖"歪"皮鞋，太他妈缺德了！

他们还以为我们四川人是土老俵呢，其实他们才是老俵，我们成都比他们发达到哪儿去了！

有些上海阿拉才可怜哇，请你吃饭，恨不得一颗豌豆都要切成几瓣，哪像我们四川人，随便摆一桌席，他们眼珠儿都要吓大！

最假的就是他们那边的人，又抠门，又小气，还要绷洋盘，哪像我们成都人，本色，洒脱！

过去打仗，四川人最勇敢，黄继光、邱少云，还不都是我们四川的！现在他们那边搞建设，修那么多高楼大厦，还不是主要靠我们四川民工？眼下修三峡水库，搞移民，我们这边又做出了多少牺牲……

就是么，龟儿子那些人还不知趣，还要说三道四的，太不叫话了！惹毛了，等大水冲下去，看他几个淹得翻白眼，还有啥子屁话可说！

……

这当然都是说着玩解解气的，旅途寂寞么，成都人是最喜欢热闹的，这下江娘姨正好送了我们个热闹快活的话柄。结果自然不用说，她乖乖儿地缴了械，闭上了尊口，且从此几天不敢正眼瞧人。

也是合当有缘，还有一对上海阿拉也撞在了这伙成都人的枪口上。那是一对上了点年纪的夫妇，住在二等舱一号房里，紧邻我们的几位女同胞。那女的略显苍老病态，总是一脸秋霜，眼角扫人的情态，仿佛个个都是贼似的，也不知是要偷她的珍珠项链，还是要偷她那半秃顶的矮胖男人。她那男人确实显得比她年轻一些，精力也顶旺盛的，吊带西装裤，皮鞋锃亮胜过秃顶。成天挂着一架高档相机左转悠右转悠，见着老外或是年轻女子，都好接触接触，拉扯几句。晚上呢，则爱在船舷上练练嗓子，美声唱法，还颇地道，也许真是个弄文艺的干部吧。

那一日船过三峡了，大家都争相拥向船头，这一次舍快求慢选择水路的原委，多半也是冲着这三峡来的，因为再过几年，千年万年遗留下来的模样就要改观了。说来我也是几次由此过往了，但总是虚幻神话缭绕其上，反而没有一次看清个真模样，看出个所以。这一次尽管格外专注，譬如看神女就早早取好了提前量，睁大眼睛做好准备，但当那云端高峰晃眼而过后，才恍然惊觉又看走了眼，怎么老是去仰视两峰大石，还争论是此还是彼，而忽略了那紧傍着的一根柱形小石呢？其实那才该是传说中孤零守望的神女啊。唉，真是枉自我是个四川人，神女老乡了！

看来欲交神女，不是虚幻，就是悲剧。还是那位阿拉艺术家要实在得多。他终于找着机缘跟我们接上头了，与我们的摄影家陈老弟聊起了相机。然后便很老练地断言：你们肯定是歌舞团的！他大约是看我们这一拨人，男男女女，成天嘻嘻哈哈有说有笑的缘故吧？他哪里知道这是我们成都人的天性呢，照他那样看，那成都人岂不个个都是歌舞演员了？

当然，醉翁之意不在酒，时间稍稍一长就不难看出来了，他骨子里其实是想找机会与我们的女同胞套近乎。有什么办法呢，我们一行的几位成都女士，就是那般出众，走出去真是盖过群芳了。那阿拉总是眼光溜溜地不住往她们瞟，以至晚上从她们房门前经过时，走神花眼，接连碰了几次头，摔了几次跤。惹得众人一阵笑骂：这阿拉真不是个东西！于是，一路漫长行程里，这位道貌岸然的先生便成了嘲讽取笑的对象，平添不少乐趣。

欢笑，快活，真是成都人的专利！

一般的观光客，过了三峡就会弃舟上岸，另择陆路了，他们认为下面的长江便没有什么可观赏的了。其实不然，长江中下游段，江面异常宽阔，水势浩浩，虽无峡谷山峰可览，但两岸平江，无边的平原大野，静静的丛林，一齐缓缓地从视野中流过，那又是另一种景象，也给人另一种心境。从封闭的盆地中走出，从高峡峻谷中穿出，成都人完全会感到一种天宽地阔，思绪恣肆的好感觉。

成都人是不排外的，他们只不过是特别自尊罢了，只不过是生性天然，疾恶如仇罢了。

成都人也是从不惧怕陌生的，自古以来，他们就勇于闯荡新天地，乐于见世面经风雨，洒脱地快活地迎接新感觉。

我们就怀着这样的好感觉，一直漂向了龙盘虎踞的王朝旧都金陵。

南京·秦淮河畔话"三都"

说来奇怪，身处西部的成都人向来与下江人彼此之间有些芥蒂，各怀成见，但与也属下江的南京人之间却似乎是例外。在自尊自负，有时尖酸刻薄到住的成都人的口中，你极难听到有针砭南京人事的，至多只是说人家说话嗓门仄逼尖锐，嘎嘎嘎有点像鸭子叫，仅此而已，无伤大雅，亦无大不敬。反过来，南京人似乎也不居高临下，盛气凌人，把成都人当土老佬。此番送我们去宾馆的出租车司机，一个中年汉子就不住地说：你们成都不错，我去过，蛮好的！

究其原委，大约既有历史的，也有现实的。这两座分处中国东西两端的老城，都有悠久的历史和文化，尽管南京多次成为大国帝都，而成都只曾经是小王朝旧都，但帝王将相之遗风，文人墨客之流韵，通是有传承有相类的。游南京的明孝陵、老城楼，总是要使人想起成都的蜀王陵、老皇城来，只不过前者恢宏气派多了。甚至秦淮河畔的桨声灯影，也让人联想起锦江河畔的灯红酒绿弦管声声。有道是金陵自古繁华地，虎踞龙盘石头城，而成都也曾是"管弦丝竹乐纷纷，九天开出一成都"。江山留胜迹，代有才人出，两地都有深厚的历史文化积淀。

另外一点是现实状况。两座旧都今日分别是东西两个大省的省会，一个身处东部沿海，经济发展得天独厚，优势明显，而一个虽在西部，但得盆地地宜，也非蛮荒。从此番观感看，无论城市格局，面貌，还是市井繁华程度，两地都颇为相近。比上也许不足，不似京沪的庞大，楼群如密林，但较之一般城市，又显得相当气派了。中国传统哲学中有一种理念，甚得一般士大夫和平民百姓崇信，那便是折中为宜，半半得乐，像成都、南京这样的城市，不太大也绝不为小，倒真是适合一般人的居住生息，也宜于文化心平气和地积淀发展。

说到文化，成都人向来是有些自傲的，自认为机智幽默，语言滋润，天下无匹。譬如文学，小说大师李劼人不是成都人吗？当今文坛泰斗巴金不是成都人吗？都是地地道道的成都人。北京的侃爷算什么，上海的嗲女算什么，都不过是沾了地利，自处所谓政治、经济中心，被吹捧得凶罢了，成都人并不格外顶礼崇拜。但是对于当代南京的文化人，如写小说的叶兆言、苏童等位，则颇为佩服，佩服他们的心宁气静，潜心艺术，绝不浮躁。宁静，这也许正是南京的城市性格，也是成都人的心仪。

在这方面，令成都人心仪的还不少，至少我们这一行人就大有感触。就整座城市而言，南京比我们成都还显得安详舒坦，可谓一多一少吧：绿色更多，水面更多，而街市上的车流人流却相对稀少一些。特别是当我们漫步明孝陵的神道，阳光透过秋树，疏朗斑驳地洒在两旁一字排开的伟岸而古老的石像上，洒在如历史长卷的石板道上，扫眼道侧宽广的大草坪，色彩明艳的树丛，只寥寥数人在其间休憩、读书或漫步，真是感到不可思议和羡慕。成都哪来如此气势的历史展示，如此宽广舒坦的去处？而且那天还是星期天呀，这样美好宽广的去处竟然只有寥寥人影融入画图中，这在我们成都真是不可想象。成都的狭小的园林，包括周围的景点，以至于农家乐度假村，哪一个节假日不是人头攒动，人满为患呢？由此也许可见一斑：南京人比成都人更为宁静淡泊吧？难怪人家的简称就叫"宁"。

与此相关的是朴实。成都人本性其实也是朴实的，骨子里喜欢的也是朴实——这本来也是农耕文化、市民文化的骨子，有别于京派官场文化的骄纵油滑，也有别于海派洋场文化的浮华纤丽。只是成都人近年来忽然变得有些时尚而浮躁了，在小点子上表面上很有点花样翻新，追风逐浪，不似南京人的沉稳气度。而这沉稳后面，也许是守旧使然，但也可能是大器的表现。成都人也许是思维和性格都要开展活跃一些，但也可能大器还不及。孰是孰非，孰优孰劣，并不重要，比较比较，咀嚼咀嚼，倒是有一番滋味的。

这种滋味，我们在夫子庙旁，秦淮河边的酒楼上，在咀嚼南京有名的盐水鸭的同时，又一次咀嚼了一番。一同咀嚼的还有专程赴宁签名售书的陕西作家高建群。这是一个地道的"老陕"汉子，朴实敦厚到了极点，而脑子非凡的智慧聪明。这家伙几年前与我在中国作协的会上就一见如故，都厌恶极了文坛的官场作风，也可以叫作一种"气味相投"吧。没想到这一次把酒论金陵，看法又是完全一致，赞誉有加。想想也是这个理：惺惺惜惺惺，英雄爱英雄。陕西，黄土高原，古城老都，也是有着悠久的历史和深厚的文化积淀的。要说辉煌，历史上这东西二京都比成都辉煌；而要说今日的朴实厚重，包括文人的心态和气度，它们也确实比成都更胜一筹。

我们成都人也并不只是一味地高傲自负，自省意识其实也是顶强的。旧时秦淮月，今夜照"三都"，话金陵，道长安，论成都，真是其乐也融融！觥筹交错，烟雾腾腾，成都人和西安人，都在这南京酒楼上把脸喝了个通红。

真有点舍不得就这样离开南京了，但梁园虽好，也非久留之地，瞻望前程，我们还得匆匆赶路。

扬、苏、杭·天下三分明月夜

我这个成都人就是怪，下面的行程，按顺序本是扬州—苏州—杭州，但今日追记，却想颠过来了，先杭次苏再扬。倒不是因为重大轻小，将城市大者名气大者排在前，恰恰相反，是按此番直观感觉印象深浅而定，所谓好戏在后头，印象好者放在后面，感受最复杂者，放在最后。

说来杭州应是天下最美的地方，因为那一泓荡着历史荡着文化荡着优美风景和传说的西湖么。成都人虽然口口声声说，"上有天堂，下有苏杭"，你天堂算什么，我们成都可是天府之都哩。但其实心里都明白，那西湖的风光，是世上少有，蜀中绝无的。十几年前，我来此一游，就留下了非常美好的印象。

但这一次，却是不妙，抵达时已是夜晚，冷雨霏霏，且进城就挨了当头一盆冷水，弄得大家闷闷不乐：我们欲在兄弟单位浙江出版大厦门厅里避雨，再去找住宿，谁知却被门卫生生给赶了出来，挡在门外雨地里。成都人是绝不会这般小气小见的，最乐于帮助外地人异乡客，特别是弱小无助者。成都人也绝不爱摆谱打官腔，故意拿脸色给生人看。我记忆中的杭州人过去也绝不是这个样，他们待人接物也与他们的语音一样柔和得很。想当年就是这里一家出版社的一位女编辑向我约稿，长途电话上一说就中，还不就是因为她那好听的吴侬软语，和那让人拒绝不了的亲切态度。怎么这一次会遇上这样冷硬大块的杭州人呢？

想来想去，大约是这座城市的风格也发生了大的变化之故吧。一地人的性格气度与该地的环境确实存在着某种神秘的天然联系。

草原人的安详，海洋人的宽广，山地人的坚毅，大漠人的刚烈，都不用说了，单就我们成都而言，这几年老城发生了太大的变化，不知不觉间，人的安稳幽默也就向着浮躁俗滑方向演变了。而这杭州呢，扫眼一看，也快让人认不出来，或者说感到生疏异样了，本来软性的充满古典优雅风味的小城，已变成一座庞大的硬性的水泥丛林了，挤压得美丽西湖也失了"浓妆淡抹总相宜"的花容，让人左看右看都不协调，好似一个资质天然的村姑被刻意做了现代美容术，生硬打扮成了一个华丽贵妇。有的杭州人，也就顺应着这城市的变化，变得冷硬而大块了。

冷硬而大块的还不只是那两个把门神，连坐出租车，那司机的脸色也是一派的冷硬而傲然，大约此地名声在外，"往来无白丁"，坐他们车的多是洋人或名流或权贵或阔佬吧，而我们一行一看便不是。

不是便不是，我们成都人是既不愿忍气吞声装孙子，也不愿装模作样扮戏子的，我们就用本色的四川话大声武气地嘲讽他们，旁若无人。然后，便毅然决定拜拜了。连那位我五年来只闻其声、未谋其面的责任编辑，也不曾再去话个别，她的声音依然美，但她楼下的把门神太叫人生厌了。

拜拜吧，这变了味的西子湖。我们成都人不轻易给人脸色看，但也不屑看人家做脸做色。所谓"酒逢知己千杯少，话不投机半句多"，不只是硬骨头士大夫的专利，也是真正的平民百姓的风格。

我们对苏州的印象就好多了。它的变化也不可谓不大，市中心有条观前街，据说过去是一条顶嘈杂的商业小巷，如今却是一条相当豪华气派的步行商业街了。但苏州的人文景观，那些著名的园林，包括寒山寺、拙政园、留园……以及它的一些老街老巷，老宅旧居，还有那小桥流水人家景象，仍然保存着古典精致的神韵风貌。

而在这一方面，同为中等古城的我们成都，却做得差了，只知"旧貌换新颜"，一味追赶时尚，要建什么国际大都会，而不知珍惜历史，关爱文化，留成都特色之根，传成都文化之魂。譬如小桥流水吧，成都历史上本来也是很有名的，如今还有那么多沾桥带水的街名便是明证，什么玉带桥、万里桥、金河、御河等等，不胜枚举。这一点与苏州颇为相似，无怪乎当年马可·波罗要说，到了成都就隐隐感到水城威尼斯的气息。但可惜时移势变，而今均只剩一个空名了，桥不复存，水亦无痕，云烟荡然，可惜了那么多美哉妙哉的人文景观……远且不论，仅从1958年大跃进大炼钢铁，在瞎指挥下热昏了头的成都人拆老城墙开始，到1969年"文化大革命"中，发了疯的成都人毁掉老皇城、明远楼，而建造一个不伦不类的什么"万岁展览馆"，以至于近年来旧城改造中，一些盲目的新建规划，一些令人痛心的毁弃文物，都说明我们成都有些人之昏，之蠢！而这后面，显然是一种急功近利，缺乏历史眼光、文化审美意识的浮躁心态在作祟。近来常说成都是历史文化名城，理应是旅游文化热点，但却总是留不住人，外地游客只把这儿当作南下乐山峨眉，北去九寨黄龙，西飞拉萨的过路"客栈"，道理何在？或许就在于目光短浅，自毁资源。这样下去，哪怕你就是建造了一座完全现代化的新城，又能吸引住谁的目光，留住谁的脚步往复徜徉呢？你与别的城市没有多大区别，你没有了自己的根魂，那还算什么东西呢？

苏州不同了，苏州下着小雨，一种充满人文情调的典雅小雨。我们撑一把小伞，穿行在狭窄而古朴的小巷，看两侧白墙青瓦的江南典型民居。市井中纵横交错着并不宽阔而使人感觉深幽的小河水面，倒映着座座石拱桥的身影。那些桥可是太古老了，石栏被风雨剥蚀得满目疮痍，更显得苍劲厚重，那也许就是历史的坚韧力度。桥上几乎无一例外地缠绕着幽幽青藤，似又述说着春秋的更替。在这样的环境中，氛围里，苏州人说话的语调也似乎特别的平和而沉稳，他们耐心地说着能让我们听懂的苏式普通话，向我们讲解一座桥或一眼井，而他们并非公园里的拿工资的解说者或者导游，而通是普通的苏州市民。

正是这一点尤为可贵。想想我们成都一些市民吧，只知道昏天黑地打麻将，只晓得嬉皮笑脸说吊话，或者只知道追风逐潮赶时髦，不伦不类学港台；甚至一班自命代表成都的文化人，也只知酸臭其腔，恶俗其文，追腥逐臭，臭不可闻，相比之下，是不是有些可怜可鄙？油滑恶俗的文风正在成都一些媒体推波助澜下得势蔓生，更值得成都人警醒。赚了钱去的是寡廉媒体和鲜耻文人，而败坏的却是成都的文化精髓。

至若有名的苏州园林，也该给成都人以启迪。共通性本来是有的，比较皇家气派的北方园林而言，苏、蓉二都都不以宽广和宏伟见长，而都是袖珍型的，极而言之叫巴掌大的地盘上做文章。但关键是人家的文章做得好，做得妙。妙在哪里？我看是深谙文章之道，重点突出，疏密有致。那最有名的拙政园不说了，我觉得它更像是一个公园，胜景多多，但韵致不足。而留园之类，却清雅得多，古色古香，宁静宜人，幽深而不繁缛，典雅而不喧浮，留步其间，仿佛依稀可睹当时主人踪影，隐约可闻细语之声。一座古老园林，能让后人产生如此感觉，才可以称为具有人文的价值，或曰历史的成功吧？

反观我们成都，除了武侯祠原样保留得较好外——严格说，是将南郊公园重新划出去后的武侯祠，原来合在一起时，照样给人不伦不类的感觉——诸如本身很有价值和名声的草堂、望江二园，就给扩大、新建、改造得不成样子了，杜公和薛涛都被挤到了一边，湮没在大公园里，名存而实淡矣。至于一般园林，则通显两大毛病：一是不分特色、重点，好以中轴线规矩划分，呆板而单调。这大约是想学皇家大园林的格局和气派，却因小和陋而失其神，所谓"画虎不成反类犬"吧。再则是不懂疏密之妙，既平均着墨，又笼统芜杂，花草树木，亭台楼阁，还有石山池塘，反正七古八杂凑成一堆，以为多就好，**繁复就美**，殊不知让人一样不得要领，只觉得芜杂一堆。我也说不准这又是成都人的什么心理使然作祟？

想想放翁绝句："当年走马锦城西，曾为梅花醉似泥。二十里中香不断，青羊宫到浣花溪。"此等景色今何在哉？而在苏州，一句张籍的"姑苏城外寒山寺，夜半钟声到客船"，却至今让人登临感慨，流连忘返。这是何等的反差，岂不让我成都人汗颜？

当然，苏州也不是什么都好，有些地方也让人遗憾。譬如那著名的虎丘，其石塔当是苏州的标志了。但购得昂贵的门票进去，入眼便觉得大煞风景，一群舞狮摆龙踩高跷的江湖艺人，锣鼓喧天占据了中心。这应该是在城市广场或乡间坝子里热闹的吧，怎会闹到了这样古典的园林中心？据说就为此而涨了门票价格，更使我等心痛，不仅心痛冤枉花了钱，更心痛那园林无端被扰了清宁。

但话说回来，那虎丘古塔再怎么受到了侵扰，但作为苏州的标志图腾，它的地位始终不曾动摇，如那高塔，恒久矗立，经风沐雨。而反观我们成都呢？据知以前好多年是以耸立锦江河畔，紧傍薛涛井的崇丽阁，那清丽峻拔的姿影做标志的，既体现成都"锦江春色来天地"之美妙风光，又富含历史人文气韵，可谓不差的。然而近年来，好多宣传物上，却是以远在千里之外深山老林里的国宝熊猫作为图腾标记。不说风马牛不相及吧，但多少总有些让人觉得荒唐，难道成都并非一座历史文化名城，而是一片原始森林么？

看看苏州，成都人真该自省自省。

最怪的当数扬州了。这是一种极难说清的复杂的感觉，对我们成都人尤其如此，因为一提到扬州，首先跃入脑中的就是一句如闪电般耀亮历史长空的名言："一扬二益"。这扬就是扬州，而益即是我们蜀地。千百年前，数天下繁华风流，人们就是这么评说的。一东一西，双星辉耀，那是何等的荣幸。而首尾两端，江头江尾，也居然就这样联系在了一起，不是缘，也称奇！

然而那只是历史长河中的一瞬，风烟几重，黄叶数度，扬也罢，益也罢，后来都不曾再有那样的辉煌。今日呢？成都乃我们的家园，自然更清楚。尽管近日南方有家生意做得极火的期刊，慷慨拿出几页纸，封了一个中国"第四城"的美号给我们，但明眼人一看便知，那无非是一种市场策略而已。好比是一班歌星腕儿之类，随便到哪个小地方串场演出，都要声情并茂地"播放"一番美滋滋的嘉誉：你们这里的小伙子最英俊，你们这里的姑娘最漂亮，你们是我见到的最热情好客的人民，云云。无非说话放屁不需本钱，随便哄哄，只要把大把钞票抱回去就得了。自己的家乡有几斤几两，谁人不是心知肚明，谁会以为高帽子戴上，自己就真成丈八巨人了？

成都且不论了，还是说这难得一到的扬州吧，情形仿佛更叫人觉得怪异。

说来也怪，本也是扬州特产，所谓"扬州八怪"不是名满天下么？板桥、石涛，墨客骚人，一个个都是超凡脱俗的怪才奇人。如果说成都的文人特色是机趣谐谑，那么这扬州的文人便是以峻峭怪异称世了。诗文且不论，仅以丹青为例，蜀地高手无论如何变化，那方水土养那方人，笔墨总是滋滋润润，精精巧巧或者芜芜杂杂，而石涛之类扬州大师，却总是出手非凡，自成一格，要么大气浑然，泼墨如云，要么惜墨如金，干涩着力，或瘦竹高挑，或墨荷焦枯，或老藤苍劲，或怪石嶙峋，总是不肯四平八稳，表面光生。文如看山不喜平，在这方面，扬州的奇才们看来是深懂艺术审美情趣之妙奥，而成都的一班画师，以至相当一部分文人，确实显得平庸一些。

也果然是一方水土一方人之因缘吧，看那扬州的园林，也是清峻怪异得出奇，与成都的芜杂圆润不同，甚至与近在咫尺的苏州也有异，都是小巧玲珑，疏密有致，池清阁秀，林石并茂吧，但扬州的布局似乎更为大胆，疏则疏到朗然境地，地坪上只几竿清峻修竹；密则密到几不透风，粗壮黄石，重重叠叠挤作一堆。那石也与众不同，绝非一般所见之青灰，而是浑厚的土黄，名号黄石，既粗壮似北方汉子，又怪异似山中奇人，喜丑喜空喜缺喜透，层叠错落，相聚相拥，犹若赤云峥嵘于平地，罗汉列坐于天梯，令人愕然而生惊奇。

清峻怪异，这也许便是扬州的风格吧？至少其历史和风物是如此。也难怪那有名的瘦西湖，也是在瘦字上做文章，不似杭州西湖的碧水汪汪，而是黑黑的曲折多姿，反倒使人觉得萧索中暗含许多意趣。历史是如何样？仿佛那沉沉黑水才是真谛。

　　而时尚却是涌动的急流，清浅的涟漪，若从这一角度看，扬州的现状却使人颇为困惑不解，整座城市的面貌显得陈旧，甚至有些萧条寒碜。街市并不宽敞，高楼不见林立，一些僻街小巷相当破旧，真好像还不如当今成都周边的一些富庶县市。狭窄的绕城运河支脉上倒是泊着顶古典气派的龙船画舫，想勾起游人对隋炀帝下江南巡游的繁华古事的记忆吧，只可惜冷冷清清，门可罗雀，让人空叹息。这就是当年盛极一时的"一扬"？怎么如今还当不了我们"二益"的周边县市？看来历史的河流并非一条，而是千支万脉，每一个城市都有自己的河道，不同的盛衰变异。

　　"二十四桥明月夜，玉人何处教吹箫？"那一夜，无月无星，无风无雨，沉沉夜影中，我们几个成都人静静坐在瘦西湖二十四桥下的石栏上，真是感慨良多，猜不透那历史的演化轨迹。想来时，一提扬州，除了那天然纽带般的"一扬二益"说法外，扑面便是不暇应接的绝妙佳句："故人西辞黄鹤楼，烟花三月下扬州"，"十年一觉扬州梦，赢得青楼薄幸名"……想当年那该是何等繁华之商城，多么令人向往的风流之地。而今呢，却听一个扬州人苦笑着向我们说：我们扬州出三匠，或称三刀，剃头的，洗脚的，还有司厨的，都是伺候人的。看其淳朴坦诚，我们倒真不好意思呼应他的话了，的确，在我们成都弄洗脚房的，大都是扬州女。想想，历史上能把我们成都与扬州拉在一起的，是极尽辉煌的"一扬二益"，难道我们能说现今的联系是扬州修脚女吗?

不,我还是宁肯称许"扬州八怪",那经得起历史风雨的卓峭风骨!

扬州,你给我们这几个成都人的感觉,真是复杂而怪异。"天下三分明月夜,二分无奈是扬州",这无奈二字真是意味无穷,定格在我这成都人心里。

绍兴、上海·芙蓉花开在异地

扬、苏、杭三州游过,我们便直奔绍兴了。而一落脚,便乘着夜寒小雨直奔咸亨酒店,吃茴香豆喝黄酒去!

绍兴的城市感觉不怎么样,与扬州差不多,市容还不及我们成都周边县市,且更显潮湿,更不整洁,风中夹带着水腥味和油炸臭豆腐气。但这一印象并不重要,对于历史上有名的会稽郡,出过陆游、王羲之、鲁迅等文苑泰斗,群星灿烂的江东古镇,它的文化气息才是最令人神往的,这最对我们成都人的胃口。

这气息自落脚起即扑面而来。一出车站,视线便被一座矗立秋风的"高塔"所吸引。那看似三角鼎的建筑,如果不是别出心裁地喷着水花,而是熊熊燃烧的火焰的话,还真要让人以为是奥运会的圣火塔哩。仔细揣摩,才恍然大悟,那应该是一个巨大的古代造型的酒器,因为这绍兴,是资格的黄酒之乡啊!从放翁的"红酥手,黄藤酒",到迅哥儿笔下的酒店酒楼,整个绍兴的历史、文化都弥漫着那醇醇的黄酒气息。此地黄酒,蜀地白酒,都名冠九州,这也算是一种缘分吧。

三轮车夫更让人产生对比的联想。步出汽车站，便被几个面孔紫红，令人想及中年闰土的汉子缠住，要拉去找宾馆。这很像是成都车站外拉客的骗子，便坚辞不理。后来听他们一再说只要三元钱便拉到市区，这比成都的三轮要价低了许多，方才勉强坐了。但心里仍不踏实，心想按成都的"规矩"，最后少不了还是要挨宰的。结果呢？说来实在让我们这几个成都人心中惭愧，他们拉着我们跑了一大圈，这家宾馆不行，又跑那家宾馆，直到我们最终挑到了满意之处，才放心离去，而且仍是只收三元钱。当然我们还是加了几元给他们，不然真是问心有过。这等本分老实，在今日成都，真是难得一觅了。要坐三轮车，你就等着挨竹杠吧，尤其是外地来客。

而且，成都的三轮车夫，以及出租车司机，今日能通晓成都、谙熟人文的也不多见了。坐在他们的车上，你就等着听他们的鄙话吊话吧。而绍兴这两位乡下汉子装束的车夫，却一路上跟你如数家珍般谈着鲁迅及其笔下的人物风物，仿佛他们就是活生生的闰土。

三轮车夫如此，整个绍兴就可想而知了。随便走走，便到处可见相关的遗迹和名目，包括酒楼饭店，土特产品，都用上了孔乙己、阿Q、闰土、祥林嫂等等的名儿作标牌。绍兴，诞生了鲁迅，绍兴，也把鲁迅"吃"透了。无论从商业的策略，还是从文化的光大，这也许都不能说是坏事。它起码说明了，绍兴人对自己的文人自己的文化看重到何等地步。

反观我们成都，历史上，以至近代，不也出过不少大师名家吗？从汉代扬雄、司马相如到20世纪的李劼人、巴金，我们哪一样"吃"透了？也许，不让后来的成都人完全忘了他们，就算不错了。说来，这是对"文化资源"的荒废，而骨子里，是不是体现出一种对文化历史冷漠的时代浮躁病呢？

不管这些了，我们且在"咸亨酒店"畅饮黄酒，和孔乙己（塑像）拍照，他的小碟里茴香豆只剩三颗了，真是"多乎哉？不多也！"然后叹息那曲尺形柜台怎么变成了直角的，叹息我们成都怎么连这样的酒店也没有……

当然，更深的叹息是在那沈园。这里真好，可以一直开放到半夜两点。这在成都，以至其他好多地方，都是不可想象的吧。趁着酒性，我们来到这里，夜影深深，寒气重重，依然与我十几年前到此时一般，一派废园景象。除了我们几个成都人，就不见人影了，真是清寂得好。我们就在那小池边，柳荫下，凉亭里，坐着喝茶。这等的清寂，与在成都喝茶的热闹感觉真是大相径庭了。而浓重的夜影下，寻到院墙，隐隐看到粉壁上毛笔手书的陆游和唐婉的两首互为映照的《钗头凤》，更是让人感慨连连，产生诸多联想。这世界上，还有什么比人间真情更动人，更能穿透历史夜幕而垂诸久远的呢？想那陆游，后来曾在我们成都居息，留下那么多清词丽句，这又真是我们两地的缘分和福分了。文化，真正优秀的文化，就是具有如此神奇的魔力，可以把各方各域的人紧紧地联系扭结在一起，心相连，情相通，诗情画意相与共。

我宁肯在绍兴这座"小土城"多待几天，也不愿意到"十里洋场"的大上海去。上海的确很大，很洋气豪华，但那里的文化，我总以为是时尚而肤浅的。站在外滩看夜景，望浦东，无非楼房更多更高大，灯光更亮更艳气，明珠塔之类高层建筑高耸入云，灯火映着云雾，顶端仿佛都在燃烧似的。到处是车流，到处是人群，到处都让你眼睛鼓胀发涩，心境难于清宁。望着浦江流水，禁不住想，把城市修大再修大，把人口增加再增加，人与水泥森林与车马长河拥塞在一起，纠缠在一团，这难道就是人的向往和追求，就是理想的境界么？

不管别人怎么想，我却是想离去，尽快离去。谁说"乐不思蜀"了？我的故园，那不大不小的成都，有好也罢，有歹也罢，我都在心里念着她。于是，有理无理地骂了几次上海人——当然都是对异乡人做脸做色拿腔捏调的一流之后，我们就只当在此刹了一脚，便一身风尘地离开了。

唯一可述的，多少有一点引发我们成都人情怀的是，在去上海和离开上海的路上，我们都看到了不少的芙蓉花树，有的是成排成行站在高速公路两旁，有的是卓然挺立在园林里，而且正合深秋时令芙蓉花开时节，她们都一律的繁花满树，粉红、淡黄、洁白相间，既灿烂又清雅，令人想起蜀国古代的淑女子。这景象确实让人赏心悦目，但作为成都人，又不禁有点惊奇和怅惘——这木本的芙蓉，秀雅的芙蓉，清秋时节的美丽，本是属于我们成都的啊！我们成都之所以美号蓉城，不就是因她而得名吗？而流芳千古吗？缘何今日在本土却反而难见芳容，甚至难觅芳踪了？更何曾料想到，她竟悄悄地开放在了遥远江东的地面上了呢？……

带着这一连串怅惘和问号，我们飞回了成都。我急切思念我的亲切的故园，思念美丽清雅的芙蓉花树。

阳光·茶馆·书

回忆故人，特别是年轻的故人，我总希望回忆的天空中少一点阴云，多一点阳光。

那一天有没有阳光，我已记不清了。成都这座窝在盆底的城市，有点花花太阳的日子都比较稀罕。甚至那天是在春季还是秋季，我现在都说不清楚，只明确绝非是冬季或者夏季，因为我还记得我穿的衣服，衬衣或者T恤外面敞穿了一件牛仔夹克。地点也不在有冷气或暖气的高档茶楼，而是在人民公园树荫下的坝坝茶园的一隅。面前是一张简易茶桌，上置一盏盖碗茶，我就跷个二郎腿，惬意地靠在竹椅上，抽烟，喝茶，听吴鸿闲聊似地说话（实际上是工作内容），随陈维对着我咔咔地不时按响相机……

十七八年前的一幕渐渐从记忆的海洋深处浮现出来，心中不由一阵阵发热，有阳光穿过云雾时光隧道照在心上。是的，现在应该明确地说，那一天是有阳光的，天上的阳光，或者别一种阳光。吴鸿胖胖的脸上，笑微微的眼神中，就散发着这种让人放松惬意的散淡阳光。

散淡的环境，散淡的氛围，散淡的人，散淡的话语，其实已是在谈说着我的一本散淡的书《成都人》。而这一切，都是吴鸿一手策划导演的。那时，他还是一个年轻伙子，初到四川文艺出版社做编辑不久，便与志同道合的陈维组建了一个工作室。他二位都是十分有事业心十分爱书的人，不满足于一般地编书，而是讲究做书，讲究书的"品相"。当时，随着社会的相对稳定发展，一股地域文化热潮正在渐次兴起（社会动荡民生凋蔽时恐怕人心难得关注于此），而他二人正好对老成都风味情有独钟，于是便开始大胆地筹组一套有关老成都的系列丛书。这在当时的四川出版界，或可称得上是开先河之举。

他们拉上我，也许有点"近水楼台先得月"的意味，因为我们同在一片屋檐下共事，他们知道我那些年应报章杂志之约，陆续写了些关于成都的散文随笔，此前还由浙江人民出版社冠以"都市人丛书"名义出版过，由台湾稻田出版社冠以"大陆学丛书"出版过，吴鸿认为这本书由本土的出版社出版更有意思，于是约我再写一些文章，做一本更厚实的集子。

闲话就不说了，总之，在看似性情散淡但其实做事雷厉风行的吴鸿的策动下，新版的《成都人》很快就面世了。那装帧设计风格，果然就是吴、陈二君的风格，颇受读者欢迎，觉得从内容到形式都有浓郁的成都风味。几年之内，连续又出了几个版本。直到现在，还准备再次翻新，做一个20年纪念版本。而这一主意，又是前年刚回文艺社任社长的吴鸿提出的。

那一天也是在坝坝茶园，只不过不在人民公园，而是在出版大厦背后焦家巷更加平民化的坝坝茶园。他刚回文艺社不久，知道我平素中午爱在焦家巷喝茶会友，特意来"重续旧梦"，谈他的构想，谈《成都人》的新版。那一天距今不久，那一天我倒是记得很清楚，确定有阳光穿透林荫，光影斑驳地洒在老旧的茶桌上，铺一桌烟水迷茫，铺一桌岁月沧桑……

林文询

二〇一八年四月十二日